相公換人做

5
完

風文創 318

麥大悟 著

目錄

第四十一章

謝嗣業和林子琛聽言，也努力地仔細端看那四人。

謝嗣業隱隱察覺那人要比他女兒琳娘更瘦些，如此他也放下心，壓低了聲說：「太后、丹陽公主她們應該藏起來了，我們要趕在韓知績找到她們之前，將叛軍全部剿滅。」

禹國公韓知績見五皇子行事竟如此狠絕，知曉用幾名宮婢是欺騙不了他們的，立即命一部分兵士繼續去找太后、公主等人，他則在陣前斥罵李晟和林子琛是黃口小兒，小小年紀竟敢如此張揚跋扈、目中無人。

林子琛並未搭理韓知績，轉頭尊敬地看著應國公。「謝將軍，既如此，那我們也不能再耽擱了，不若直接衝進去？只要有謝將軍在，就不用害怕韓知績。」林子琛先才見識到應國公三招內制伏李晟的本事，十分崇敬，也深深體會到了天外有天、人外有人的道理。

李晟一言不發，肅著一張臉，繼續挽弓射箭，這次箭直接對準韓知績，可惜李晟眨眼間連射而出的三箭俱被韓知績的銅環大刀斬成兩段。

謝嗣業也明白現在無時間商量對策了，向李晟和林子琛交代道：「我去對付韓知績，那兩名副將交給你們。不要掉以輕心，韓知績的副將亦是以一擋百的勇士，曾在與吐蕃蠻人的比武裡一舉勝出。」

見李晟和林子琛點頭了，謝嗣業提馬轡朝前一步。「韓知績，老夫早想同你比試一番，趁此機會，讓老夫見識見識你的勇猛吧！」謝嗣業已將軟劍別回腰上，近百斤重的戰戟在手中飛舞如輕燕一般，又能帶起飛沙走石的獵獵狂風。

尚在地室裡的溫榮等人，忽然發現頭頂上本已經離開的腳步聲去而復還。

丹陽緊張地來回踱步，自言自語道：「怎麼又回來了？難道應國公和五皇子打不過叛軍嗎？不可能的、不可能的……」丹陽的額頭上沁出層層冷汗。

溫榮知曉丹陽自小被聖主和太后捧在手心裡，從未經歷過甚危險，現在慌亂恐懼皆是正常。她穩了穩心神，安撫眾人道：「腳步聲去而復還反而是好事，說明韓知績打不過應國公和五皇子，現在只能將希望寄託在找到我們身上了，想來只要我們再耐心地等一會兒，應國公就可以將韓知績的親兵徹底擊潰，那時我們就能出去了。」

睿宗賞識地看著溫榮，溫榮不但在女娘中算是極其聰明的，便是晟郎和琛郎他們，在謀略方面可能都不及溫榮。睿宗帝忽然覺得，如果當初他將溫榮許配給奕兒，或許現在真可以安然合眼了。

負責搜尋太后、丹陽公主等人的叛軍正在櫻桃園裡四處翻找，蹲坐在銜櫻閣附近小涼亭歇息的叛軍忽然發現涼亭有異。亭子是用石磚堆砌而成，被火焚後俱是黑漆漆的完整一片，唯獨其中一塊好似被火焚化一般，石磚上現出缺角和數個凹孔。原來被設做機關的石磚是夾白玉而製，白玉在烈火下已崩裂融去。

有叛軍校尉聽到聲響趕過來，移動了石磚，石桌緩緩移開……

溫榮隱約聽到沙沙的磨擦聲，驚得從石凳上站起來。「糟糕，被韓知績的人發現暗道了！太后，此處暗道是否還有別的出口？」

太后亦神色驚慌。「有，在石床下還有個暗門，可暗門是直接通往霜溪的，現在霜溪附近怕也都是韓知績的人了！」

溫榮瞥見石床上那盞壁燈，想來那就是機關了。溫榮擰緊眉頭，她能一眼發現的機關，怎瞞得過韓知績的親兵？溫榮深吸口氣，下定決心，鎮定地與眾人道：「韓知績的親兵馬上就會進來，還請聖主帶太后、丹陽、琳娘先到暗道裡躲一躲，我一會兒再進去。」

睿宗帝臉色一沈。「豈有此理，怎可能讓妳一個弱女子留下面對那些叛軍？我就在這兒不走了！我倒要看看，他韓知績究竟有多大的膽子，竟敢做出這般大逆不道的行徑！」

丹陽和琳娘雖已經面色慘白，可仍死死抓著溫榮，不肯鬆手。

溫榮認真地搖搖頭。「還請聖主以大局為重，如果聖主今日有何閃失，就算三皇子鎮壓了二皇子和韓知績，也會沒有臉面繼承大統，將一輩子心存愧疚的，如此豈不是大家都對不起天下黎民？」

「榮娘是要置我們於不仁不義嗎？」太后嚴肅道：「罷了，此事不用再爭，要走一起走，要留一起留！」

溫榮無奈地沈吟片刻，石門外的腳步聲越來越近，不能再這樣浪費時間了，遂轉身問盧內侍。「不知石屋內可有存儲燈油？」

盧內侍躬身作揖，恭敬地說道：「回稟五王妃，暗室裡存有燈油，若王妃需要，小的這就去取過來？」

「那麻煩盧內侍了！」溫榮語速急促，又吩咐碧荷一道過去搬。

燈油盛在琉璃甕裡，琉璃甕則裝在角落的一只楠木箱中，碧荷與盧內侍將琉璃甕抬了過來，溫榮一刻不停，立即令婢子幫忙將燈油悉數灑在石門後，將石門和石床機關用七尺寬的燈油道徹底隔開。

「丹陽，妳將石床上的機關打開，我們隨時進去。」溫榮在壁牆上摘下一支白燭，緊緊握在手上，蠟油滑落下來，溫榮手一抖，險些被燙到。

太后蹙眉問道：「榮娘，妳這是要做什麼？有什麼好主意嗎？」

溫榮緊張地說道：「請太后、聖主、琳娘先躲到暗道裡，丹陽公主守在石床旁的機關等我，倘若一會兒叛軍打開石門，兒便將地上的燈油點燃，那時石屋會滿是濃煙，約莫能再拖一會兒。」

聖主頷首贊同。「一旦燒起，叛軍根本進不來，只是此處不透氣，也燒不了多長時間。可惜韓知績放火燒櫻桃園，否則濃煙從暗道透出去，還可讓晟兒他們知曉我們的位置。」

丹陽公主眼底一片黯然。「好端端的櫻桃園，就叫他們給燒了……」

說話間，盧內侍和宮婢已經扶著聖主等人進入暗道。

溫榮仔細聽著石門外的聲響，當機關被扳動，響起吱呀聲時，溫榮忙退到石床處，將白燭拋至石門，燈油遇火，騰地燒了起來。

「榮娘快進來！」丹陽扯住溫榮的衫袖往暗道裡拉，碧荷按下機關，在石壁合上前也被溫榮等人拖了進去，就在濃煙即將嗆進暗道的那一刻，石壁剛好關上。

太后等人還未來得及喘口氣，就聽到外面屋子裡傳來叛軍的謾罵聲和咳嗽聲，聲音雖大，但隔了一段距離。那些叛軍明白被火攔住了，根本無法進石屋。

過了沒一會兒，溫榮等人隱約聽見外面有聲音在吼——

「……將軍說了，太后她們一定在暗室裡！時間緊迫，你們竟然還敢在外面躲著？快點進去，不找到太后不許出來！」

「校尉，現在屋子裡都是火，小的們根本進不去啊！」有士兵在苦苦哀求，可換來的卻是更凶狠的打罵聲。

接著，叛軍的咳嗽聲和哀嚎聲漸漸大了起來。聖主忍不住低聲斥罵了一句，現在石屋裡火光正盛、濃煙滾滾，就算冒著被燒死的危險闖過火牆，進了石屋，也漫說能找到機關或者人了，在濃煙下是連眼睛都無法睜開的，再多待一會兒，多半就會窒息身亡。這些士兵是大聖朝辛辛苦苦培養的，竟然被韓知績拿來送死！

溫榮轉頭看了看深邃的石甬道，焦急地盼著李晟快過來救他們。又過了約莫一刻鐘，溫榮終於聽見外廂傳來兵器相交的乒乓聲。

丹陽欣喜地說道：「太好了，有人來救我們了！」

石屋裡火雖滅了，但仍舊濃煙滾滾，暗道狹小，短時內濃煙根本無法散盡。不過片刻工夫，兵器聲也弱了下去。

「榮娘，妳在哪裡……」約莫是被濃煙嗆了的緣故，嘶喊聲沙啞渾厚，然縱是與往常大不同，溫榮隔著石壁也還是能一下子聽出李晟的聲音。溫榮鼻子一酸，差點沒落下淚來。

「太后、王妃、丹陽，妳們在暗室裡嗎？」林子琛也跟著進了濃煙中，剛開口便咳嗽不停。

丹陽面露欣喜。「琛郎也在！」說著，丹陽就要去按石門機關。

溫榮反應過來，連忙將丹陽的手按住。「丹陽，別開！」

丹陽詫異地看著溫榮。「榮娘怎麼了？五哥和琛郎已經來救我們，為何不讓我將石門打開？」

溫榮急急地說道：「石屋裡都是濃煙，一旦打開石壁，濃煙就會湧進來，那濃煙有毒，聖主、太后、琳娘的身子皆禁受不起！」

丹陽愣住。「那五哥、琛郎呢？他們還在濃煙裡，該怎麼辦？」

溫榮也顧不上旁他，直接貼著石牆大聲喊著，讓李晟和林子琛知曉她們皆安然無恙，不用擔心，再讓他們速速離開石屋，前往霜溪，將霜溪附近韓知績的叛軍全部清剿後，於霜溪畔的尖頂半竹亭接應他們。

過了約莫小半個時辰，溫榮等人才順利地離開暗道。

當謝嗣業看到聖主時大吃一驚，趕忙跪在地上。「臣救駕來遲，還請聖主責罰！」

聖主上前將謝嗣業扶起，又攔住了也想跪下的林子琛，感慨道：「今夜若不是你們，我早成逆臣賊子的俘虜了，豈有責罰的道理？」

李晟怔怔地看著溫榮，忽然彎起嘴角，笑容少了平素在紀王府時的優雅從容，多了分憨厚和如釋重負。

放下心來的李晟和林子琛發覺面上又熱又癢，且眾人看他們的目光頗為異樣，二人皆抬起手擦了擦面頰。

二人的模樣滑稽，就連聖主和太后都忍不住笑起來。原來李晟和林子琛先才進暗道救人時，俱被熏得滿面煙塵，臉上本就已經黑一塊、白一塊，現在再用袖子一擦，真真成了一塊大黑炭頭。

「皇宮裡怎樣了？」聖主揹負雙手，原地緩緩踱步轉一圈。昨日還葉綠果碩、鶯飛草長的櫻桃園，現在已經面目全非。櫻桃樹和矮灌林皆被燒得只剩下焦黑的樹幹，幾處用於乘涼的小竹亭或被燒成灰燼、或被砍去基座塌了。

太后雙目微紅，搖頭惋惜道：「真真是造孽啊！」

謝嗣業抱了抱拳。「回稟聖主，三皇子從皇宮送來消息，言二皇子、領侍衛大臣以及所有參與謀反的羽林軍俱被制伏，三皇子已經在玄武門等候聖主回宮主持大局。」

睿宗帝劍眉抬起，目光凜冽，威嚴的聲音傳開。「泰王李徵、禹國公韓知績、領侍衛大臣等一干人意圖謀反，罪大惡極，罪無可恕。某在此特命應國公謝嗣業、紀王李晟、林子琛立即調派十六衛查抄泰王府、尚書左僕射府、禹國公府、領侍衛府，反賊府內眾人不分男女老少，悉數關押。即刻執行，不得有誤。」

「是！」謝嗣業、李晟、林子琛抱拳應下。才經過一場清剿反賊的苦戰，現在片刻不得休息，又要奔波了。

溫榮抬起頭，濃濃的煙霧遮蔽了本應璀璨的星空，今日盛京注定是個不眠夜。待日後聖主查辦定案，被查抄的府邸將遠不止這些。溫榮收回目光看向李晟，李晟也正好瞧了過來。

李晟朝溫榮動了動唇，沒有聲音，但溫榮知曉李晟在叮囑她回府安心歇息。連皎雪驄也朝她打了個響噴，哼哼唧唧幾聲。

溫榮執帕掩面想笑，世間難得的皎雪驄也變成一匹雜色大花馬了。

李晟等人揚塵而去，溫榮忽然後悔，她竟然忘記將李晟額頭上的焦灰擦去。溫榮懊惱地看著繡並蒂蓮的錦帕，嘛了嘛嘴。

身旁的丹陽一聲嬌呼。「糟糕了、糟糕了，剛才忘記讓婢子打盆水給琛郎和五哥洗洗，那副花貓樣出去，豈不叫人笑話，往後在下屬面前，還有甚威信可言？」

琳娘笑道：「威信可不是靠每天洗得乾乾淨淨就會有的，丹陽放心，經此一晚，五駙馬的威信是再少不了，也磨不掉了。」

「哈哈，琳娘說的有理！」睿宗帝頷首大笑道：「男人的威信來自於他的性情和所立的功績！時候不早，吩咐馬車吧，我帶太后回宮，妳們各自回府休息，我安排監門衛護送妳們，以免市坊裡還藏有亂臣賊子。明日一早大家進宮，我再論功行賞。」

「兒謝過聖主、太后。」溫榮、琳娘、丹陽蹲身謝道。

聖主又讚許地說道：「今夜也多虧了榮娘機靈，否則後果不堪設想。」說著頓了頓，聖主看向太后。「榮娘果真如阿娘與溫老夫人所言，是個心地善良又聰明的孩子，確實很不錯，有溫榮在晟兒的身邊，我們就不用再擔心了。」

太后也認真地點了點頭。「是啊，我們這做長輩的就不要干預過多了，免得討人嫌。往後我們母子好生將養身子，相信奕兒和晟兒吧！」

丹陽聽得一頭霧水。「祖母和阿爺原先擔心什麼呢？是擔心五哥不肯好好待榮娘嗎？」說著，丹陽自己先笑起來。「若是如此，祖母和阿爺就放一百個心吧，有那閒工夫，還不如來關心關心我呢！」

溫榮和琳娘明白聖主和太后對話裡的意思。早前聖主和太后擔心李晟也有爭儲之心，故打算將李晟送往邊疆，待李奕坐穩龍椅後再讓李晟回來，現在晟郎不會被送去了。溫榮和琳娘相視一望，琳娘眼底的愧疚漸漸散去，倍覺輕鬆。

「丹陽還吃起縈娘的醋了？」太后伸出手命宮女史扶著，玩笑道：「怎麼？是不是林家大郎對妳不好？明日我就將他叫到延慶宮，好好管教一番，總不能讓我最親的孫女兒受委屈了！」

丹陽紅著臉，連連擺手。「祖母這是要兒難堪呢！」說罷轉身，也不再理聖主和太后，抬頭巴巴地望著櫻桃園外，開始焦急地等著回府的馬車。她已經有半個多月沒回中書令府，今晚出了如此大的事，林中書令等府裡長輩定是擔心焦急。

「嫁出去的女兒潑出去的水喲！」太后感慨一聲，說道：「馬車安排好了就快些過來接人吧，瞧瞧那一個個都快成天鵝了！」

溫縈、琳娘、丹陽同聖主、太后告別後，各自乘馬車回府，太后和睿宗帝則加急趕往大明宮。

還未進玄武門，睿宗帝就看到玄武門處黑壓壓地跪了一地人，跪在最前面的，不用說自然是李奕。

睿宗帝將太后留在馬車上，命馬車自旁門入宮，徑直去延慶宮，自己則緩緩朝李奕走去。待睿宗帝走到面前，李奕面露痛色，俯身在地，愧疚地說道：「是兒決斷錯誤，讓聖主、太后陷入險境，兒自請責罰！」

「是有錯，」渾厚的聲音似能撼動高大的玄武門。「但今天清剿逆賊，你也立了大功，如此就將功抵過吧，明日你的賞賜沒有了。」

李奕還未開口，其身後感謝聖主不治罪的聲音已此起彼伏，浩浩蕩蕩。聖主明白，李奕大器已成，眾兵將承認了他，皆肯俯首了。

聖主的聲音沈下來，只有李奕一人能聽見。「奕兒，你的心思雖縝密，可預見性卻不夠，甚至還不如李晟的媳婦兒。將來決斷，要多點兒心眼，尤其要將人心考慮進去。」

「兒謹聽阿爺教誨，往後定常向五弟和五王妃請教，絕不負阿爺重託！」李奕認真嚴肅地說道。

睿宗帝頷首道：「起來吧，將身後那些跪著替你求情的大臣、士兵散了，讓他們都回去歇息。可你還不能閒，應國公等人聽命前往泰王府、禹國公府等反臣府邸查抄，你也帶領親衛去協助。」

「是。」李奕發覺脊背有些涼，他的心思其實都被聖主看穿了，不過現在太子和二皇子已除，他也無甚可擔憂的。

聖主擺手將內侍遣開，不肯坐肩輿或乘馬車，只揹負雙手，一步一步，緩慢卻沈重地經過玄武門，再往宮內行去。

聖主行過處，大臣、將士俱俯身貼地，片刻後才直起身，戰戰兢兢地離開。從遠處看過去，似有海浪在礁石間暗湧，片刻的壯觀後只剩支離破碎的浪花和三三兩兩的寂寥身影。

李奕靜靜地站在原地看聖主遠去的背影，滿含溫情的雙眼此時只剩下敬畏和感傷。他對周圍大臣的告辭聲置若罔聞，一直到聖主徹底消失在視線裡，才回過神，準備查抄所謂逆臣賊子的府邸。

李奕的貼身侍衛在旁詢問主子準備去哪家府邸。

哪一府？李奕皺起眉頭，先才聖主沒有詳細交代，只讓他去協助而已……李奕眸光閃爍，略微沈思後明白了，聖主現在並無考驗他的意思，只是有些事還希望他能替李徵辦了，終究是皇家血脈。

李奕淡淡地笑道：「立即備馬，我要趕去泰王府，你們隨後到。」

不待侍衛確認，李奕就已翻身蹬上獅子驄。除了腰間佩劍，李奕又隨手抓過侍衛的弓箭，揮鞭策馬朝泰王府奔去。

泰王府的大獸首重環紅漆廣亮大門洞開，李奕看到守在門外的幾名驍騎衛時會心一笑，果然是五弟負責泰王府的查抄。還好他過來了，否則五弟只會公事公辦，不會考慮聖主的感受。

李奕出示權杖後走進泰王府，曾經奢華精緻的泰王府現在是一片狼藉，府裡一片哭喊求饒聲，嘈雜裡夾了侍衛的斥責和怒喝。李奕向一名副將詢問李晟在哪裡，知曉李晟已在三進院子時，眉頭皺了皺。

李晟正一動也不動地站在三進院子的一處長廊外，冷冷地說道：「怎麼回事？不是讓你們將廂房的門直接砸開嗎？為何人還未帶出來？」

侍衛面露難色。「回稟五皇子，廂房裡關的是二王妃，二王妃似乎瘋了，不斷叫囂嘶喊，還拿東西砸侍衛，只要小的們一靠近，她就用碎白瓷片對準自己的脖頸，我們擔心傷到二王妃，故不敢貿然上前……」

李晟清冷的眉眼難得現出一絲嫌惡。「帶我去看看。」

到了廂房門外，李晟才明白侍衛為何會那般為難，韓秋嬏不但揮舞碎瓷片威脅侍衛，還一直大嚷大叫要見三皇子。

守在門口的侍衛紛紛朝李晟見禮，韓秋嬏看到李晟後也猛地安靜下來，只伸長脖子直愣愣地盯著李晟那張和李奕頗為相似的臉。

昏暗的廂房時不時地散發出一股惡臭，李晟雖不言卻也蹙緊了眉頭。此時見到韓秋嬏的模樣，李晟亦覺得驚訝，在他印象裡，韓秋嬏生得極豐腴，現在卻骨瘦如柴，細長脖子清晰地現出鎖骨和血筋，髒兮兮的裙衫掛在身上，就如同裹竹竿的爛布袋子。李晟知道二哥不喜歡韓秋嬏，可沒想到韓秋嬏在泰王府竟會受到如此非人的對待。

「不是，不是，你不是奕郎，你不是奕郎！」韓秋嬏嘟嘟囔囔幾句後，又大聲嘶喊起來。「滾，滾，你們都給我滾！不許擋住門，否則奕郎會回不來的！」韓秋嬏的眼睛骨碌碌地轉了幾圈，接著又盯住李晟。「奇怪，奕郎去了哪裡？為何還不回來？是不是你將我的奕郎藏起來了？快說，他到哪裡去了？」韓秋嬏對著李晟舉起碎瓷片，雙腿顫顫巍巍，似要衝上前與李晟拚命，卻又因為極度的恐懼而動彈不得。

冷漠如李晟也覺得韓秋嬏可憐，韓秋嬏明顯是瘋了。如果就這般將其抓走，難保韓秋嬏不會在街坊和大獄裡瘋言瘋語，那些話傳將出去，就算聖主、太后、三王妃等人知曉內情，不會責怪三哥，但朝臣和市井民間卻會流言四起，認定是皇家醜事，極損三哥清譽。

就在李晟考慮是否要讓侍衛將韓秋嬏打暈了再帶走時，忽然，一支利箭從另一扇隔門呼嘯而過，直中韓秋嬏的心窩！

韓秋嬏瞪大了雙眼，目光飄起，越過李晟，茫然地看著庭院裡一襲墨色袍衫、溫柔俊雅的玉面郎君。為什麼？為什麼會這樣？韓秋嬏失了力氣，碎瓷片落地「哐啷」一響，她猛地清醒了，覺得胸口和心都很痛，彷彿裂開一般的痛。一支箭將她這一生最深的執念擊得粉碎……

「三哥，」李晟已猜到是誰，回頭不解地問道：「這般殺了，聖主問起該如何交代？」

李奕收弓走到李晟身邊。「是聖主的意思。給二哥、我、皇家都留一點面子吧，何況她已經瘋了，結束生命反而是解脫。」

韓秋嬏倒在地上，鮮血從箭孔縫慢慢滲出，到死韓秋嬏的眼睛都圓圓地睜著，直直地望著李奕先才站著的方向。

「這裡交由他人收拾。褚側妃呢？她肚子裡是皇家血脈，要留住性命。」李奕連看都不肯多看韓秋嬏一眼，轉身帶著李晟離開。

李晟道：「侍衛已將褚側妃的庭院封了，暫在查抄傢什，人還未抓。三哥，既然褚側妃懷有李徵的孩子，難道不應該斬草除根？」

「現在太后和聖主的身子俱是一日不如一日，既然褚側妃懷的是皇家血脈，我們就顧念兄弟親情，讓褚側妃將孩子生了，讓太后和聖主再高興一段時日。只要我們將泰王府裡的其餘人盡數清理乾淨，就不用擔心。」李奕說著，腳下步子更快起來。李徵的血脈當然不能留，只是什麼時候死、又是怎麼死的，會有些區別罷了。

李晟皺了皺眉，也未質疑三哥的決定。二人到了泰王府三進院子的東廂房，就聽見有婢子在慘叫，李晟暗道一聲糟糕，正要帶人進廂房救人，卻被李奕拉住。

李奕朝侍衛吩咐道：「你們進去，若褚側妃上吊尋死，將她救下來捆了便是，儘量小心一些。」

「三哥？」李晟正要詢問，被李奕抬手止住話頭。

李奕溫雅地笑道：「褚側妃根本不想死，上吊自殺也就是裝裝樣子，被救下後肯定不會再有甚舉動了。五弟，先才聖主才教我，考慮事情的同時要不忘考慮人心，還要求我多向五王妃學習。對了，五王妃她們怎樣了？」

「三王妃、丹陽、榮娘皆由監門衛護送回府了。三王妃無事，三哥不必擔心。」李晟淡淡地回道，他對三哥關於「人心」的理解不置可否。褚側妃與韓知績的情況並不相同，先才李晟也仔細想了想，今日韓知績之所以做出出乎他們意料的舉動，是因為韓知績知曉他聽從二皇子的安排一定不會有好結果，相反的，自行其道反倒可能得一步登天之路。而褚側妃呢，她也是個聰明人，否則不可能讓二哥獨寵她，令正妃韓秋嬏在泰王府飽受冷落，但現在她最重要的依靠二皇子倒了，其阿爺褚侍郎亦是保不住的，所以她的孩子不論是否出生，都將活不下去，褚側妃現在定是心灰意冷，做出甚舉動都不為過。

待李奕和李晟慢慢走到褚側妃的廂房時，褚側妃已被救下，更被綁在了一處矮榻上。

褚側妃冷冷地瞧著李奕。「為何這樣綁著侮辱我？我懷了徵郎的孩子，你現在不殺我可是在給自己留後患！」

李奕搖了搖頭，溫柔的聲音裡夾雜著濃濃的遺憾。「某是聽聖主吩咐行事，魯莽之處還請褚側妃原諒。現在聖主只是將二哥關押在大理寺，暫未斷案，說不定尚有轉機。還請褚側妃照顧好自己，保護二哥的血脈，如此就算二哥有何三長兩短，也能無遺憾了。」

褚側妃的心發寒，低下頭不肯再看李奕那張假仁善的臉，只任侍衛將她綁出去。

泰王府的查抄很順利，除了韓秋嬏和幾名侍婢反抗太過，誤傷了性命外，其餘人俱被關押進大獄。因為有三皇子等人的交代，褚側妃未被關進潮濕的地牢，不但單獨看管，還派了兩名宮婢照顧。

一切安排妥當，已到寅時初刻，李奕本想邀請李晟一道回宮至蓬萊殿休息，可被李晟拒絕了。

李晟快馬回到紀王府，二進院子的廂房果然如他所料，仍舊燈火明亮。

溫榮沐浴更衣後一直靜靜地靠在矮榻上等李晟回來，聽到熟悉的腳步聲，溫榮至外廂將李晟迎了進來。累了整整一日，溫榮雖因擔心李晟而感覺不到睏意，但是眼周也現出暗沈的顏色。溫榮用帕子沾水替李晟擦了擦臉，關切地說道：「香湯和乾淨絹服皆備好，晟郎今日一定累壞了，快去洗洗，我們一道歇息吧。」溫榮親手擰乾帕子，笑道：「算來我們有半月沒回府住了，還好甘嬤嬤每日都有收拾打掃屋子。」

溫榮言語談笑輕鬆，似乎未被夜裡發生的事情嚇到。李晟本想將溫榮攬到懷裡仔細詢問一番，卻因自己一身髒灰而收回了手。廂房裡本一塵不染的，可他走進來後，沾滿泥灰的雲靴就在地上留下了一個個腳印。

溫榮伺候了李晟沐浴更衣後，二人終於能舒舒服服地躺在箱床上歇息。溫榮發現李晟不肯合眼，黑暗裡燦若星辰的雙眸一直看著她，連眨也捨不得眨，她調皮地抬起手，擋在李晟的雙眼前，說道：「約莫只能睡一個時辰了，晟郎怎還不肯歇息？」

「榮娘今晚會害怕嗎？」李晟將摟著溫榮蠻腰的手臂收攏了些，嘴唇故意貼在溫榮的掌心來回摩挲。

溫榮忍不住笑起來，趕緊將手藏回錦衾，攏了個小拳頭擋在二人胸口間。她搖搖頭，輕聲說道：「不怕呢，因為晟郎一定會來救我的。」

李晟嘆了口氣，眸光暗下來。「可我真真嚇壞了，好擔心自己趕不上，擔心榮娘出事，擔心自己再也見不到妳……不知為什麼，我越發覺得自己沒用，一次次都未能保護好妳，曾經的我總是自以為是、妄自尊大，現在想想好可笑。」

溫榮也伸出手摟著李晟的脖頸。「是妾身無用，拖累了晟郎。」有了家室和牽掛的人後，多了份溫馨的同時也多了份負累。因為她的存在，晟郎開始患得患失，無法伸展手腳，容易亂了分寸。這世上充滿變數，哪會有能謀算得天衣無縫之人？

對於溫榮來說，有李晟的這份關心和牽掛，就已很滿足了。

「胡說，沒有榮娘，我活著也無甚意義。」李晟聲音低緩，似絲竹笙樂輕響。「汝之所向，吾之所往，汝之所往，吾亦趨。」

溫榮眼眸微潮，臉輕埋在李晟胸膛。「死生契闊，與子成說。」

同樣未入眠的，還有早已回宮的睿宗帝。睿宗帝一直坐在書房裡，對著一摞才從書櫥搬出的字帖發愣。他將字帖上的灰擦去，看著字帖上一個個熟悉的字，笑出了兩滴眼淚。

字帖是太子李乾、二皇子李徵年少時在文學館唸書時寫的。睿宗帝猶記得那日他要檢查李乾和李徵的功課，太傅便特意挑了幾幅「字有所成」的交與他。當年長孫皇后還在，夫妻二人一同翻看了兩個孩子的字帖後，皆讚不絕口，他更對皇后言「吾家有兒長成，成大器卻不晚也」。成大器卻不晚？睿宗帝霎時間老淚縱橫。他曾向皇后許諾，要將江山留給他們兩人的孩兒……走到今日這一步，究竟是誰不爭氣？誰對不起誰？

「聖主，該歇息了。」盧內侍將已經冷涼的茶盞端了下去，又換了一盞新的上來。

「泰王府的人都已經收押了？」睿宗帝放下字帖，合眼靠回矮榻，眉心和額頭上的痠痛壓迫感越來越強烈，沈重得睜不開眼睛。

盧內侍躬身道：「回稟聖主，泰王府裡不論主僕，俱已悉數關押入獄。對了，三皇子仁慈，顧及褚側妃有六月身孕，擔心褚側妃受不住尋常大獄的艱苦，遂將她單獨軟禁在潔淨的廂房。」

睿宗帝擺了擺手。「我知道了。吩咐宮車，我要去一趟大理寺。還有，記得傳話下去，明日不早朝，讓三皇子、應國公他們多休息一日吧！」說罷，睿宗帝撐著扶手起身，步子沈緩地朝殿外行去。

大理寺燈火通明。今夜大理寺關押的盡是謀反主犯，這些犯人地位不凡，干係重大，大理寺卿和左右寺卿等人不敢大意，皆留在衙門徹夜不眠，此時看到聖主微服而至，更打起十分精神，上前聽命。

「你們各自忙吧，我一人去看看李徵。」睿宗的步伐越來越沈重。

盧內侍和大理寺卿雖不敢違令地守在聖主身邊，但又擔心聖主身體虛弱，會禁受不住打擊，忽然有個好歹，二人遂躲在十米開外，亦步亦趨地跟著。

李徵正怔怔地坐在大獄角落，聽到聖主的聲音，茫然地抬起頭。空洞的視線裡，睿宗帝正疲累地扶著大獄木欄，站不住了便頹然坐在地上。李徵發現，不知何時起，阿爺的髮鬢已染滿霜白，威嚴的劍眉鬆垮地垂在眼角處，沒有往日的氣勢，只蒼老得令他這小輩心酸。

「阿爺……」李徵三步併作兩步地跑上前，凌亂的髮髻上掛了幾根枯草。「阿爺，再給我一次機會！我也不知為何會變成這樣的……」

「徵兒，你怎麼就沈不住氣，一心對付你大哥呢？你可知你們是嫡親兄弟啊！」睿宗帝抓住李徵伸出木欄外的手，哀聲感慨。若不是他兄弟二人不齊心，明爭暗鬥以致兩敗俱傷，奕郎怎會有機會？

「因為阿爺和阿娘都只寵大哥，可大哥不論品性或才能都比不上我，為何你們眼裡只有他，甚至在大哥做出那些不堪入目的事情後，仍一如既往地擁立他為儲君？我不服啊！阿爺，你們讓我怎麼服氣？再後來，你為了打壓我，還將韓秋嬏那等愚婦嫁與我！」李徵抱頭跪在大獄前，失聲痛哭。「其實我也不想的，可我不甘心啊……」

「你還是不明白，」睿宗搖了搖頭。「你和乾兒怎就不能學學奕兒與晟兒呢？他二人比你要優秀，可你想想看，他們何曾內鬥過？若非他們兄弟二人同心，也不可能成大事的。」

「哼！」李徵一抹眼睛，露出嘲諷的神情。「五弟也不過是在粉飾太平，我就不信五弟肯心甘情願地站在李奕身後！阿爺，你不知道，三弟和五弟當時還爭搶過溫四娘，就是五王妃！還有，五弟生母王賢妃的死多半和王貴妃脫不開干係，這事五弟肯定也在懷疑——阿爺？阿爺你不要走啊！阿爺……」李徵的手直直地伸出獄外，指尖觸碰到睿宗帝的袍襬，卻再也抓不住了。

睿宗帝對二皇子是徹底死心了，只遠遠丟下一句話。「你安安分分地閉嘴，說不定奕兒還會留你一命，你就留在大獄裡反思吧。」

到了大理寺外，聖主仍舊不肯乘肩輿，也不同意盧內侍和大理寺卿上前攙扶，只佝僂著背，走一步停一步，咳嗽聲越發撕心裂肺……

溫榮艱難地睜開眼睛，一夜才睡半個時辰。溫榮正要起身，綠佩躡手躡腳地進來傳話，言宮裡傳了書信下來，今日不早朝。

溫榮整個人放鬆下來，躺回廂床時發現李晟也悄悄鬆了一口氣。溫榮抿嘴微笑，原來都累壞了……

這回籠覺一眨眼就睡到了日上三竿，醒來後二人簡單地吃了些清粥後，溫榮又修了封書信回溫家長房。為免長輩擔心，溫榮未將韓知績火燒櫻桃園、企圖捉她們做人質之事寫在信裡，只簡單地提了提二皇子和韓知績謀反。

忙完後，溫榮親自煮了壺茶湯，與李晟一起靠在庭院涼亭歇息。溫榮微瞇著眼睛躺在籐椅上，懶懶地打著團扇，身邊放著婢子剛端上來的新鮮葡萄和荔枝。

李晟隨手剝了一顆葡萄遞與溫榮。「榮娘喜歡什麼樣的生活？」

「每日裡遊山玩水、品詩作畫，輕鬆閒適的生活。」溫榮執錦帕輕擦去唇邊甜膩的葡萄汁。「與其富貴榮華，不如把酒桑麻。」說罷，溫榮轉頭認真地看著李晟英俊的側臉。「晟郎呢？」

李晟摩挲著左手大拇指上的玉扳指，若有所思，半晌後笑著說道：「我也一樣。榮娘喜歡的，就是我喜歡的。」

不知為何，雖然李晟給了肯定的回答，可溫榮卻因為李晟的片刻猶豫而產生不安。現在太子和二皇子都已經被廢了，三皇子順利即位後，晟郎就會被封為南賢王。逍遙南賢王，聖主之下權勢最大的親王……溫榮抿了抿嘴唇，尋了個舒服的姿勢小憩。她又多心了，盧醫官是不止一次地交代她要放寬心，否則這副身子，將來生小世子都會成問題。

李晟滿眼幸福地看著難得懶洋洋的溫榮，笑著搖搖頭，將自己的籐椅挪得與溫榮更近些，也開始閉目養神。閉上眼感受微黃的光暈，李晟覺得昨日發生的事情，已恍如隔世了，這般遠離紛爭的小日子，確實也不錯呢……

溫榮和李晟本以為可以好好休息一整日，不想臨近申時，宮裡忽然傳來消息，褚側妃觸牆而死，一屍兩命。如此也就罷了，偏偏褚側妃臨死前哭喊了一番，言負責查抄泰王府的侍衛侮辱她，她本是想生了孩子後再自殺的，可實在嚥不下這口氣，認定孩子出生後也會飽受屈辱，故乾脆死了乾淨，一了百了。

聖主知曉後大怒，立即將三皇子李奕召進興慶宮問話，而昨日先領侍衛到泰王府查抄的李晟，自然也避免不了被聖主責問。

溫榮一路將李晟送到二進院子外。「那褚側妃所言可是真的？」

李晟疑惑地搖搖頭。「昨日三哥只讓褚側妃保護二哥血脈，如此二哥就算有甚三長兩短，也能無遺憾了。」

溫榮聽言，忍不住皺起眉頭。如此殺人於無形，李奕真真是可怕。

「榮娘，晚膳妳一人先吃，別等我。這個時辰進宮，怕是沒有那般快回來的。」李晟在月洞門處停下，細心交代道。

「放心吧，晟郎早去早回，別讓聖主久等了。」溫榮答應道。

李晟目送溫榮走上抄手遊廊，才轉身吩咐備馬，快步走出府。

溫榮用過晚膳，一直等到了亥時中刻李晟才回來。見李晟滿面倦容，溫榮心疼地問道：「怎麼了？聖主可有怪罪晟郎？」

李晟點點頭，解下腰帶，笑問道：「也不是甚大不了的。廚裡還有飯食嗎？沒有的話糕點也成，我有些餓了。」

溫榮連忙頷首。「有的，晚上我特意吩咐廚裡做了古樓子和畢羅，又熬了茶粥，煮了小筍羹湯，就是擔心晟郎回來得遲，準備留給晟郎做夜點的。」

很快的，婢子將食案擺了上來。

李晟滿足地笑了笑，將飯菜盡數吃了乾淨，最後仍意猶未盡。「榮娘，這道小筍湯十分可口，明日再做了我嚐嚐。」

「原來晟郎也喜歡這道羹湯，明日我再添些蝦丸和藕片，想來會合晟郎的口味。」溫榮歡喜地說道，吩咐婢子將食案撤下後，便將乾淨絹服放入隔間，打算一會兒伺候李晟沐浴。

為李晟褪下袍衫，趁李晟靠在浴桶裡休息時，溫榮悄悄地到外廊尋桐禮問話。「桐禮，你可知今日五皇子進宮發生什麼事了？」溫榮發現李晟換下來的袍褲膝蓋處被明顯磨破，先才袍褲讓袍襬擋著，她還未曾發覺。

桐禮想起傍晚發生的事情，臉色變得十分難看，仔細回憶主子也未交代不能告訴王妃，遂憤憤不平地說道：「主子將褚側妃自裁一事認了下來，說甚與三皇子無關，可昨日分明是三皇子到了秦王府後，才領主子去東廂房的！令褚側妃難過的話是三皇子說的，人也是三皇子命捆的！」頓了頓，桐禮又說道：「原本聖主要罰主子在興慶宮前跪一整宿，還好兩個時辰後太后與王貴妃過去求情，主子這才被放回來。」

溫榮聽了心裡也不舒服。捨卒保車，李奕繼位已是板上釘釘了，可還要晟郎替他揹黑鍋，晟郎今日在宮裡是受不少委屈了。

溫榮轉身回到廂房隔間，絕口不提此事，利索地伺候晟郎沐浴更衣後，二人早早歇息了。

次日卯時初刻，晟郎起身進宮參朝。

今日聖主會就二皇子等人謀反一事做出論斷，亦會對有功之臣論功行賞。算來阿爺亦是此次二皇子謀反案裡的大功臣，不知今日將得何賞賜？溫府經此事後，該更加榮耀了。二皇子一案牽連甚廣，不知林子琛究竟拿到了多少二皇子同黨的證據，又有多少證據會被呈到聖主案前？

李晟出府後，溫榮收到溫府送過來的帖子，一會兒阿娘會帶茹娘過來探望她，順便尋她商量前往陳府提親一事。

溫榮也有打算回府一趟的，但是她今日走不開，正巧阿娘自己過來了。

碧荷小心地將溫榮手臂上的紗布剪下，又在傷疤上勻勻地撒下一片玉散粉，玉散粉與肌膚相觸後有幾許涼意，是盧瑞娘送給溫榮的，不但能促進傷口癒合，腐肉新生，而且傷口恢復後能不留一點疤痕。

碧荷在溫榮的傷口包上乾淨的紗布，歡喜地說道：「王妃手臂上的傷幾乎恢復了呢，都能看到嫩粉色的新膚了！王妃現在還會疼嗎？」

溫榮搖搖頭，笑道：「傷口癒合了怎還會疼？只是被妳們在旁盯著不能拿筆、不能做女紅，我的手都快僵了。」

「盧醫官說了，這是為長遠著想，娘子可不能因小失大。」綠佩端了乾淨的水進來讓溫榮洗手，說出的話文謅謅的。

溫榮滿眼興味地打量綠佩。

碧荷在旁打趣道：「昨兒是杏兒守夜，可綠佩姊卻也一宿沒睡，只不想現在精神頭這般好！」

「這話如何說的？」溫榮將手上的水漬擦去後，緩緩站起身，取了兩顆核桃在手裡把玩。不能寫字作畫，只能偶爾擺弄手指。

碧荷湊近溫榮，附耳悄聲說了幾句。

溫榮意味深長地看著綠佩，笑道：「這是好事兒，綠佩不必這般扭扭捏捏，儘管告訴我們。」

綠佩紅著臉瞪碧荷一眼，端著水盆噔噔噔地跑了出去。

溫榮好笑地望著庭院裡那尊石像般一動也不動、只知道守衛院落安全的魁梧背影，再見到綠佩水盆也來不及放下，直接到「石像」旁啐了一口，緊接著一聲不吭地扭頭就走。侯寧紅臉不解地看著綠佩的背影，不一會兒「嘿嘿」地憨笑兩聲，又端正的一動也不動了。

溫榮和碧荷忍不住捂嘴大笑起來。這兩人皆是憨厚直爽的性子，溫榮是不擔心侯寧會欺負綠佩，只無奈二人都缺心眼，將來還得讓碧荷好好教教綠佩。

又過了小半時辰，林氏帶著茹娘到了紀王府，溫榮將二人迎進花廳。

林氏仔細地端詳溫榮，見精神恢復得不錯，才徹底放下心來。擔心了半月，林氏少不得有些抱怨。「宮裡的那些貴人也真真是的，就半月前將我們接到櫻桃園探望了王妃一次，而後再想去探望，就苦無門路，被攔著不讓進了！」

溫榮驚詫地抬起眼。「阿娘前幾日還有去櫻桃園尋女兒嗎？」

林氏支支吾吾地低頭，不好意思說。

茹娘在旁說道：「阿娘擔心宮裡的那些女史眼睛生得高，為多些機會巴結伺候太后和三王妃而怠慢了阿姊，故阿娘有兩次煲了補身子的湯，帶著我巴巴兒地送到櫻桃園，可櫻桃園外的侍衛都攔著不讓我們進，如此也罷，怎連傳話都不肯？」

溫榮一愣，握著林氏的手說道：「辛苦阿娘了，兒真不知曉此事，否則不論怎樣，也要去櫻桃園門口同阿娘見上一面的。」

林氏搖搖頭，不以為意地笑道：「想來是聖主的安排，與王妃何干？左右我在府裡也無事，就想了能留在王妃身邊照顧。」

溫榮眼眸微濕。「阿娘放心，兒的傷是盧醫官親自看診、親自開藥的，平日裡太后和三王妃也常過來問候，宮婢哪裡敢怠慢？倒是阿娘和祖母要照顧好身子才是，往後可是要慢慢享清福的。」

林氏笑起來。「妳這孩子，也知妳阿娘是悶壞的。對了，說起來軒郎的事，王妃可有何想法？妳阿爺和祖母說了，明日或後日就請保山上門提親，也不知陳家是否會答應。」

綠佩在旁聽到夫人要去陳家替軒郎提親，朝碧荷翻了個白眼，被碧荷瞪了一眼後不敢吭聲，可心裡仍對陳月娘的品性犯嘀咕。

溫榮頷首道：「明天和後天皆是好日子，就照祖母和阿爺的意思辦。陳家長輩是一定會答應的，畢竟這事兒不辦，是陳家沒面子。」

茹娘在旁插嘴道：「月娘的性子不若歆娘爽快，也不知臨到關頭會不會使么蛾子……」

林氏重重地拍了下茹娘的手背，茹娘「哎喲」一聲後把手藏到身後。林氏將提親的禮單拿出來讓溫榮過目。

溫榮看過後頗為滿意，禮單雖不若當初宮裡替五皇子下聘禮時來得豐厚，卻也十分體面。府裡並沒有因為陳家娘子落在難處而故意刁難，反而添了不少好看的彩頭，府裡長輩皆厚道，陳家娘子嫁過來是享福的。

見溫榮認可了，林氏笑著接回禮單，正要仔細詢問二皇子謀反一事，外面就傳來高聲通報，有內侍和禮部官員到府裡。林氏和茹娘緊張地站起來，不斷朝外張望，茹娘更忍不住扯住溫榮詢問發生了何事？

溫榮笑著將衫裙整理了一番，牽著茹娘和阿娘的手往廂房外走去。「不用擔心，是好事。」

內侍和禮部官員俱被迎到二進院子的主院，二人先向溫榮行禮，再攤開明黃色聖旨，高聲唸道：「聖主賜詔，紀王府五王妃接旨！」

溫榮領著林氏和溫茹恭敬跪下。

「……五王妃冰雪聰慧、機敏果敢，叛軍作亂時能臨危不懼，出謀劃策救聖主、太后於危難之中……為表嘉獎，特此賞賜絹帛五千疋、新羅國進貢深海黑珍珠一對……」隨著禮部官員往下唸，一箱箱賞賜被搬進院子裡，不到一刻鐘的工夫，庭院就被賞賜堆得滿滿登登的。禮部官員好不容易將禮單唸完了，笑道：「請五王妃接旨。」

溫榮跪謝了聖主和聖主的賞賜後，抿唇微笑接過聖旨，又吩咐婢子取來金葉子賞給禮部官員與內侍。

將宮裡來的人送出府後，溫榮才回廂房繼續同林氏、茹娘說話。

盧嬤嬤和甘嬤嬤照溫榮吩咐，先領婢子將賞賜分類堆放，待下午五皇子回府過目後，再盡數收進倉庫。

茹娘站在院廊粗粗點了一番，暗暗咋舌，皇宮可真真是大方，單賞賜就有一百來箱！先才他們府裡準備提親的禮單，同宮裡賞賜一比，可是見不得人了。

溫榮笑著與林氏說道：「阿娘，今日阿爺也有賞賜，估摸這時候已送到府裡了，只是不如王府的多。」

「阿爺也會有嗎？那太好了！」茹娘歡喜地跑進來。「一會兒五皇子的賞賜送過來，紀王府怕是要堆不下了！」

溫榮不以為意地說道：「妳姊夫前日有一事做得不夠好，怕是沒有賞賜了。」溫榮見阿娘面露擔憂之色，忙補充道：「只是小事而已，也不會被責罰的。聖主對三皇子、五皇子的要求更高，規矩更多。」

茹娘噘嘴說道：「什麼小事能將一整院子的賞賜都抵了……」

林氏點了下茹娘的額頭。「瞧妳這眼神和說的話，妳姊夫有無賞賜與妳何干？財迷似的！」說罷，林氏又看向溫榮。「若妳阿爺真有賞賜，是不是該拿出幾樣好看的，做添頭加在提親禮單裡？」

溫榮搖搖頭。「阿爺有的，陳知府也會有。提親是我們府裡的事情，和朝堂無關，先才的禮單就很好，祖母和阿娘已經很上心了。」

「王妃說好我就放心了。」林氏命鶯如將禮單收起來，又取過兩只新繡荷囊交給溫榮。「茹娘說妳的荷囊舊了，妳自己不會繡，從小又用慣我做的，這兩只先拿著用，往後缺了，妳妹妹也會繡。妳祖母發話了，以後不許茹娘出去瞎玩，除了宮裡或者貴家請宴，我們長輩會帶她出府外，其餘時間一律在府裡抄寫經書或做女紅。」

溫榮驚訝地看了眼茹娘，詫異地問道：「茹娘答應了？」

「阿姊，這次給妳惹了大麻煩，還害妳受傷，我是真知道錯了，往後我不會再出去使性子胡鬧。」茹娘低頭愧疚地說道。

「如此我就放心了。」溫榮笑著摸摸茹娘精緻的小臉。挨一刀能讓茹娘收心養性，往後不再驕橫惹事生非，溫榮覺得值。

林氏又央求了溫榮一事，溫榮聽後滿口答應。

午時母女三人一道用了午膳，又休息了一會兒，溫榮才備馬車送林氏和茹娘離開。

第四十二章

待申時李晟回府，溫榮問起宮裡賞賜的事情。

李晟看著院裡堆成小山的賞賜，無奈道：「我得靠榮娘了，因為聖主又罰了我半年俸祿。對了，岳丈也得了賞賜，還被破格提為正三品御史大夫。」

溫榮聽到阿爺被提為正三品大臣，嚇了一跳，這也太快了。阿爺從杭州郡調往盛京為官不過三年，竟然接連地調動和提拔。阿爺今日定很高興，在朝堂上得壓著性子，不能失了穩重，回府後指不定會樂呵成甚樣。溫榮想起一事，問道：「晟郎，既然阿爺被提為正三品大臣，聖主是否有談及國公爵復爵一事？朝堂上有變動嗎？」

李晟道：「復爵怕是沒那般容易，今日張洪忠的薛國公爵也被奪了。林中書令和琛郎前幾日暗暗將查到的所有證據呈於聖主，故除了前日的泰王府、領侍衛統領府、禹國公府外，還有德陽公主府、尚書左僕射府、薛國公府被查抄，以及數十名與二皇子關係密切的朝臣被罷貶。對了，溫家二房，榮娘的大伯父、二伯父亦被削職了，雖未貶為賤籍，但其子孫三代不得科舉和入朝為官。」

溫榮微微露出笑容，許是阿爺立功的緣故，聖主對溫家二房手下留情了。二房被收繳了田產、莊子，照他們上下皆好吃懶做的脾性，生活怕是難以為繼。好在祖母不會對他們放任不管，二房一眾人若安安分分的，尚可安度餘生。

現在太子、二皇子、德陽公主俱被貶為庶人，照理溫榮應該徹底鬆口氣，可不知為何，心裡仍不輕鬆。

李晟在矮榻上墊了個軟褥子，讓溫榮坐得更舒服些，見溫榮垂眼不說話，又笑道：「離開含元殿時，岳丈還請我去府裡吃酒，被我婉拒了。看他老人家面露不喜，大概是覺得我這女婿駁他面子了，過幾日我帶一罈靈溪博羅去向他老人家賠罪。」

溫榮顰眉道：「你們一個個都少吃些酒吧！對了，除了阿爺被提拔，還有誰得了賞賜呢？應國公、三皇子、五駙馬他們怎樣了？」

李晟目光閃爍，笑道：「應國公官職未變，只得了賞賜。三哥與我一般，不受罰就已經是萬幸，哪裡還敢想旁他？至於林家大郎，經歷了校習場後，原本被定為從五品騎都尉，今日被聖主提拔為從四品下歸德中郎將，還得了不少賞賜。」

同阿爺一樣，也升了一級，溫榮頷首道：「是大好事。」

李晟的眼睛更加明亮起來。「於琛郎而言當然是好事，可林中書令知曉琛郎瞞著他們報校習場後，氣得鬍子都豎起來了，朝堂上礙於聖主和重臣沒放臉，可才走出廊下，林中書令就忍不住拿羽扇不斷打琛郎的腦袋。我和三哥遠遠地跟在後面，隱約聽見林中書令叱罵琛郎，言其翅膀硬了、長本事了。」

溫榮捂嘴笑起來。「聽晟郎口氣，倒有點幸災樂禍的味道。」

李晟的神情更是不加掩飾，將溫榮環在懷裡，「可不是？我和三哥都不得賞賜，正瞧著琛郎眼紅呢，不想他在大庭廣眾下被揍了一頓。別看林中書令年紀大，可力氣卻不小，才敲三下，竹節檀木羽扇就折斷了，如此林中書令還不解氣，換一把繼續揍。三哥與我皆猜琛郎的腦門應該是腫了，否則不會不敢同我們告別，一人匆匆忙忙地躲上馬車回府。」

溫榮印象裡，林家大郎是風度翩翩，好不俊朗瀟灑，竟然也有這般狼狽的時候？溫榮好不容易止住笑，道：「林家大郎是從四品武官，只比林中書令低一級，照這速度，再過些時日就不能隨意打罵了。」

李晟眼睛裡都帶上了笑意。「榮娘小瞧林中書令了，林中書令職官雖不能提，可是散官卻已由紫金光祿大夫升為從二品特進光祿大夫了，琛郎遠遠不及其祖父。」

溫榮用扇子掩住嘴笑。經歷了前日的謀反大案，朝中勢力格局出現了翻天覆地的變化。「那敢情好，林家大郎不至於得意忘形。」

溫榮想起早上阿娘的請求，說道：「晟郎，阿娘請我當保山，明日就是吉日，我打算去一趟陳府，若合適，接下來就可以看軒郎和月娘的八字合不合了。」

提及軒郎，李晟想起櫻桃園霜溪旁發生的事情，有幾分不好意思。若非因為他，軒郎也不用對陳月娘負責任，不用娶陳月娘為妻。李晟想了想，雖未反對溫榮做保山，但將那日發生的事情更詳細地告訴溫榮。倘若軒郎和陳月娘真成了，往後就是姻親，少不得常見面，他雖不待見陳月娘，可總該讓溫榮知曉陳家娘子都做過何事，不能只委屈了軒郎。

溫榮錯愕地睜大眼睛。「晟郎怎不早些與我說呢？」

當時櫻桃園事發後，溫景軒有當眾人面敘述此事，可未提李晟見死不救一節。原來月娘是因為晟郎落的水，不想晟郎不肯救她，在臨淹死的關頭，被軒郎那冤大頭救了。

這算不算好心沒得好報？溫榮被自己的想法嚇一跳。出了這事後，軒郎未再尋過她一次，她和長輩也無人詢問過軒郎的感受。

李晟心中所想與溫榮相仿，帶了幾分愧疚說道：「當時榮娘受傷未癒，我不想榮娘再費心思操勞。前兩日本想說的，可被二皇子謀反鬧下，就忙忘了，是榮娘說要去做保山，我才想起來的。」

溫榮輕垂眼簾靜靜地聽著，照晟郎話裡的意思，這段時間軒郎也不肯聯繫晟郎，怕是心裡有委屈和不滿，根本不願意見他們。溫榮微皺眉頭，道：「這事現在不好有變動，明日我先去陳府仔細瞧瞧月娘的態度，若仍執迷不悟，我也不能誤了哥哥，倘若有悔恨之心，將來能一心待哥哥和溫府，我們再好好開導軒郎吧。」

「榮娘不怪為夫就好。」李晟看著溫榮托腮蹙眉深思的模樣，心裡升起一股歡喜意。

「榮娘，還有一事，過幾日聖主約莫就會冊封三哥為太子了。」

溫榮站起身，心不在焉地說道：「終於遂了王貴妃和三皇子的心，待到冊封典禮那日，我再準備了進宮便是。」溫榮看了眼時辰，又說道：「今日阿娘送了塊新鮮鹿肉過來了，晚膳我吩咐廚房炙烤一份鹿脯，配雕胡飯和小筍湯可好？」

見李晟點頭了，溫榮笑著走出廂房，腦海裡順便思考還要添兩道什麼小菜。

李晟喜孜孜地端起茶湯，榮娘對三哥的事情真是毫不在意。茶湯裡有股淡淡的金桂香，李晟淺嚐一口，苦澀後是唇齒生津的甘甜。記得榮娘與他提起過百朝露，哪日徹底閒下來，他也寅時中刻起身，守在花圃旁收集凝於花瓣上的露水，親手為榮娘做一次百朝露。

第二日溫榮挑了個吉時，帶禮物和帖子前往陳府。

陳家早早接到風聲，陳大夫人正準備領惠娘親自到府門處迎接，陳二夫人也想跟了一起去，不料才開口就被陳大夫人數落了一通。「我與惠娘去接五王妃便可，妳有時間趕緊去多勸勸月娘吧！也不看看月娘成了什麼樣子，從早到晚關在廂房裡不肯見人，皮膚是養白了，可一副病態，婆家人瞧了能喜歡？妳也不上心，成日就留歆娘一個小女娘在她身邊，有何用了？」

陳二夫人被說得臉一陣紅、一陣白，悻悻地看了看陳老夫人。

陳老夫人解圍道：「好了，妳也別數落二郎媳婦了，他們一家才從嶺南回來，哪裡知曉那麼多門門道道的？」陳老夫人向陳二夫人交代道：「現在溫家長房在盛京是炙手可熱，五王妃都親自過來做保山，溫府算是給足了我們面子。妳和月娘仔細說說，千萬別再這樣使性子，她能嫁去溫府是上輩子修來的福分，要是惹惱了溫家，她是再無人娶了。」

「是、是，阿家和大嫂說的是，兒這就去讓月娘好生梳洗打扮。月娘和歆娘同五王妃交好，想來一會兒也不會出甚亂子的。」陳二夫人小心翼翼地應下。照理她夫郎陳清善才得了賞賜，他們二房該極有面子的，可無奈月娘不像樣，讓大夫人抓住了把柄，生怕他們二房害了整個府似的。若將來她女兒真能和溫府、五王妃成姻親，過上好日子，她的忍氣吞聲也就值得了。

陳大夫人和惠娘乘肩輿前往府門，陳二夫人則穿過白玉石拱橋到月娘的廂房。婢子要通報，陳二夫人擺擺手，徑直走進屋裡。

看到陳月娘的模樣，陳二夫人就頭痛。她一大早就告訴月娘了，溫榮是保山，巳時中刻就會到府裡，讓好好準備的。不想現在溫榮馬上就到，可月娘仍舊披散著頭髮，穿一身素色半袖襦裙，靠在矮榻上，看著窗外的幾株石筍發怔，而歆娘約莫是被月娘氣到，鼓著臉頰坐在圓凳上不吭聲。好歹歆娘的衣著打扮十分得體，陳二夫人微微鬆了口氣。

「唉喲，妳這孩子，都火燒眉毛了，怎還這般懶散？」陳二夫人親自拿了一身銀紅綢衫過來。「那般好的親事不要，也不知妳在和誰慪氣？妳大伯母已經說話了，她一心就怕妳得罪溫府和五王妃，將來害了我們家！」陳二夫人話音剛落，就聽到外院高聲通報五王妃到了，登時緊張起來。

「女兒只是在和自己慪氣罷了。」陳月娘收回目光。「我知道了，不會讓府裡為難的。阿娘和歆娘先去招待五王妃，我換身衣衫就去內堂，若去晚了，還請阿娘替我向五王妃道歉。」

了。

陳二夫人鬆了口氣。

歆娘抬起頭看向阿娘，欲言又止，最後開口讓月娘速度快些，便隨阿娘去內堂見溫榮了。

陳大夫人和惠娘親熱地將溫榮迎進府，吩咐府裡最好的茶奴煮了御賜的蒙頂石花。

陳老夫人要將溫榮請上座，溫榮執意拒絕，又親自扶陳老夫人坐下，笑道：「老夫人與祖母是同輩，又是關係極好的手帕交，我若是不曉事坐了上座，那蓆子怕是會長出尖牙的，再傳到溫府，我都不敢回府見祖母了，少不得挨一頓訓，故老夫人千萬別為難我。」

陳老夫人笑得合不攏嘴，越看溫榮越喜歡。想當初她也有讓溫榮當孫媳婦的心思，可那時溫府正值多事之秋，連黎國公爵也沒保住，京中貴家世族對溫府是避之不及。她也以為溫府就這樣沒落了，沒想到現在溫四娘子成了五王妃，溫世珩則是朝中正三品大臣。

惠娘和歆娘牽了溫榮一起坐下，溫榮笑著向二夫人問起陳月娘。「在櫻桃園時，聽聞月娘受了寒氣，不知現在身體可大好了？」

陳二夫人連連點頭，笑道：「託王妃的福，月娘身子已經痊癒，這會兒知曉王妃過來了，反而害羞起來，大半時辰過去了還未梳妝妥當呢！我這就命婢子再去催催她。」

陳歆娘和陳惠娘皆努努嘴不敢吱聲，只在心裡隱隱不安。

溫榮目光微閃，面上笑意不減。「不妨事。女娘在這時候哪有不害羞的？月娘不在反而更好，否則我們說話還得遮遮掩掩。」

陳二夫人感激道：「五王妃涵量，月娘那孩子太不懂事了。」

溫榮笑道：「我們兩府是世交，再熟悉不過，客套話就不多說了。想來諸位長輩也知曉我今日的來意，我哥哥溫家軒郎年已十七，月娘年十六，二人相識多年，皆未訂親婚配，聽著極登對，只不知陳家長輩如何看的？」為免陳家人尷尬，陳月娘落水一事，溫榮隻字不提。

陳老夫人與陳二夫人等人聽了這話，面露喜色。

陳大夫人見陳二夫人歡喜得說不出來話，忙幫著說道：「五王妃都瞧著登對了，豈還有不好的道理？溫家軒郎形容出色、器宇不凡，文采武藝俱出眾，前途無量，得此夫郎是月娘上輩子修來的福分啊！」

溫榮眉眼含笑，款款說道：「既然兩家長輩俱有聯姻想法，擇吉日就替他二人合合八字吧，我祖母和阿娘亦是喜歡月娘得緊。」

陳二夫人連忙應下，取出事先準備好的庚帖交換。

「太好了！」陳老夫人輕鬆地說道：「五王妃不是外人，我們也不必藏著掖著裝樣子。今兒月娘的事定下來，我這當祖母的也鬆了口氣，否則晚上總睡不好覺。」陳老夫人看向陳二夫人，語氣頗為不悅地道：「月娘怎還未到內堂？妳讓婢子去催催，這也太失禮了！於公於私，她都該過來同五王妃見上一面。」

陳歆娘主動命自己的貼身侍婢回廂房尋人。

陳大夫人在旁解圍道：「月娘這會兒可能正對鏡貼花鈿，見五王妃當然要精心打扮一番，別讓妳們這一催，花鈿都貼錯地方嘍！」

陳二夫人和歆娘尷尬地笑了笑。

溫榮掩嘴笑道：「陳大夫人說話可真真是風趣，這般說來，我們更不能去催月娘了。」

眾人一邊等陳月娘，一邊在內堂閒聊。溫榮悄聲地詢問了歆娘幾句，雖然歆娘支支吾吾的不肯詳說，可溫榮也大致瞭解了月娘的情況，故此心生不悅。原來月娘還是未放下，不知一會兒能不能順利見面？照歆娘的說法，月娘應該是不肯來的。

陳大夫人朝陳老夫人小聲嘀咕道：「阿家，妳瞧五王妃先才皺了下眉頭，怕是已經不高興了。那歆娘的婢子也不知去哪裡貪玩了，半晌工夫了還不肯回來，兒再命人過去看看吧？好好的事不能黃了。」

陳老夫人瞥了陳大夫人一眼，點了點頭。「去吧。」

陳大夫人的婢子離開內堂，過了約莫一刻鐘後就回來了，但神色慌張，看著溫榮愣了一會兒，才躲到陳大夫人身後。

陳大夫人將湊到她耳邊就要說話的婢子推到一邊，斥責道：「讓妳去喚大娘子過來，妳怎一個人回來了？還這般沒教養，叫王妃看笑話！還不去向王妃道歉？」

溫榮連忙擺手說不用，溫和地問道：「月娘還未梳妝好嗎？月娘天資秀美，尋常模樣就已很好了。況且溫家長輩和軒郎都未過來，我同月娘有多年姊妹交情，哪裡用那般見外。」

陳大夫人的婢子正要開口說話，歆娘先才遣去的婢子也回來了，揑著手指一下子跪到地上，埋著腦袋說道：「大娘子……大娘子她將頭髮絞了，說是要去城郊的文業寺出家！」

歆娘驚訝地站起來。「妳說的可是真的？阿姊真將頭髮絞了？」

婢子緊張地說道：「這般大的事情，婢子哪裡敢胡言亂語。」

內堂裡的人一下子全都愣住了。

溫榮回過神後吃了口蒙頂石花，垂下眼睛不肯說話。

「這……這孩子真真氣死我了！」陳老夫人差點一口氣喘不上地暈過去，陳大夫人連忙上前替老夫人捶胸順背。陳老夫人拄著枴杖連連擊地。「今日王妃親自過來，她還給臉不要臉了！她絞髮做姑子是要給誰看？妳們去將月娘帶來，讓她跪在堂前將話說清楚！」

陳二夫人見陳老夫人動怒，擔心老夫人真要責罰月娘，一邊上前替月娘求情，一邊想著回房去看看，一時左右為難。

內堂裡已亂作一團，歆娘和惠娘兩個小娘子怔怔地瞧著吵吵嚷嚷的長輩，也不知道該如何是好。

溫榮將茶碗放下，面無表情地站起來。

歆娘嚇一跳，趕忙抓住溫榮的手，討饒地看著她，低低喚了聲榮娘。

溫榮嘆了口氣。

歆娘低聲道：「還請榮娘莫要怪阿姊，其實月娘心裡十分愧疚，這些時日月娘的內心一直飽受折磨。月娘知曉溫家大郎對她毫無情意，會入水救人是因為心善。月娘親口對我說過，軒郎是好人，她已經錯過一次，就不能一錯再錯，更不能做出恩將仇報的事情來。」

歆娘目光誠懇，溫榮心思微動，神情緩和下來，緩緩說道：「哪有甚恩將仇報那般嚴重？其實在長輩眼裡，兒女情長從來不重要。我們府裡祖母的性子我最瞭解，如果她覺得月娘不合適，就算月娘因為軒郎而失了清譽，她也不會同意這樁親事的。溫家長輩就算有猶豫，但也是真認同月娘。唉，若月娘是因無法面對我們而削髮出家，就太傻了。」

歆娘還想替月娘求情，哀求溫榮不要將府裡發生的事情告訴溫老夫人和溫夫人，如此說不定還能有轉機。溫榮無奈地搖搖頭，她是不想宣揚的，可漫說陳月娘是否會回心轉意，就是陳大夫人也不一定肯放過這等可令二房大失顏面的好機會。

溫榮同陳老夫人等人告辭，又勸慰了幾句，勸慰的話無非是不會影響兩府關係，又讓陳老夫人保重身子，好好歇息，她過幾日再作為小輩過來探望老人家。

陳老夫人握著溫榮的手微微顫抖。「今日之事實是對不住五王妃，我們枉費了溫老夫人、溫夫人、五王妃的一片心意，還麻煩五王妃與溫老夫人說了，改日老身定親自上門賠罪！」

溫榮扶著陳老夫人說道：「老夫人何罪之有？祖母更不會責怪的，故老夫人千萬別這麼說。說來還是我們溫府考慮不周，從未顧及月娘的感受，以為是為他們好，其實就是太自私了。」

「唉，現在府裡一團亂，我就不留王妃用席面了。招待不周，還請王妃見諒。」陳老夫人長嘆一聲，口氣很是哀怨。

溫榮笑道：「正巧府裡有些事，我也不敢久留。老夫人、夫人有甚要幫忙的，儘管與我們說，那我便先告辭了。」說罷，溫榮帶了碧荷與綠佩離開。

還未走到內堂的琉璃門簾前，溫榮就被陳大夫人喚住。

「還請五王妃留步！」

溫榮詫異地回過身。「不知陳大夫人還有何事？」

陳老夫人和陳二夫人亦一臉疑惑。

陳大夫人將老夫人扶在矮榻上坐定，牽起惠娘就朝溫榮走來。

陳大夫人神情頗為不自然。「五王妃，原本歡歡喜喜的大好事，不想鬧成了現在這局面。月娘是剃髮了，可府裡也不只月娘一個女兒。」陳大夫人一邊說，一邊將惠娘推到溫榮面前。「惠娘是我身下娘子，品行端正、容貌出眾，聽說與王妃、茹娘亦有交情，不知溫老夫人、溫夫人、王妃是否會喜歡惠娘？」

溫榮一時沒反應過來是怎麼回事。

惠娘在旁先脹紅了臉，扭動胳膊想掙脫陳大夫人的手掌。「阿娘，這與我何干？」惠娘好不容易掙脫了陳大夫人的手，神情委屈，顧不上同溫榮招呼，轉身躲到了老夫人身後。

陳大夫人惱恨地瞪了惠娘一眼，明顯是怒其不爭。

陳老夫人拄著枴杖，也不肯讓陳二夫人扶了，踉踉蹌蹌地走到溫榮面前，舉起枴杖就敲了陳大夫人一下，是又氣又惱。月娘剃髮出家就讓他們陳府夠沒面子了，現在陳大夫人又將惠娘推出來！惠娘不是她生女，就不懂心疼，外人不知道的，都道陳府幾個娘子搶同一門親事呢！陳老夫人斥罵了陳大夫人幾句，又向溫榮連連道歉，讓溫榮莫要往心裡去，是他們陳府要求過分唐突了。

溫榮能明白陳大夫人的心情，嫁到溫府實是一門好親事，既然月娘沒能把握，旁人自然也想試試。漫說陳府，現在盛京許多貴家夫人、娘子都虎視眈眈地盯著這如意郎君。

為免惠娘和陳府眾人太過尷尬，溫榮笑道：「老夫人千萬別怪大夫人，歆娘和惠娘都是極好的，我是有心卻不敢開這口，擔心老夫人和夫人們認為我看輕了陳府娘子。大夫人有此想法再好不過，只是雖然我喜歡惠娘她們，可今兒這事我一人說了不算，還請老夫人、夫人容我兩日。」

陳老夫人的臉一陣紅、一陣白，她只能慶幸溫榮不是尖酸刻薄的人，否則他們陳府的臉面是徹底丟盡了。不知何時，歆娘和惠娘都已從側門躲了出去。

溫榮又與陳老夫人等客套了幾句。

趁陳二夫人匆忙回廂房看月娘，陳大夫人一路送溫榮出府。

陳大夫人幾句話不離惠娘，話裡話外都在暗指溫府可以多多考慮惠娘，如此溫榮實是無奈。先才她有仔細瞧惠娘的表情，惠娘明顯毫無準備，根本不願意嫁入溫府。

好不容易辭別了陳大夫人，溫榮頭痛地回到紀王府。李晟回府後，溫榮與李晟仔細說了今日在陳府發生的事情。

李晟也好笑起來。「軒郎如此搶手，那可是大好事。既然溫榮這般為難，我看不如替軒郎在溫府辦一個選親宴，將盛京裡適齡的待嫁貴家女娘都下帖子請來，如此老夫人與岳母就可以仔細挑選了。」

「胡說！」溫榮生氣地一下子坐在矮榻上，偏著身子。「我是與你說正經事，你卻拿溫府開玩笑！真這般做，恐怕阿爺第二日就要被革職了。」

「榮娘也知曉為夫是在開玩笑的，怎還生氣了？」李晟貼在溫榮身邊坐下，不知從哪裡取出一支白玉蘭花簪，抬手簪在了溫榮的髮髻上，笑道：「美人清江畔，是夜越吟苦；千里共如何，微風吹蘭杜。簪子代為夫向榮娘賠罪可好？」

有氣也讓哄消了，溫榮瞪了李晟一眼，認真地說道：「陳大夫人之所以會說出自古就有妹妹代阿姊出嫁的話，是因為惠娘並非她親生女娘，過繼到身下也就是顆棋子罷了。今日我瞧著惠娘，真真是可憐。」

李晟會心一笑。「榮娘心裡定已有人選，故才會這般為難。不知榮娘替軒郎看上了哪家女娘？」

「我瞧著歆娘不錯。漫說我，丹陽公主、茹娘也喜歡歆娘的性子，偏偏月娘和歆娘是一府的嫡親姊妹。」溫榮搖搖頭，無奈道：「還有那鄭大娘子，雖說盛京裡貴家郎君都有養一、兩名別宅婦，故再尋常不過，可我不想委屈了歆娘。月娘嫁軒郎是迫不得已，而歆娘年紀不大，其實不著急。」李晟神情忽然嚴肅起來，將溫榮嚇了一跳，小心地問道：「怎麼了？」

「榮娘此言謬矣！」李晟義正詞嚴地說道：「雖說小郎不成才，可也勉強算得上盛京貴家郎君，但我從未在外養甚別宅婦，榮娘不能冤枉我！」

溫榮一臉不敢置信地看著李晟，那上下打量李晟的眼神就像在看個妖怪似的，半晌才道：「說正事，晟郎再這般事不關己、插科打諢的模樣，我可真生氣了。你別忘了，我哥哥是因為你才落到這般尷尬境地的！」

「榮娘好狠的心腸……」李晟小聲嘀咕了一句後，認真地說道：「既然都是嫡出，那一府嫁女兒也該分個年齡長幼吧？就不知陳府那兩位娘子，究竟誰更年長？」

溫榮隱約聽見李晟埋怨她的話，伸手在李晟腰上輕輕揪了一下後，仔細想了想陳家姊妹的年齡，笑道：「算來歆娘要比惠娘長上大半年。我明日回府同祖母、阿娘商量則個再作決定。」

李晟捉住溫榮的手，認真地說道：「其實今天我去尋軒郎了，軒郎並未生我們的氣，他第一句話就是關心榮娘傷勢是否恢復了，知曉榮娘傷大好後表情才鬆下來。他現在只偶爾去別院看鄭大娘子，聽說在忙從武參軍一事，國子學他不打算去了。軒郎不願再逃避，明日他就會回府同長輩說清楚，在我看來，軒郎真真長大了不少。至於親事，軒郎會完全聽府裡安排，他只希望嫁作他正妻的女娘能多理解他。」

溫榮一愣，心裡五味雜陳。軒郎讓那些女娘如何理解？無非是慢慢忍耐，經過漫長時光，終成習慣罷了。

「既如此，明日我早些去溫府，阿爺那兒就麻煩晟郎去通個聲了，總不好讓軒郎和五駙馬一般，這年紀了還被長輩揍一頓，傳出去多沒面子。」提起林家大郎，溫榮不免好奇。「對了，五駙馬被林中書令揍後怎樣了？回府後還有被為難嗎？」

李晟搖搖頭，笑道：「回府後有丹陽替他求情，自然無事。今日他又意氣風發、得意洋洋地出來尋我們練騎射了！」

第二日辰時中刻，溫榮乘馬前往溫府。馬車行出府門，正要穿過街巷口時，被一名衣著得體的婢女攔下。溫榮令碧荷去詢問發生了何事，片刻工夫後，碧荷回來傳話，原來停在路旁的馬車是陳府的。溫榮撩開帷幔朝街邊看去，見到一名小娘子正扶著婢子落馬車，是惠娘。溫榮微皺眉頭，讓碧荷將陳惠娘請上馬車說話。惠娘著一身素淨的窄袖襦裙，綰著這段時日盛京未嫁女娘裡十分流行的雙環垂髻，簪一支細巧的花穗簪。溫榮瞧著惠娘乖巧的模樣，也覺得十分喜歡。

溫榮讓惠娘在她身旁坐下，關心道：「怎麼了？府裡長輩可好？是否有為難了月娘？」

惠娘苦著臉。「祖母氣得不輕，阿娘還在旁煽風點火的。二嬸一心勸月娘回頭，但月娘約莫是鐵了心了，昨日就開始茹素，半點葷腥不沾，今日卯時又起身做早課。二嬸不肯送她去文業寺，她就說過兩日自己去，便不肯再同我們多說了。」

聽言，溫榮唏噓一番後才詢問惠娘為何會出現在安興坊，還命婢子攔她的馬車。

惠娘一臉躊躇，小聲道：「王妃，昨日阿娘說的那些話，還請王妃別當真。就算府裡真打算用妹妹代替姊姊嫁人，歆娘也比我合適許多。而且……」惠娘頓了頓，續道：「而且歆娘對溫軒郎似有好感。」

溫榮非但不生氣，反而來了興趣。「惠娘是如何知曉的？」

惠娘小心翼翼地看了溫榮一眼，如實說道：「自從月娘落水被救後，府裡上下都在談論溫府和陳府結親的事情，也正是從那時起，我發現歆娘常常一個人坐著發怔，有人走近了她都未發覺。而且每次我在她面前提到溫軒郎，她臉頰都會微微泛紅，然後說話聲音也會變輕。」

一被惠娘提醒，從未察覺到異樣的溫榮也發現確有其事。記得不久前，祖母和茹娘請了一些貴家女娘過府用席面，外院忽然傳軒郎回來，本來還在同小娘子打打鬧鬧的歆娘，一下子便安靜了下來……原來是這樣。溫榮會心一笑，既如此那再好不過了。

溫榮狡黠地看著惠娘。「惠娘怎這般瞭解？可是惠娘也有喜歡的郎君？」

惠娘臉一紅，連連擺手。「哪裡有？王妃別拿我開玩笑了！」

溫榮若有所思地點點頭。「我第一次見到惠娘就十分喜歡，惠娘於我而言就與茹娘一般，往後我會仔細留心，看看盛京裡可有配得上惠娘的貴家郎君。」

惠娘的臉越發紅。「王妃平日已經很忙，奴的事不敢叫王妃操心。時候不早，我是瞞著阿娘出府的，就先回去了。」

溫榮將惠娘送下馬車。「不過是舉手之勞，哪裡會操心？快回去吧，說不定過幾日我又要去陳府了。」

惠娘明白溫榮話裡的意思，可勁兒地點頭。

溫榮笑著同惠娘招招手，正要登馬車，惠娘忽然又噔噔地跑上前，附在溫榮耳邊說了幾句話。溫榮露出了然的神情，瞧著令人心安，頷首笑道：「惠娘放心吧，往後有甚事，也能與我商量。」

同陳惠娘告別後，紀王府的馬車繼續向溫府行去。

綠佩湊近溫榮，好奇地問道：「先才陳家娘子與王妃說甚呢？怎神神秘秘的？」

溫榮剜了綠佩一眼。「侯侍衛在日頭底下曬得辛苦，妳怎不知道去關心關心，只知道在這兒打聽閒話？」

綠佩嚇得趕緊躲碧荷身邊去。

耳根總算清靜了。窗外陽光明媚，溫榮靠著格窗，心情大好。相愛相守的兩人不一定相識於最美好的時光，比如她和晟郎、嬋娘和杜學士，現在還有惠娘和鴻臚寺卿府大郎君。沒想到惠娘還未過繼到陳大夫人身下，仍是庶出女娘時，就與鴻臚寺卿府的郎君相互傾心了。那郎君從未嫌棄過惠娘的身分，只等惠娘及笄就要娶她為正妻，既如此，往後他們二人的日子定然會幸福的。

待溫榮到了溫府時，溫景軒已經將他徹底棄文從武的決定告訴了府裡。謝氏、林氏雖不至於像林中書令一樣，在大庭廣眾之下教訓軒郎，但也絲毫不掩飾面上的擔憂和失落。

趁著林氏等人不在穆合堂，謝氏牽著溫榮感慨了幾句。

溫榮這才知曉，祖母對於軒郎的選擇其實是極欣慰的。兒大不中留，軒郎是不中留，可這正是因為他長大了，從此有自己的決斷，敢於擔當。

謝氏撚著手中佛珠。「溫府祖上就是隨聖主走南闖北打江山的武將，軒郎承襲祖輩，並非壞事。」

除了軒郎從武參軍一事，他和歆娘的親事也談得異常順利。溫老夫人、林氏對歆娘印象都極好，就連軒郎也無異議。對於軒郎這般毫不猶豫的乾脆態度，溫榮還頗為意外。

至於陳府，自是一口答應，除了陳大夫人衝惠娘罵罵咧咧了幾句外，舉家上下都是歡喜的。溫榮上門做保山後，兩府不久就合了八字，而溫府準備的聘禮也令陳家十分有面子。婚期定在轉年二月，倘若溫景軒要赴邊疆，婚期再改日子，不過這些都是後話了。

溫榮著實鬆了口氣，現在母家的一切有理有序，無甚要她操心的。宮裡冊封三皇子為太子的黃道吉日也定下了，接下來幾日，往臨江王府送禮慶祝的大臣女眷絡繹不絕。

聖主的身體每況愈下，三皇子白日俱在宮裡幫助聖主批閱奏章、處理朝政，臨江王府的一應事務俱是謝琳娘在打理，王側妃偶爾從旁幫襯。如今謝琳娘對王側妃是充滿戒心。

轉眼到了金秋十月。今年相較往年多有不同，往年的這個時節，一般德陽公主或者二皇子會下帖子請盛京貴家郎君、女娘往終南山秋狩，但由於太子、二皇子、德陽公主等人在不久前被貶為庶人，聖主又重病難癒，故整個盛京都頗為冷清。

這日，溫榮收到琳娘的帖子，請她和丹陽公主一起到太子府說話。

綠佩替溫榮披上蓮青色鬥紋小披肩。「王妃，要帶個小手爐嗎？昨日還陽光明媚，頗為暖和呢，才一晚上天氣就急轉直下了，院子裡枯葉落了一地。還好沒下雨，否則那石子路指不定多滑呢！」

溫榮笑道：「不用了，倘若真會冷，東宮還能缺了我一個手爐？」

往年一入秋，暖爐、小毯就全部被整出倉庫。今年自從開始服用盧瑞娘給她開的藥方子後，溫榮畏寒的體質逐漸改善，這已入深秋了，她都還未覺得難熬。

前月李奕被冊封為太子後便入主東宮，溫榮只帶了禮物去拜訪過一次，若非琳娘邀請，溫榮寧願懶散地在府裡讀書賞秋景。

溫榮到了宮門外，接迎的宮婢言丹陽公主在一刻鐘前就到了，溫榮不以為意地揚起嘴角。現在琳娘和丹陽公主最愛嘲笑她，往好聽了說她是喜靜不愛鬧，難聽的就是她懶惰了，日日關在紀王府裡，應酬和席面都鮮少見她參加。

每每被琳娘、丹陽戲謔，溫榮都是一笑而過。將來李奕即位了，晟郎是閒散王爺，她自然也要做好閒散王妃的樣子，暫時樂得清閒。

宮婢將溫榮引到東宮鐘辰殿，溫榮進殿了才發現李奕還在東宮，未往含元殿處理朝政。溫榮朝李奕和琳娘蹲身見禮後，琳娘招了招手，將溫榮喚至身旁坐下。

琳娘已有六個月的身子，故行動頗為不便，更不能踞坐蓆子，李奕細心地吩咐宮人在鐘辰殿和琳娘的廂房放置了矮胡床。

李奕同丹陽公主、溫榮寒暄了幾句，就告辭離開。

丹陽公主詫異地問道：「三哥今日怎沒去上朝呢？」

琳娘嘆口氣。「聖主昨日傳的消息，今日不早朝，先才也未遣內侍來喚李奕，聽說是咳疾越發嚴重了，這幾日皆臥床不能起。」

丹陽聽言，面露心痛和惶惶之色。「約莫是昨夜忽然降溫的緣故，太后也舊疾復發了。一會兒我就不在妳這兒用午膳了，我得去看看阿爺。」

「也是，一會兒我安排宮車送妳過去，下午無事了再過來尋我便是。」琳娘移了移身子，半躺在胡床上，一陣寒風吹來，琳娘瑟縮了下身子，宮婢見狀，連忙將窗子合上，又拉上一層杏黃色盤金五色繡龍羅紗。

春竹取了三個手爐過來，溫榮看到春竹就想起來一事。「對了琳娘，前月妳說春燕無緣無故失蹤了，現在可尋到人了？」一個無靠山且又是他人眼中釘的尋常婢子，失蹤一個多月杳無音信，恐怕早已經沒了性命。

就見琳娘面色暗了暗，將鐘辰殿的宮婢全遣下去，獨留春竹在旁伺候，悶悶地說道：「春燕確實死了，是國公府裡的下人尋到的，屍首被拋在亂葬崗，舌頭叫人剪了，還被符壓了身，死狀極慘。」

溫榮和丹陽聽到春燕的死狀，都忍不住打了個寒顫。那凶手好歹毒的心腸，人都死了還要被剪舌頭、用符壓身，這是明擺著要散其魂魄，令其鬼魂無處伸冤，永世不得超生。

溫榮將手爐往懷裡攏了攏。「估摸那背後之人是發覺春燕已被琳娘懷疑了，往後再無用處，又擔心其將來會出來揭發，故才下此狠手。」

琳娘頷首道：「確是如此。我阿娘也知曉當初有人在安胎藥裡下毒一事，那些人將春燕的屍體丟在亂葬崗，就是存心要我們找到。不管怎麼說，春燕也是從謝府出來的人，死狀如此淒慘，無非是殺雞給猴看，只是那些人也太小瞧我們應國公府和陳留謝氏一族了。」

丹陽聽了也擔憂起來。「聖主和太后還在，可後宮已經是王貴妃的天下，其行事也不再收斂了。後宮有些妃嬪的母家，在二皇子謀反一案中沒落或被查抄了，聖主的意思是留她們一條生路，可這兩月，那些妃嬪死的死、瘋的瘋，再不濟也被打入冷宮。原本我還以為王貴妃是溫柔賢淑大度的，不想這般狠毒和小心眼，將來王貴妃當了太后，作為外戚的琅琊王氏一定野心不小。」

琳娘撫摸著明顯隆起的肚子，幽幽地嘆了口氣。「王貴妃是我阿家，奕郎繼承大統後，就算我是皇后，她也是太后，永遠壓我一頭，故我根本沒有資格也沒有能力對王貴妃指手畫腳。現在我只盼能一舉得男，嫡長子做太子無可厚非，我也只需護好孩兒周全便可。」

溫榮和丹陽不再說話，殿內一時陷入靜默當中。

丹陽本以為三哥成為太子後，宮裡就太平了，而大哥和二哥只要能保住性命，她就十分安慰，不想現在得勢的王貴妃也令人忌憚。好在三哥初心未改，一如往常的溫文爾雅。

溫榮則是單純的顧忌王貴妃，否則晟郎和她行事也不至於如此低調小心，一切皆是為了讓王貴妃和李奕安心罷了。

琳娘打了個哈欠，攏著暖爐的手收緊了些。隨著月子變大，她越發容易疲勞，也害怕著涼生病。琳娘朝溫榮、丹陽說道：「這天氣冷得緊，大殿聚不了溫度，不如去廂房，我吩咐婢子生個銀炭爐，我們再吃點熱湯和點心，解解乏。」

溫榮和丹陽也知曉琳娘是想靠在床榻上說話。現在琳娘雖嗜睡，但醒來後精神與氣色都極好，盧瑞娘診脈後也言琳娘胎氣已穩，累了就多歇息，有精神時就多到院子裡走走，到時對生產有莫大好處。

見溫榮、丹陽同意，琳娘站起來去小隔間淨手。

丹陽吃了不少茶湯，也跟了過去。

溫榮一人無事，先走出鐘辰殿，在殿外的長廊上等她二人。

鐘辰殿外的石榴樹枯枝上只剩下些許殘葉，在溫榮目光接觸到的一瞬，便凋零下一片，溫榮的視線隨落葉飄到了地上。

靴履聲颯遝，一雙皂靴闖入溫榮視線裡，溫榮登時就後悔不該一人站在這廊下等人的。溫榮蹲身道：「臣妾見過太子殿下。」

李奕倒也無出格的舉動，只笑道：「外面風大，榮娘怎不在殿內與琳娘、丹陽她們說話？」

溫榮道：「殿內太過空曠，頗為寒冷，琳娘邀請我們到廂房說話。」

李奕點了點頭。「對了，這段時日晟郎都未進宮，便是參朝日，也是下朝就離開，不知晟郎在忙何事呢？」

「約莫是公衙裡事務繁重，臣妾實也不知了。」溫榮小心回道。

李奕的目光越過溫榮的肩膀，看到其身後琳娘和丹陽正從殿內走出來，眸光閃爍了下，小聲地問道：「榮娘記憶裡可有一口井？」

溫榮猛地抬起頭，警惕又疑惑地看著李奕。

看到溫榮的表情瞬間凝固，李奕就明白自己猜對了。既然溫榮記得，為何還不能明白他前世今生都不曾改變的心意呢？李奕的目光有些茫然，悵然若失地說：「我一直以為是因為榮娘不記得了……」見琳娘和丹陽越來越近，李奕面上浮出誠摯的笑容，聲音也清亮起來。

「如今太后和聖主皆臥床不起，就連被貶為庶人的大哥、二哥都被准許入宮探望，晟郎這般長久不見身影，難免遭人非議。」

溫榮眉梢不動，蹲身謝道：「臣妾謝過太子指點，回府後定會提醒五皇子，不負太子的好意。」

琳娘走上前挽著溫榮的胳膊，笑問道：「怎麼了？奕郎還未去含元殿嗎？聖主身體可有好些？一會兒丹陽也要親自去探望。」

李奕笑道：「這幾日五弟鮮少進宮，我讓五王妃提醒五弟，莫要忘了時常探望太后和聖主。」李奕又看向丹陽，點了點頭。「先才我陪長孫太傅在書房說話。丹陽打算何時去含元殿？可與我一道。」

長孫太傅是前太子李乾和二皇子李徵的嫡親舅舅，長孫太傅曾力保二皇子，可無奈他胞妹的兩個嫡子太過不爭氣。在李奕被冊封太子之前，長孫太傅求聖主准許他告老還鄉，現在聖主在位，長孫一府暫無性命之憂，但將來李奕即位，怎可能容得下他長孫一族？長孫太傅心灰意懶，意借交權保一府性命，不想聖主不肯答應，而李奕更多次拜訪他長孫府。原本長孫太傅皆託病不肯見，後來約莫是被李奕的誠心、執著感動了，不但重返朝堂，還對李奕另眼相看。李奕常邀請長孫太傅至東宮說話，東宮裡的下人常看到他二人在亭臺裡煮酒論古今，似已冰釋前嫌，如嫡親舅甥。

丹陽望向含元殿的方向，面露焦急之色，轉頭與琳娘說道：「琳娘，我記掛阿爺和祖母的身子，就先不去妳廂房了。左右我平日也無事，若妳不嫌煩，我每日都過來陪妳一個時辰。」

琳娘聽了展顏笑起。「如此再好不過。自從搬入東宮，府裡一應事務皆是尚宮局打理，我每日裡閒得發慌，巴不得妳們過來陪我。」

丹陽歡喜應下。

李奕已經命人準備好前往含元殿的宮車，二人同溫榮、琳娘告別後先行離開。

溫榮陪琳娘到廂房歇息和用午膳。現在尚食局烹煮和盛送東宮的每一道菜，都有謝府心腹在旁盯著，溫榮看見宮女史小心試菜的模樣，心裡忍不住嘆氣，這樣的生活也太辛苦了。

謝琳娘看出溫榮的想法，遣了下人，無奈地道：「榮娘，妳是個心思玲瓏的，否則也不會日日躲在府裡避嫌。自從前太子、二皇子一黨被清理後，朝堂上多了許多空缺，這幾月，填補空缺的多是王家人。其實許多官職並非他王家人最合適，謝氏、楊氏族裡的青年後生比之他們要優秀許多，偏偏只領到一些無關輕重的差使，如此氏族裡的宗老已十分不滿了。」

弘農楊氏一族是現在太后的母家，陳留謝氏是琳娘與她祖母的母家，同她二人關係都極近。溫榮想起之前丹陽在鐘辰殿說的話，忍不住蹙眉道：「既然是外戚，不更應該避嫌嗎？王貴妃豈敢這般張揚大膽？」

謝琳娘搖搖頭。「現在我每時每刻都要顧著肚子裡的孩子，也想替孩子積積福，故根本沒工夫也沒心思對付王氏一族和王側妃，好在王貴妃不至於殘忍到對她的親孫子下毒手。」

溫榮柔軟的目光落在琳娘隆起的小腹上。「琳娘放心，我和晟郎避嫌其實也是為了避開王貴妃，免得王貴妃臆想將晟郎也認做太子即位的絆腳石。雖如此，但我多少亦算謝氏一族的親眷，一榮俱榮、一損俱損，我也不能眼睜睜地看著王氏一族打壓楊氏和謝氏。尤其是琳娘肚子裡的孩子，一樣是我要保護的。」

謝琳娘感激地看著溫榮。「有妳、丹陽、瑞娘在身邊，我能安心許多。現在榮娘的阿爺是御史臺大夫，在朝野上權勢極大，溫大夫的性子恐怕看不慣王氏一族，但現在溫大夫必須稍安勿躁。」

溫榮神情肅然，這裡的關節她早想通，也讓晟郎時時與阿爺通氣了，可琳娘分明話裡有話，難道是李奕有不同的想法？溫榮不禁試探道：「琳娘，可是太子殿下亦發覺重用王氏族人有不妥？」

琳娘搖搖頭，在溫榮面前毫無隱瞞。「就是因為奕郎對此事沈默，我才越發擔心。奕郎從不與我討論朝政，我一介婦人，哪裡敢主動開口詢問？故都是從母家聽到的消息。謝氏一族從自己的利益出發考慮，自然比旁人更加忌憚琅琊王氏變強，擔心將來四大家族勢力失衡。」

溫榮頷首，表示完全理解琳娘和謝氏一族的擔憂。

琳娘繼續道：「溫大夫掌聖朝刑法典章，可糾百官之司，其一人所領的御史臺可抗百官，換句話說，王氏一族最忌憚也最想拉攏的無非是御史大夫，可無奈御史大夫的阿娘是謝氏嫡系族人。」

溫榮臉色驟變，要麼拉攏，要麼滅。琳娘是在提醒她，阿爺明擺著不可能被王氏拉攏，那麼只有可能被除去。偏偏阿爺費盡心血支持的李奕，現在對其阿娘過分染指朝政不聞不問，著實令人心寒。

溫榮認真地說道：「我知曉了。阿爺性子是清傲，可極欣賞應國公等人，同楊氏和謝氏族裡的幾名朝臣關係亦不錯，是為君子之交，並非結黨營私。朝中除了我阿爺，還有林中書令和長孫太傅，將來太子即位，他們皆是三朝上重臣，亦能令王氏族人畏懼。」

溫榮想起李奕親近林中書令、應國公、阿爺，又不斷拉攏長孫太傅的舉動，猜測李奕可能也並非完全放任不管，只是時機未到，或者王氏一族還未觸碰到李奕的底線。

琳娘道：「如此便好，我常寧願自己是杞人憂天，可王側妃等人的舉動卻令人不得不防。阿娘還曾問過我，是否要將王側妃除去……」

溫榮驚訝地抬起頭，就見琳娘眼底透著寒光，一臉苦笑地搖搖頭。

「我雖恨王側妃，但我沒答應。因為可怕的不是王側妃，而是王側妃背後的王氏一族。將王玥蘭除去，保不住王氏族裡會再送一個、兩個甚至更多的王側妃過來，還不若留著現在這個，至少我對她知根知柢了。」

溫榮眉心微顰，若有所思地看著窗欞外正盛放的銀絲秋菊。「我知曉了，既然我們對王氏皆有顧慮，少不得該提醒阿爺一二，搜集證據，將來太子繼承大統，有心對付王氏一族時，我們也好有準備。」晟郎的母家亦是琅琊王氏，但由於晟郎生母走得早，故晟郎與王氏族人來往極少，溫榮嫁入紀王府後，從未見到有什麼王氏族人到府中作客，她更是不可能主動招惹這些閒事。

琳娘頷首道：「奕郎的性子我再瞭解不過，他看似溫和，不爭不搶，其實內心是有大抱負的，我還是相信自己的夫郎。」

溫榮陪琳娘用過午膳，又說了會兒話就回府了。馬車搖搖晃晃的，由於午時未歇息，溫榮只覺得一陣陣睏意襲來，遂將披肩攏緊了些，靠在車廂軟椅轉角處小憩。

迷迷糊糊中，溫榮的腦海裡又浮現出那口井。井底絕望淒美的面孔越來越清晰，心底深處漫起濃濃恐懼和強烈無助……

遠處有人在喊她的名字，一聲比一聲不捨和痛苦。聲音越來越近了，溫榮慢慢攀上井沿縱身一躍，在墜落的瞬間，她抬起頭看清了朝她奔來的郎君，竟然是……李奕！

「不要！」一聲嘶力竭的絕望吼叫在冷宮破敗的磚瓦間繚繞。

溫榮漸漸下沈，徹骨寒意從肌膚滲入骨血，轉瞬間，井水就沒過她的脖頸、鼻尖、髮頂……嗆入口鼻肺腔的冷水令她痛苦不堪。就在溫榮意識渙散，徹底離魂歸天的時候，聽到了她今生最熟悉的聲音……

「榮娘？榮娘，醒醒。馬車上太冷了，我抱妳回廂房休息。」

「不要！」溫榮猛地驚醒，怔怔地看著眼前英俊熟悉的臉。

李晟也被溫榮的一聲高呼嚇到，正在替她擦拭額角上冷汗的手止在半空中，回過神後，李晟將身上的大氅裹到溫榮身上，又將溫榮打橫抱起，小心地落馬車。

夢裡溺水的痛苦令已經清醒的溫榮仍舊難以承受，只覺得鼻口中被灌滿了水，無法呼吸，溫榮忍不住乾嘔了兩聲。

李晟腳步加快，抱著溫榮趕回廂房。

溫榮躺在柔軟溫暖的床上，才漸漸緩過來，深深吸口氣，再緩緩地呼出來。溫榮此時已經能確定，前世她並非死於上吊，而是自己跳入水井中被活活淹死的！

「榮娘，好些了嗎？」李晟塞了兩個小暖爐在溫榮的被子裡，見溫榮面上現出血色，渙散的眸光慢慢有了焦點，這才放下心來。

溫榮抬頭看著李晟，一聲不吭，心底泛起一股涼意，彷彿要將心臟堪堪凍住，從此可以無法再思考和回憶。前世生命的最後一刻，溫榮清楚地聽見李晟的聲音，聲音冰冷無情，甚過了他的冷眉肅目。

此時溫榮周身滲入骨髓的寒意，正是來自於李晟！

第四十三章

「三哥，如此處境下，你竟然拋下太后、皇后，趕至冷宮只是為了見一名反臣的女兒？」李晟冷若冰霜的聲音裡夾雜了一絲不置可否，眼疾手快地一把抓住就要躍入井中救溫榮的李奕。

早已精神渙散、虛弱不堪的李奕被李晟狠狠推倒在井欄邊，明黃色龍袍破損了幾處，又沾染了灰塵泥水，綯在一起。原本高高在上、溫文儒雅的李奕，此刻顯得狼狽不堪。

「反臣？」李奕嗓音夾帶哭腔，他知曉溫榮已經救不了了，絕望地抬起頭質問：「五弟，黎國公、溫侍郎是反臣，那你呢？他們於你而言不該是忠臣嗎？現在跳井的是溫侍郎的女兒，你為何不救？」

李晟斜睨井口，冷哼一聲。「她早該死了，前幾日你們發現黎國公府意圖隨我謀反時，她就應該自縊死在紫宸殿。太后留她一命不過是想威脅黎國公府和我，可她只是一個無用的女人，你們打錯了算盤。」

李奕搖搖頭。「是我求母后將她留下的，我再蠢也不可能蠢到用我的女人來威脅你。本以為我可以保她無恙，可卻沒算到應國公會同你們一起謀反……措手不及，是我錯，我保護不了她……」李奕猛地握拳狠狠捶自己的腦袋，內心十分痛苦。

「三哥，你還有一步算錯了。」李晟語調平平。「琅琊王氏也不服你。你自己腳跟都沒站穩，何必打壓所謂的外戚？還有，我娶的是王氏女，而你卻為了那跳井自殺的女人，堅決不肯再納王氏女為妾。三哥，你真真是蠢，蠢到根本沒資格當皇帝，沒資格統領江山。念在兄弟一場的分上，我不殺你，但是延慶宮裡的那個毒婦必須死。」李晟緩緩舉起利劍，自李奕的咽喉移到眉心，堪堪停住。

李奕苦笑。「我知道你心裡有恨，當初阿娘因為嫉妒而殺了王賢妃，我對你一直心懷愧疚，總想著彌補……原來阿娘說的沒錯，其實你也不能留……我不夠狠，故我確實不配當皇帝……李晟，我用不著你的可憐，更不必殘喘苟活……」李奕忽然狂笑起來，最後狂笑聲漸漸小下去，化成一灘血水，繞過井欄滲到地底。李奕掙扎著想看溫榮最後一眼，卻終究沒了力氣……

溫榮疲累地靠著軟枕，閉上眼睛不肯再看李晟，她擔心悲從心起，會控制不了情緒。

溫榮想起了一件事情。重生後的乾德十三年，就是在杭州郡回盛京的商船上，阿爺和軒郎下棋用的棋子，棋面上密密麻麻的陽紋刻著〈大學篇〉。

阿爺說那副棋是孤品，是視若珍寶的藏物。當時她對「孤品」二字心存疑慮，因為前世李奕也說過，南賢王得到了一套刻字玉棋。

南賢王、南賢王……溫榮心裡反覆唸著這三字。

李奕繼位後，五皇子李晟由紀王加封為南賢王，加食封五千戶。若沒猜錯，阿爺是將視若珍寶的玉棋送李晟了。阿爺明知她和李奕皆好棋，卻不捨將藏品相贈。前世她一直誤以為阿爺和南賢王無半點交情……溫榮微抿嘴唇，嘴角漾著苦澀的笑。

對於溫家謀反，溫榮可以理解。前世自從太子被廢後，黎國公府勢力日漸衰弱，只因為她是後宮寵妃，所以溫府不至於太過艱難。而阿爺應該是不甘心一輩子當四品文官吧，故隨府裡一道起了反心。

李晟在床邊說的寬慰話，溫榮一句都沒聽進去。過了好一會兒，廂房才安靜下來，溫榮慢慢睜開眼睛，綠佩和碧荷正一臉焦急地守著她。

碧荷端了杯熱茶過來，小心地餵溫榮吃了一口。「王妃究竟怎麼了？是被夢驚著了嗎？先才五皇子陪王妃說了許久話，可王妃都不肯搭理，我們還以為王妃又睡著了。」

綠佩也上前嘰嘰喳喳道：「五皇子可真真是好脾氣，先才府裡來了客人，但因王妃被夢嚇著，驚魂不定的，故五皇子將客人徹底忘了，桐禮過來催了數次，五皇子也未理睬，若不是我們認定王妃睡著，五皇子必不肯離開。既然王妃現在醒來了，我去將五皇子叫回來。」

溫榮猛地抬起頭。「不許去！」

冷厲的聲音將碧荷和綠佩都嚇了一跳，膽怯茫然地看著溫榮。主子第一次這樣嚴厲地對她們說話，二人登時噤聲不敢言了。

溫榮擺擺手，聲音緩和下來。「別去找五皇子，我只是有些累，想一個人靜靜罷了。」

溫榮支起身子。「府裡來了甚客人？可吩咐了廚裡準備點心和茶湯？」

綠佩鬆口氣，笑起來。「請了幾位年輕郎君，有林家大郎、杜大學士，還有謝府的兩名郎君。西院那兒甘嬤嬤都安排好了，王妃累了就好好歇息，五皇子剛才一直交代要王妃放寬心的。對了，王妃，先才我出去打熱水，還看到五皇子親自去了廚房裡，向甘嬤嬤打聽了才知道，今天王妃的晚膳，是五皇子親自佈置安排的。」

碧荷上前將綠佩打發到一邊。「王妃累了要靜養，妳在旁嘰嘰喳喳的，王妃怎麼休息？妳幫我將篦子拿過來，我將王妃的髮髻鬆了。」

溫榮眼神木然，任由碧荷替她梳頭更衣。林家大郎和謝家郎君？難不成李晟這一世仍存謀反之心嗎？除了溫府因她嫁給李晟的緣故，同李晟關係越發近，其餘如應國公、琅琊王氏等都不可能再依附李晟，更不可能聯同其謀反，李晟天時、地利、人和一個不占，不知是否已放棄報仇和謀反的念頭？

「榮娘，妳醒了？」約莫是外廊婢子傳出的消息，李晟已經趕回廂房。打起簾子，李晟快步走到溫榮床邊，撩開袍襬挨著溫榮坐下，握住溫榮的手，擔憂地說道：「榮娘可有哪裡不舒服？別擔心，我剛派帖子去宮裡請醫官了。」

溫榮搖搖頭，不動聲色地將手抽離。「不過是被夢驚著，何必去請醫官，弄出那般大動靜？府裡不是來客人了嗎？妾身左右無事，五皇子還是先去陪客人的好。」

李晟察覺到溫榮的眼神和語氣裡的淡淡疏離，心裡一緊，苦笑道：「榮娘身體不適，我剛才去西院是為了將他們打發回府的。本就只是請他們過府吃茶說話而已，根本無甚要緊事，改日再邀便是，榮娘不必為此憂心。」

李晟的關切和細心令溫榮越發不舒服，溫榮想起前世溫家隨李晟謀反，可她在李晟眼裡卻一文不值。那一世，被李晟這般溫柔相待的應該是王氏女吧？溫榮胸口發酸，一種莫名的情緒在身體裡滋生蔓延。

溫榮再次陷入沈默，李晟訕訕地坐在床邊不知所措，廂房裡的氣氛莫名的緊張詭異起來。

碧荷適時地打破了這份沈默，在旁小心翼翼地問道：「五皇子、王妃，時辰不早了，可要吩咐擺飯？」

見李晟頷首，碧荷忙吩咐小婢子擺好食案，再將飯菜一道一道地放上來。

溫榮看著食案上的精緻吃食，眉頭越擰越緊。每一道都是她愛吃的，沒想到李晟還能記得這些生活裡的小事。

李晟見溫榮緊鎖眉頭，緊張地問道：「是不是不合榮娘口味？榮娘有什麼想吃的，我再吩咐廚房去做。」

溫榮搖搖頭，勉強笑道：「不必了，是我沒有胃口而已。」溫榮側臉看向碧荷。「碧荷，將前日府裡醃的酸梅子拿來，再幫我打碗清粥。」

碧荷一愣。「王妃，那酸梅子是留到酷暑日做開胃小菜用的，而且盧醫官才交代過，王妃這個時節切忌吃酸澀生冷的收斂食物，王妃怎又……」碧荷邊說邊向李晟瞧去，懇求李晟幫著一起勸說溫榮。

溫榮見狀心生不悅，正要開口訓斥，李晟在旁輕聲說道——

「榮娘聽話，心裡有什麼不開心和委屈的和我說了，千萬別同自己置氣。」

委屈二字忽然就敲在溫榮心坎上，夢裡的恐懼和仇恨一下子化作淚水湧出來。她現在小心翼翼地保護身體，就是想替李晟、替她前世真正的仇人生個孩子！她怎能這麼傻？

溫榮緊咬嘴唇，硬生生忍住每一次哽咽，只任由淚水肆虐臉龐。

碧荷和綠佩已經驚呆了，李晟一揮手讓她二人先離開廂房，綠佩本想留下陪娘子的，也被碧荷勸了出去。很快的，簾子被放下來，外廂響起隔扇門闔合的嘎吱聲。

李晟將溫榮摟進懷裡，溫榮扭動肩膀，想要脫離李晟溫暖的懷抱，無奈半晌都掙扎不開。

李晟慢慢收攏五指，似要將溫榮緊緊揉進心裡，溫榮的淚水已將李晟胸前衣襟徹底打濕，李晟能感受到溫榮內心的痛苦和寒意，他心裡止不住地害怕，一遍一遍地說著對不起。他害怕溫榮會離開他，會不要他，李晟怕到呼吸越來越輕。如果沒有榮娘，他將一無所有，如此呼吸也將失去意義……

不知過了多久，溫榮哭累了，靠在李晟懷裡沈沈睡去。李晟輕手輕腳地將溫榮抱到床上，蓋上被褥，又命婢子打水進來，親自替溫榮拭面。溫榮的眼角一直噙著一點晶瑩，連睡著時也在哭泣。李晟的心被鈍刀鋸似的，血肉模糊的痛。

確定溫榮已睡熟後，李晟替溫榮掖緊被角，站起身朝外廊走去。

碧荷和綠佩守在外廊，李晟將她二人喚到跟前問話，詢問今日溫榮去了何地方？又發生了什麼事？

二人知無不言，只無奈溫榮進鐘辰殿和太子妃廂房時，未讓她們在身旁伺候，故碧荷、綠佩並不知曉這其中是否有發生讓王妃受刺激的事情。

碧荷低頭略沈思片刻後，猶豫道：「回稟五皇子，依奴婢看來，王妃在東宮一切如常，是在回府的馬車上作了噩夢後，性情才發生變化的。只不知王妃究竟作了甚夢，若能知曉，想來開解一番就能無事了。」

李晟臉色驟變。

寒氣襲來，綠佩在旁一陣瑟縮，碧荷亦不知自己哪裡說錯了。

李晟的氣勢漸漸弱下來，疲累地說道：「我知曉了，今晚我在廂房陪榮娘，妳們在外廊守夜吧。」

綠佩和碧荷面面相覷，蹲身答應下。請示了五皇子後，二人讓廚娘做了幾碟新鮮糕點端進廂房。五皇子和王妃都未用晚膳，倘若夜裡餓了，還能填個點心。

當日傍晚申時末刻，林子琛離開紀王府回到中書令府時，林瑤娘和丹陽公主正在內堂幫林大夫人甄氏擺飯，三人看到林子琛頗為驚訝。

丹陽公主擱下手中碗筷，上前詫異道：「琛郎怎未留在紀王府用晚膳？」

林子琛沈眼說道：「五王妃回府就病倒了，我們不便留下用晚膳。」

聽到溫榮病倒，甄氏等人都緊張了起來。

丹陽公主關切地問道：「白日在東宮陪琳娘說話時還好好的，怎忽然就病倒了？是什麼病呢？嚴重嗎？是否請宮裡醫官看過了？或者我修封信與盧醫官說一聲。」

林子琛蹙眉搖搖頭。「五皇子過來尋我們時明顯心慌意亂，根本不可能與我們詳說，只是道了個歉，就安排我們離府了。」

丹陽公主和瑤娘揉搓著錦帕，面露憂色。五皇子那般緊張，榮娘怕是病得不輕。丹陽公主轉頭與瑤娘說道：「瑤娘，一會兒我們寫封信與榮娘問問，看她何時方便，我們二人去探望她。」說罷，丹陽嘆了口氣。「現在不知溫榮究竟得了甚病，前幾日太后才給了些西域進貢的補藥，否則可以帶點兒去給榮娘的，多少能有點益處。」

林子琛吃了口茶，心裡也不舒服。今日他在紀王府門口，聽到了溫榮的驚呼，明顯是經受了極大的刺激。他本想以表兄身分去看榮娘的，卻也猜到晟郎定不會答應，故只得作罷。

林子琛看向丹陽公主，道：「不妨事的，去看過後，再吩咐小廝送去也不遲。」

「好了好了，在這兒乾討論也無濟於事，過兩日我去溫府尋你們姑母瞭解情況。」甄氏朝林子琛說道：「讓丹陽陪你去廂房換衣衫，換好了就過來吃飯，飯菜都涼了。」

短短數日工夫，全盛京都在傳五王妃生病一事。碧荷和綠佩在廂房外連連啐了幾口，直罵盛京裡那些嚼口舌的人晦氣。綠佩端著針線匣走進廂房，憤憤地說道：「我們娘子身體分明好好的，怎被那些長舌婦傳成重症難癒？真真是氣死我了！」

碧荷滿面愁容。「唉，王妃身體現在是無礙，可每日裡呆呆愣愣的也不是辦法。還有五皇子，回府的時間越來越遲了，昨夜還在書房坐到亥時初刻，直到我們王妃睡下，他才回廂房。妳說長此以往，他們會不會出問題？我們該不該回府與老夫人、夫人說？」

「呸，妳也是個烏鴉嘴！」綠佩是直爽沒有心眼，但貴在一心向著溫榮。「又沒多大點事，回府告訴大家豈不給王妃添堵？我說話難聽，碧荷妳嘴巧，一會兒進屋後妳再勸勸王妃，別對五皇子不理不睬了。」

溫榮正坐在窗旁的矮榻上愣神，外廂綠佩、碧荷的對話她隱約聽見了。這幾日她怠慢李晟了嗎？溫榮小手握成拳頭，一下一下地敲自己腦袋。似是冷淡了些，可該做的她也都有做，每日晚膳她照舊安排妥當，李晟回府她也會替他更換袍衫，若說不同……唯獨李晟同她說話時，她常常無法回答，因為她實在不知該用怎樣的情緒、表情、語氣來面對李晟，面對前世的仇人。

「王妃！」綠佩和碧荷打簾子進來，綠佩一眼瞧見溫榮旁邊的窗子大開，而溫榮連褂子也未披，忙快走兩步，先將窗戶關上，然後頗為生氣地說道：「王妃，妳到底是怎麼了？炭爐子不許我們生，手爐也不肯抱，現在還開了窗在這兒吹冷風！要是真生病了該怎麼辦？」

溫榮怔怔地看了眼綠佩，低下頭說道：「今年約莫是暖冬，深秋了都不會冷。幫我取件褂子，我披著便是。」

溫榮話音剛落，窗外就響起北風穿廊而過的呼嘯聲，北風將手腕般粗細的寒竹颳得左右搖晃，落滿一地青黃殘缺的枝葉。

「王妃……」綠佩被噎得不知該說什麼好了。看到主子被凍得發紫的嘴唇，綠佩鼻子一酸，差點落下淚來，跺了跺腳，趕緊去拿褂子。

碧荷走到案几旁，先前熬好的滋補湯藥溫榮一口未動，現在已經冷涼了。碧荷只能在心裡暗暗嘆氣，端起湯藥交給外廊的小婢子，吩咐廚房再熬一碗端進來，她要守著主子吃完才能放心。

不一會兒，外院送信進來，碧荷接過信匣，看了眼漆封後，回廂房與溫榮說道：「王妃，又是丹陽公主的信，五日裡丹陽公主已經送三封信過來了，若不出意外，半個時辰內準能收到太子妃和夫人的拜帖。難道主子要一直避而不見嗎？夫人她們是真的在關心主子。」

溫榮伸手接過信，撕開信封看了一眼就放在案几上。而碧荷的猜測也未錯，不到半個時辰，外院又陸陸續續送來幾封信。溫榮仔細瞧了瞧，除了阿娘和琳娘的，還有杜府嬋娘、陳府歆娘也在詢問盛京裡傳言真假，溫榮是否真的身體不適，又是否有她們能幫忙的。溫榮心裡越發煩躁，將幾封信一股腦兒地塞回信匣，繼續一聲不吭地坐著。

因為溫榮的變化，整個紀王府裡沈默又壓抑。

碧荷與綠佩看著八寶櫥裡的沙漏，覺得時間比往常慢了許多。

碧荷低頭發現手中穗子結錯了。

綠佩到廊下看到蟈蟈兩天沒投食，已經奄奄一息。見狀，綠佩更加生氣，提起裝蟈蟈的篾籠，徑直跑到正專心守院子的侯寧身邊，抬手就將篾籠敲在侯寧的腦袋上。

侯寧捂著腦袋，滿眼疑惑，卻仍一臉陪笑地小聲問道：「怎麼了這是？」

綠佩悄悄指了指廂房。「這幾日五皇子怎那般遲回來？他不知道主子心情不好嗎？我問你，是不是五皇子在外邊養外室了？」

侯寧差點跳起來，臉脹得通紅，憋著股氣說道：「綠佩，每日妳打罵我就算了，但我絕不允許妳侮辱和懷疑五皇子！主子對王妃是一心一意的，可王妃近日的態度，連我和桐禮都瞧不下去了！」

綠佩一撇嘴，齜牙揚起篾籠，狠狠砸了侯寧三下。「叫你們瞧不下去、叫你們瞧不下去！我是從小就跟著主子的，主子的性情我再瞭解不過，若不是五皇子做了甚對不起王妃的事情，王妃怎可能這般抑鬱？我就問你了，如果不是，五皇子為何一日比一日遲回來？還有，你可知道五皇子今天回來用晚膳嗎？」

侯寧挺直身子，挪了兩步，用側臉對綠佩，不敢直視綠佩的眼睛。「主子公衙裡事情本來就多，我聽說溫大夫和五駙馬也常深夜回府，五駙馬還常在公衙裡留宿呢，主子每日裡很辛苦的。」

「你主子辛苦？你就知道你主子辛苦，那我主子怎麼辦？難不成讓我眼睜睜看著王妃一直憔悴下去？我今兒話就放這兒了，若今日五皇子沒回府吃晚膳，我就……」綠佩掄起笸籮，一下下地往侯寧身上招呼。

侯寧哭喪著臉四處躲。

外院響動極大，甚至吸引了溫榮的注意，溫榮狐疑地起身走到外廂往外張望，就看到綠佩潑辣、侯寧狼狽的模樣，忍俊不禁，五日來終於笑了一次。

聽到院廊處傳來笑聲，綠佩回頭看去，見是王妃在樂，登時興致高漲。若每日揍侯寧一頓能讓主子高興，那可是太值了！如此想著，綠佩手裡的笸籮揮舞得更加起勁了。

溫榮想起重生醒來後看到綠佩的那一刻，前世綠佩因她而死，這一世她打算替綠佩尋一名如意郎君，不想現在不需要她費心了，原來冥冥中自有注定……

溫榮的眼神又黯淡下來，搓了搓手，覺得有些冷，轉身朝碧荷說道：「吩咐廚裡多準備幾個菜，廂房再生個爐子，今日等五皇子一起用晚膳吧。」

說罷，溫榮回到廂房靜靜地坐著。

沙漏帶著時間緩緩流走，轉眼過了申時中刻，又到申時末刻……直到酉時，李晟都未回府。

廂房裡點亮了數處壁燭，燭光昏暗難明。溫榮揉了揉痠痛的額角，乾脆放下古籍，合眼靠在矮榻上歇息。

綠佩見狀，心疼地抱了一床錦衾蓋在溫榮身上，再悄悄退至一旁，紅著眼睛，壓低了聲音與碧荷說道：「都已經酉時中刻，五皇子大概不會回來用晚膳了。」綠佩心裡忍不住怨五皇子。她下午好不容易才將主子哄笑的，本以為主子藉著心情好，今晚會同五皇子和好，不想五皇子竟然這個點了還不回來。

現在的王妃比白日更加沈默壓抑，一想到五皇子可能真的有新歡，從此冷落王妃，綠佩就焦急萬分。

碧荷走到食案旁，試了試羹湯的溫度，熱了三次，現在又涼了。正要領婢子將飯菜端到廚房再熱一道時，溫榮站起身，復而睜開的雙眸多了幾許冷意。

「不用等了，我們自己吃。」

用過晚膳後，溫榮洗漱一番便顧自睡去。

不知過了多久，溫榮隱約聽見小隔間傳來窸窸窣窣更換袍衫的聲音。溫榮翻個身，努力讓自己睡著，無奈腦海裡思緒紛亂，越變越清醒。聽到腳步聲，溫榮趕忙將眼睛閉上。

李晟在床邊停下，溫榮可以感覺到李晟的鼻息越來越近，二人似只有一指之隔，半晌過後，李晟在溫榮額頭落下一吻，輕手輕腳地揭開被褥，在溫榮身邊躺下。

不久，李晟的呼吸漸漸均勻起來。溫榮先前為了裝睡，努力使自己的呼吸緩慢悠長，這會兒終於能喘口氣。溫榮轉身面對牆壁，睜開眼睛怔怔地看著牆。

黑暗裡，李晟緊抿嘴唇，幾與溫榮同時睜開眼，雙眼裡布滿血絲。

第二日，溫榮迷迷糊糊醒來時，李晟已經去公衙了。

碧荷伺候溫榮更衣篦髮，準備吃早膳時，溫榮發現綠佩一直未出現，遂問道：「我就道一早上怎那般清靜呢！綠佩去哪兒了？」

碧荷為難地瞥了眼窗外，盛了碗粥捧給溫榮，如實說道：「綠佩姊一早就去尋侯侍衛打聽五皇子的事情。」五皇子雖不會向侯寧交代行蹤，但是一直護在其身邊的桐禮與侯寧關係很好。

溫榮執箸的手停在半空中。李晟似猜到了她的心事，為避免尷尬，總早出晚歸，不與她照面。她和李晟之間的隔閡本就不是一言兩語能化解的，現在更是陷入僵局，彼此在岔路上越走越遠……溫榮胸口堵得慌，將碗放回食案上。「我吃飽了，將食案收了吧。」

碧荷一愣，焦急地說道：「主子，您這都還沒吃呢！」

溫榮擺擺手，起身走到昨日李晟更換袍衫的隔間。

婢子正準備將袍衫拿出去洗，看到溫榮，躬身問道：「王妃，五皇子的袍衫破了好幾處，還要留嗎？」說罷，婢子將袍衫捧了起來。

溫榮見袍衫確實裂開了好幾個口子，疑惑地接過袍衫仔細端詳，裂口是被利物割開的。

溫榮抿了抿嘴唇，將袍衫遞還婢子。「先洗乾淨，晾乾後別放在五皇子日常取袍衫的櫥裡。」

婢子應聲退下。

溫榮回到廂房，食案上的粥和小菜已被撤下，但又擺上了兩碟蓮子粉糕、玉露團和一碗酥酪。

這時綠佩剛進廂房，憤憤地說道：「那侯寧好不曉事，不管我怎麼問都只說不知道！」

碧荷心裡嘆氣，走上前與溫榮道：「主子這幾日都吃的清粥小菜，奴婢擔心主子太過淡口，故又讓廚房準備了這些，主子多少吃點。」

溫榮知曉碧荷和綠佩這幾日也不好過，她二人面色並不比她好，甚至更為憔悴，眼眶下都是重重的黑眼圈。溫榮心裡過意不去，復又走回食案，勉強吃了塊粉糕。

碧荷見溫榮放下杯箸，正要勸溫榮再吃點兒，外院傳來通報，言丹陽公主過來了。

溫榮一愣，抬頭見碧荷和綠佩也一臉茫然，看來丹陽是不請自來的，倒也符合丹陽的風格。人都堵在家門口了，她總不好再躲開。

不過片刻工夫，丹陽公主就到了二進院子，溫榮出院廊迎接，看到丹陽風風火火地從月洞門快步走進來。溫榮笑著挽過丹陽的胳膊，想與丹陽玩笑。

丹陽狠狠剜了溫榮一眼，開口訓道：「妳還將我當朋友嗎？妳自己數數，這幾日我給妳寫了幾封信、幾封拜帖？妳不邀請我過來就罷了，連信也不肯回一封！我今兒就是特意來瞧瞧，妳每日裡都在忙些什麼！」

溫榮尷尬地張了張嘴。除了因為擔心天氣日漸寒涼，祖母不肯安心養病，故同祖母、阿娘寫了一封外，她是倦怠得多一封信也不肯回了。溫榮悻悻地說道：「這兩日就打算給妳們回信的。丹陽不是要進宮陪琳娘嗎？今日怎有空過來？」

溫榮和丹陽走進廂房後，丹陽抬手就拍了溫榮的手背一下。溫榮吃痛，趕忙將手抽回背在身後，疑惑委屈地看著丹陽。

丹陽撇嘴道：「琳娘今天本要與我一起過來的，我擔心她挺著個大肚子不方便，愣是將她勸住了。」丹陽大剌剌地在矮榻坐下，接過溫榮遞來的棗茶，仔細端詳了溫榮一會兒後，搖頭不滿地說：「榮娘，妳這是得了甚病？才幾日工夫竟這般憔悴，瘦得一陣風就能將妳颳走了！」

溫榮抿了口茶，不以為意地笑道：「哪有丹陽說的那般誇張？不過是今早起來匆忙，還未來得及施粉黛，這才面色不好。我也未生病，還請丹陽替我與琳娘說一聲，別讓她瞎擔心，護好孩子要緊。」

丹陽頗為心疼地說道：「若身體真無事，就自己去東宮陪琳娘，如此也可破破外邊的流言。」丹陽埋頭吃口茶，似想說什麼，抬起頭，話到嘴邊又變了。「天天關在府裡，沒病都得悶出病來！」說完，丹陽自己先呸了一下，又趕忙補兩句吉利話。

溫榮早瞧出丹陽心裡有其他事情，認真地問道：「外面除了傳我重病難癒，丹陽可是又聽到甚關於我的其他傳言？」

丹陽蹙緊眉頭，猶豫道：「榮娘，妳和五哥之間是不是有誤會？」

溫榮怔怔地看著丹陽，正詫異丹陽怎會知曉時，丹陽已顧自地往下說道——

「外面怎傳五哥養了外室？昨兒大晚上的，還有人瞧見五哥從平康坊裡出來，才幾個時辰，整個盛京就傳得沸沸揚揚了！」

溫榮聽到「平康坊」三字愣了一下，後又自嘲地笑了。全盛京都知曉五皇子、五王妃鶼鰈情深，可現在五王妃重症不癒，五皇子非但不在府裡陪伴，反而去平康坊吃花酒至深夜才歸。

丹陽看溫榮一副不置可否的模樣，不知該欣慰還是該生氣，小心翼翼地說道：「榮娘，我從小隨三哥、五哥一起長大，五哥斷然不是那樣的人，想來榮娘會相信五哥，只是這些流言恐怕對你們不利。」

溫榮莞爾一笑。「現在聖主和太后臥病在床，根本不會搭理這些事情，太子和丹陽一樣，與五皇子一起長大，也不可能輕信那些無稽之談，既如此，我們有何可擔心的？流言根本傷不到我們。」

溫榮很早以前曾對綠佩和碧荷說過，流言蜚語不理之則必敗之，現在自然也是如此。溫榮最明白這個道理的，可不知為何，她心裡還是空落落的。李晟去平康坊還叫他人瞧見……

前世李晟對她無情，這一世是否依然如此，最後仍舊棄她和整個溫家於不顧？

丹陽粗枝大葉的，雖擔心溫榮，卻忽略了溫榮眼底一閃而過的失落、惶恐和無助，鬆口氣道：「榮娘相信五哥就好。我和琳娘最是羨慕你二人了，今天早上聽到外面傳五哥去平康坊時，我嚇了一跳。但榮娘還是該時時提醒五哥，縱是身正不怕影子斜，也該注意不要隨意落人話柄，現在若不是榮娘懂事識大體，還不知要鬧成甚樣。」

溫榮忙不迭地頷首認同丹陽說的話，可現在漫說勸李晟了，他二人每日話都說不上兩句，面也難得一見。

溫榮唯一關心的是溫府和阿爺，想了想後問道：「丹陽，五駙馬被聖主提為歸德中郎將，何時去十六衛報到呢？現在還在御史臺嗎？」

丹陽道：「五哥沒與榮娘說嗎？過兩月就要去十六衛了，現在還是隨溫大夫做事。好在忙完二哥謀反案後，御史臺暫時清閒下來，這幾日朝堂事兒不多，琛郎難得的每日都準時回府吃晚膳。」丹陽轉頭命婢子拿個褡褳過來。「府裡阿家、琛郎、瑤娘都在擔心妳，因為我是不請自來的，故也不敢帶瑤娘，生怕打擾到妳。」

丹陽將褡褳打開，裡面包了幾味大補藥，隨便一味都是該用上好錦匣裝盛的名貴藥材，可丹陽卻隨意取個褡褳包著。

溫榮撚起一根手腕粗的老參。「丹陽這是？」

丹陽道：「是府裡從庫房取出來讓我帶過來給妳的。」

溫榮正要推卻，丹陽已直接命婢子塞到碧荷手上。「妳趕緊將身子養好了，隨我參加兩場宴席。妳一人躲著，樂得輕鬆自在，我們在外頭聽那些流言卻如坐針氈。」

溫榮正左右為難時，忽然，從宮裡傳來了急報，溫榮和丹陽聽到急報，面色大變。

宮中內侍言睿宗帝身子狀況自昨日起急轉直下，現在仍臥在病榻上昏迷不醒。丹陽和溫榮顧不上多問，匆匆忙忙準備一番就趕著進宮。

剛乘上馬車，丹陽就忍不住落下淚來。她是睿宗帝和長孫皇后的唯一女兒，睿宗帝寵愛了她十幾年，她本性所致，不會肆意妄為，卻也被慣得頗為任性。

溫榮握住丹陽的手慢慢收緊，執錦帕替丹陽拭淚，又輕聲安慰了幾句。隨著大明宮越來越近，溫榮的情緒也隨著丹陽越漸低落起來。

進宮後，丹陽和溫榮被安排在含元殿偏殿等候，其餘公主、妃子等亦陸陸續續被帶到側殿。溫榮、丹陽分別坐在琳娘左右，不一會兒，丹陽和其他公主、妃子都命心腹去前殿打聽消息。溫榮知曉林中書令、長孫太傅、應國公等幾名朝廷重臣被帶進了聖主的寢臥，太子、五皇子和兩名尚且年幼的皇子也到了聖主榻前。現在側殿眾人的心思都在聖主身上，但出去打聽關於聖主身子消息的宮婢皆是無功而返。

琳娘雖擔心，卻不至於像丹陽那般緊張不寧。轉頭見溫榮的臉頰更加清瘦，好在精神尚可，稍放下心。

過了約莫小半時辰，有女史帶回消息，說聖主清醒了，而太后也強撐身子陪在聖主身邊。

溫榮默默地坐在墊了軟褥的蓆子上，怔怔看著面前的截梅點花糕出神。

琳娘用手肘捅了溫榮一下，溫榮嚇得瞪圓眼睛看琳娘。

溫榮動作太大，反將琳娘嚇了一跳。琳娘蹙緊眉頭，小聲問道：「榮娘，瞧著妳身子應該無大礙，外面傳妳重症難癒是假的了。可妳這般魂不守舍，是不是府裡出事了？難不成五皇子他真的……」琳娘一早就有聽到關於五皇子的流言，她是一笑置之，因為在她眼裡，就算是奕郎去吃花酒，五皇子都不可能去。拋去五皇子和榮娘之間的感情不談，就是那清冷的性子，也不可能瞧得上平康坊那種煙花雜鬧之地。可這會兒琳娘發覺溫榮表情有異，心裡忍不住犯嘀咕。

溫榮回過神，搖搖頭。「我在擔心聖主和太后的身子，也不知他們兩位老人家怎樣了？」看今日的架勢，就算聖主尚存生息清醒過來，也會退位了。前世聖主硬撐到寒冬，算來時間是差不離的。若聖主真肯退位，安心將養身子，說不得能多些時日。

溫榮心不在焉，又絕口不肯提府裡的事情，琳娘抿了抿嘴，不再開口。

丹陽公主時不時地站起來走到殿外張望，希望能得到更多好消息。

時間一點一點過去，尚食局送來了午膳，溫榮和琳娘相互勸慰對方，二人都比平日在府裡多吃了點兒，本來胃口最好的丹陽則擔心得一口也吃不下。溫榮、琳娘理解丹陽的心情，只替她將最喜歡的金毛糕和飲子端到跟前。

溫榮命宮婢在矮榻上多墊層褥子和迎枕，讓琳娘靠在矮榻上歇息，琳娘挺著肚子，行動頗為不便。旁人都知曉李奕是繼承大統的不二人選，那麼琳娘就是將來的皇后，因此宮女史、宮婢皆不敢怠慢，除了溫榮吩咐的軟褥、迎枕，還細心地拿了手爐和暖湯過來。

琳娘正要合眼休息時，衡陽公主過來朝三人見禮寒暄。

丹陽現在滿心擔憂聖主，只冷冷瞧了衡陽一眼，不想搭理她。

衡陽在溫榮身旁坐下，此時亦是一臉惆悵。溫榮念在衡陽幫了他們忙的分上，對衡陽很是和氣，畢竟若不是衡陽的發現和提醒，他們根本不敢確定德陽公主與二皇子的關係。

又過了一盞茶工夫，丹陽一早派去打聽消息的宮婢回來了，宮婢氣喘吁吁地說道：「盧醫官言聖主並無性命之憂，但現在確實不能再勞累，也沒有精力處理朝政。」

溫榮先才還詫異丹陽遣去打探消息的人怎一直未回，原來是去尚醫局等盧瑞娘了。

丹陽鬆了口氣，一屁股坐到矮榻上，放鬆後，丹陽的眼淚簌簌地流下來，溫榮和琳娘怎也勸不住。其實丹陽從未擔心在聖主離開後她會失去庇護，因為她是唯一嫡出，也是李奕最寵愛的長公主，將來同樣享盡權勢榮華，她的難過只是因為她和聖主間那份濃濃的、難以割捨的父女親情。

不一會兒，有內侍稱欽天監的官員也到了含元殿，除了溫榮，眾人剛放下的心又提起來，生怕欽天監官員說出甚不利天象，朝廷又要動亂一場。未時末刻，含元殿有確切消息傳過來，聖主退位，三皇子李奕繼承大統，李奕登基儀式於三日後黃道吉日舉行。

有內侍傳話，太后召丹陽、琳娘、溫榮三人前往聖主的寢臥拜見探望聖主，側殿裡其他人聽到太后只傳見她三人，一陣竊竊私語騷動起來。

三人分別進廂房見聖主和太后。溫榮到寢臥外廂時，李晟正好走出來，二人四目相望。李晟看到溫榮消瘦到弱不禁風的模樣，心痛到難以自抑。

溫榮則被李晟深陷的眼窩驚到。他們二人白日雖未見面和說話，但李晟每晚都有回來在她身邊躺下歇息的，她本以為晚上失眠的只她一人，不承想……

李晟朝溫榮緩緩走來，越走越近，溫榮不經意間後退了一小步，李晟一怔，堪堪停住腳步，表情漸漸黯淡下來。

溫榮微微蹲身，低下頭，有些不自在地小聲說道：「妾身去探望聖主和太后。」

李晟頷首道：「聖主現在無大礙。對了，榮娘晚上不用等我用膳。」

溫榮本想開口詢問李晟這幾日都在忙什麼，可話梗在喉嚨再也問不出口。溫榮覺得從嗓子到心口都是疼的，似被銳利尖物不斷地刺扎，她微微張嘴，吸進了滿心涼意。所謂的相敬如賓、比翼連理，縱然不是幻象，卻也只是一捅就破的宣紙。溫榮發覺她的情緒起伏越來越大，她擔心有一日，連粉飾太平都辦不到。

溫榮點頭示意知曉了，垂下頭隱去眼角泛起的水光，與李晟擦肩而過。

廂房內，聖主服了藥後氣色尚可，朝溫榮讚許地笑了笑。

太后招招手，讓溫榮到她的身邊。

自溫榮進廂房後，李奕的目光便沾在她的身上未曾移開過，絲毫不避諱聖主、太后等人。

溫榮抿緊嘴唇，心裡感覺很怪異，似酸澀似恥辱，情緒湧上頭後，連牙齒也跟著泛酸無力。除了見禮，溫榮連餘光都不肯再瞥向李奕。

乾德十三年重生清醒時，她對李奕心存極大怨恨。可隨著時間流逝，李晟的出現，不管是愛還是恨，那些關於李奕的感情都漸漸淡去，李奕於她而言，終究成了陌路人。驚曉真相初始，溫榮也感到迷茫，她意識到自己有心結難以打開，她害怕解開心結的鎖會是李奕，可不過兩日工夫，她就徹底明白和清醒，感情消失後不可能平白再生。她對李奕可以心存愧疚，或許以後不會刻意地避開和排斥李奕，但李奕於她而言，只是聖主，是李晟的哥哥，是琳娘的夫郎，其他再無瓜葛。

她的心結是李晟，一個碰面時想躲開，見不到卻又滿心牽掛的人。只無奈她還不能在前世仇人和這一世夫郎的中間，找到能讓她安心、讓她站穩的平衡點。溫榮在努力尋找，可她害怕李晟已經沒有耐心，正離她越來越遠……

聖主和太后最先召見的是丹陽，接下來才是溫榮，許是發覺李奕在旁不方便說話，太后將李奕支了出去。太后將溫榮喚至身旁，牽過溫榮的手，簡簡單單地說了幾句話。

原來太后和聖主在一開始就明白，明白晟郎是個可憐的孩子，從小鮮少得到長輩關愛，他們為此心懷愧疚。現在聖主和太后作為長輩，唯一期盼的是溫榮好好照顧李晟，希望能由溫榮來彌補他們欠李晟的、李晟自小就缺失的所有關愛。

聖主、太后此時就像是尋常人家的阿爺、祖母，但溫榮心裡有數，聖主和太后不只是要她彌補關愛，更是要她用柔情化掉李晟自小就深埋血脈的堅冰冷意，他們要的是李奕繼位後的天下穩定、國泰民安，沒有內亂。

溫榮覺得她心裡似架了一座晨鐘，聖主、太后說的每一個關心李晟的字眼，都沈沈地撞在她心尖上，令她心痛卻無能為力。為讓聖主和太后安心，溫榮先答應了下來，畢竟她若能做到，會是最好的結局。

溫榮退下後，太后才讓李奕陪琳娘一起進廂房，而宮女史未引溫榮回原先的側殿，而是去了離聖主寢臥不遠的一處廂房。

溫榮正感詫異，進廂房後見到王貴妃時一愣，趕忙蹲身行禮。

王貴妃起身將溫榮扶住，心疼地說道：「妳這孩子，怎會瘦成這樣？快坐下。難得妳進宮一趟，就想尋妳說說話兒。」

王貴妃雙眼浮腫，眼角有紅痕，顯然剛用錦帕擦拭過眼睛。王貴妃定知其外貌有失，卻不用半點傅粉遮掩，該是要旁人一眼瞧出她對聖主有多擔憂。

溫榮細聲細氣地說道：「令殿下擔心，是兒的不是，往後兒定會注意將養身子。」頓了頓，溫榮柔聲道：「先才聽醫官言聖主已無大礙，只是不能再勞心勞力，往後聖主還需殿下照顧，殿下千萬保重好身子，莫要憂思過度。」

王貴妃眼睛又微微泛紅，頷首道：「榮娘所言極是。昨夜聖主連咳不止，幾次咳出血來，我在旁是又擔心、又害怕。朝政之事最費心血，早些時候我就想勸聖主安心養身子，可這勸慰的話太后能說、醫官能說，唯獨我和奕兒不能說。無奈眼睜睜地看著聖主勞心勞神，我只能在旁乾著急，這心急如焚的滋味……榮娘太年輕，現在還不懂。」

「兒還有許多要向殿下學習的地方。」溫榮低頭應下，腦海裡閃過一絲不祥的預感，隱隱察覺王貴妃似要干預紀王府內宅。現在她和李晟在鬧彆扭，彼此有隔閡，心意不通，她一人極難應付王貴妃。

王貴妃握住溫榮的手，輕輕捏了捏，被硌著似地皺了皺眉，轉頭朝宮女史吩咐道：「去將那些補藥全部取來，還有之前醫官開的藥膳方子也一併帶來。」說罷，王貴妃看向溫榮，有些為難地說道：「榮娘的身子確實太弱了些，唉，這叫我如何是好？」

溫榮緊張地捏緊一方錦帕，惴惴不安地抬眼看王貴妃，一副不知所措、楚楚可憐的模樣。

王貴妃在心裡冷笑，溫榮終歸是不敢悖逆她，既如此，她的心思還是留著應付李晟，在溫榮面前她就懶得繞彎子了。

王貴妃挺直腰身，認真地說道：「榮娘這副身子怕是不容易懷孕。榮娘也知曉，晟兒生母是我嫡親胞妹，我們自小一處長大，關係極好。就像奕兒於我而言是唯一的希望，那晟兒亦是賢妃的唯一念想。賢妃走得早，我唯一能做的就是替她照顧好晟兒……」王貴妃幽幽嘆口氣。「妳與晟兒大婚有段時日了，可肚子至今沒動靜。妳看琳娘都快生了，但太子府裡還有側妃。榮娘，阿家是為妳好，現在榮娘身子孱弱，就算真懷上子嗣，也會傷及根本，不若先替晟兒納個側妃開枝散葉，榮娘則好生養上一段時日，將來才能順順利利地替紀王府生個白白胖胖的世子。」王貴妃眉心舒展，眼角紅痕漸漸淡去，眼底光芒漸閃，語氣聲調似對溫榮滿心疼惜，可言語卻咄咄相逼。

溫榮垂下眼睛，輕顫的指尖悄悄藏在寬袖下。王貴妃迫不及待地要替李晟納側妃，她該如何是好？溫榮覺得口乾舌燥，她發現王貴妃未令宮婢給她看茶。餘光裡，王貴妃正端起身旁的飲子，以袖遮面。不愧是王氏女，只是吃口茶湯，姿態也能這般優雅。

她連口茶都沒有，所謂的關切和口口聲聲的對妳好，只是應了要看好戲的待客之道，溫榮心裡苦澀地笑，舌尖微微舔了舔乾唇，小心翼翼地回道：「兒謝過殿下關心，只是納妾這等大事，兒一人作不了主，還請殿下容兒回府同晟郎商量則個，再作決定可好？」

王貴妃眉梢挑起，牽過溫榮的手，一下一下拍撫溫榮的手背，心疼地說道：「瞧這小手冰的，天涼了也不知道多穿些。自己都照顧不好了，還怎去照顧晟兒和內宅？」說罷，王貴妃轉頭命人將炭爐生得更旺了。

溫榮手腳雖冰，但背上已被悶出薄汗，整個人更加燥熱起來。王貴妃話裡話外都在暗斥她不懂打理內宅，想來她和李晟之間的變化，被王貴妃安插的眼線看得一清二楚了，她沒有了李晟的疼護，只能任人拿捏。溫榮故作羞愧，嗓子有些沙啞。「殿下教訓的是，往後兒會勉勵勤加學習，打理好內宅，不敢叫殿下失望。」

「榮娘年紀輕，現在看來替晟兒納側妃是一舉兩得，既能開枝散葉，讓榮娘少些來自子嗣方面的壓力，往後處理內宅事務又可以多個幫手。我前日瞧了新晉的鴻臚寺卿家長孫女十分不錯，榮娘心裡該有個數。」王貴妃靠在矮榻上，長長指甲敲在扶手上叩叩作響。

溫榮深吸口氣，心裡開始不耐煩了，不願意再同王貴妃這等人打機鋒，只想快些離開，回到通風的側殿好好吃杯茶。溫榮一口咬定她一人不敢擅作主張，不論如何她都要回府與李晟商量再決定。

王貴妃見狀，揚唇笑道：「榮娘，聽說晟郎去了平康坊？偶爾去一、兩次應酬無可厚非，可常去不免就過了，榮娘可得盯著點，做女人的，最重要的就是留住夫郎的心。往後榮娘有甚委屈和不開心，都可以和我說，總比一人神傷，耗損了身子的好。」

溫榮終於抬起頭正眼看王貴妃，可她的氣勢早弱下去，不及王貴妃半分。溫榮忽然洩了氣，軟軟應道：「兒聽殿下安排。」

王貴妃笑容明豔，這才終於想起讓宮婢上茶。

溫榮雙手攏著茶碗，銀毫沫子泛著白色泡沫，溫榮看了覺得倒胃口，難怪晟郎說宮裡的茶湯不能吃，確實如此。溫榮耐不住口渴，吃了一小口，酥酪和糖放得太多，又甜又膩，簡直要將人的嗓子黏膩在一起。

溫榮放下茶碗，起身說道：「若殿下無事，兒先回側殿了。時辰不早，約莫宮裡要安排馬車送我們回府的。」

王貴妃笑道：「好的，榮娘早些回去歇息。平日多進宮，尤其是多去東宮陪琳娘說話。」說罷，王貴妃命人將那些藥材補品全部打包起來，令宮婢拎著綢緞包裹，一路護送溫榮回側殿。

到了側殿外，溫榮命隨身伺候的女史接過包裹，將宮婢打發走後才進殿尋琳娘和丹陽。側殿裡大部分妃子和公主都已離開，唯剩下琳娘和丹陽在原處等溫榮。

丹陽和琳娘看到溫榮一副丟了魂、面色慘白的模樣，忍不住皺起眉頭。

丹陽瞥了眼溫榮身後宮女史抱著的大包裹，不禁咋舌，這比她一早送去紀王府的多多了，那王貴妃是將榮娘當藥罐子了吧？

琳娘先讓溫榮在矮榻坐下歇息，端了杯清淡的飲子給溫榮。「先休息，吃口飲子，一會兒我送妳們二人出宮。」

丹陽蹙眉問道：「榮娘，王貴妃喚妳去做甚？怎去了這許久時間？」

溫榮搖搖頭。「無甚事，這幾日我身子憊懶，未將紀王府的內宅打理好，王貴妃將我喚去問了幾句，問我有何困難罷了。」

丹陽冷哼一聲，低聲諷道：「王貴妃定沒少吃老參，精力這般足！手伸到朝堂還不夠，現在連五哥的內宅她也要插一腳！」丹陽挽住溫榮的胳膊。「甭理她，她說的話榮娘千萬別往心裡去，真有困難就同我和琳娘說。」

琳娘也認真地點點頭。王貴妃的野心是漸漸顯現出來了，旁人還未察覺，可她們這幾名同王貴妃關係極親近的，都隱隱感到不安。

溫榮鬆口氣，真心笑起來。「謝謝琳娘和丹陽，有事我第一時間就來找妳們，到時候莫要不理我才好。」

丹陽噘嘴道：「榮娘這是信不過我們！」丹陽忽然想起什麼，眼睛一亮，激動道：「榮娘，妳說妳身子懨懶，會不會是懷孕了？琳娘懷孕後不也是每日裡懶懶散散的嗎？讓盧醫官替榮娘把脈吧？」

琳娘瞪了丹陽一眼。「誰每日裡懶散了？只是身子重，行動著實不便罷了。」說完，琳娘也一臉期待地看向溫榮，就準備命人去請醫官。

溫榮又好氣又好笑，她的月信才結束，之後她和李晟一直鬧彆扭，根本未行過房事，遂搖搖頭。「這事兒我心裡有數，肯定不是懷孕，是因為天氣轉涼，有些不適應。已經申時末刻，宮裡應該安排好馬車了，琳娘不用送我們，早些回去休息，我和丹陽作伴出宮就好。」

琳娘和丹陽面上不免失望，很快的琳娘又笑道：「這事兒急不來，榮娘現在要聽盧醫官的話，每日乖乖吃藥。天黑得早，我就送妳們到宮門口吧，乘馬車不會累的。先才榮娘不在，我將丹陽丟在一旁，顧自地靠在矮榻休息了好一會兒，丹陽一人不知有多無趣，就盼著妳回來。」

三人乘上宮車後，溫榮想起王貴妃提到的鴻臚寺卿府，忍不住蹙眉問道：「妳們可知如今的鴻臚寺卿是何人？聽說也是剛換不久的職官。」

丹陽撇嘴道：「還能有何人？不就是王貴妃那一派的。鴻臚寺卿雖非王氏族人，但其家族在河南道齊州郡，與當地琅琊王氏關係極好，是世代姻親。現在的鴻臚寺卿原本是齊州郡的四品地方官，二哥謀反案後被升調了上來。對了，榮娘怎會忽然問起他？」

溫榮抿緊嘴唇，半晌後如實說道：「王貴妃要替晟郎納側妃，王貴妃看中了鴻臚寺卿府的長孫女，今兒就是要我心裡有個數的。」

「什麼?!」丹陽忘記了自己是在馬車上，驚得整個人跳起來，腦袋「砰」的一聲撞到馬車頂，痛得齜牙咧嘴的，仍不忘罵道：「王貴妃打的好算盤，那破鞋五哥怎可能要！」

溫榮和琳娘皆未料到丹陽的反應會如此大，溫榮將丹陽扯下在椅子上坐定，見其髮髻都撞鬆了，只得先仔細替她梳理一番。溫榮一邊為丹陽簪簪子，一邊苦著心笑道：「又不是讓五駙馬納妾，妳這般激動做甚？」

琳娘拍撫胸脯，「哎喲，哎喲」兩聲。「今兒一日就叫妳們一人嚇了一次，妳二人好歹考慮考慮我這雙身子，往後別再一驚一乍的了。」

溫榮被她們鬧下，心情反而開闊了些。丹陽雖沒心眼，可勝在平日交際廣泛，能打聽到盛京大大小小的消息，對盛京各家娘子的情況也頗為瞭解，不管那些消息是真是假，總歸可拿來參詳一二。溫榮安撫了琳娘後，朝丹陽問道：「丹陽，妳說的『破鞋』是什麼意思？妳可認識那鴻臚寺卿府的長孫女？」

丹陽搖搖頭說道：「談不上認識，只在貴家宴席上打過兩次照面。鴻臚寺卿昆氏一族在齊州郡靠依附琅琊王氏得以生存，一族上下慣會眉高眼低，我是真真見不得她那副諂媚嘴臉。」

溫榮低下頭嘆道：「妳五哥的生母出自王氏，現在納昆氏嫡出女娘做妾也無可厚非，我們不好在背後說嚼他人口舌。」

丹陽瞪了溫榮一眼，頗有怒其不爭的意思。「我話都沒說完呢，妳就在這兒唉聲嘆氣！昆氏在王氏面前伏低做小就罷了，偏偏作風淫靡，在齊州郡就有傳言他們府的老夫人養過五個面首，個個油頭滑面、粉白細膩的，漫說鴻臚寺卿長孫女了，他們府裡怕是個個都不乾淨！倘若五哥娶了鴻臚寺卿府女娘，那可真真是等於受奇恥大辱，榮娘可千萬不能任由別人欺負五哥，否則五哥太可憐了！榮娘就聽我一次，回府到五哥面前先抨擊王貴妃一通！」說著，丹陽又自言自語道：「但五哥不傻，不會答應吧？」

琳娘亦嚴肅地說道：「丹陽所言有理，若確實是容貌品性皆好的女娘，那今兒這事就難辦了，榮娘推託拒絕會被外人言是妒婦。可既然是不堪之人，榮娘就不能心軟猶豫，這事根本不值得為難。」

溫榮不知該如何回答丹陽和琳娘，本以為她二人會替她擔心，為她出謀劃策，不想現在一邊倒地替李晟著想。溫榮知曉，李晟不是任人欺負的主，既然王貴妃並非真心為他好，是要他難堪，意在攪亂紀王府內宅，那李晟就是撕破臉皮也不可能答應。

溫榮皺起眉頭，道：「妳們莫要再說了，越說我心裡越發彆扭。回府後我會主動和晟郎商量對策，不讓王貴妃鑽空子的，妳們不用擔心。」

琳娘和丹陽相視一望，挑了挑眉毛，似對溫榮的回答十分滿意。

第四十四章

回到紀王府，因李晟未回來用晚膳，溫榮只吩咐廚裡簡單弄兩道清粥小菜。許是同王貴妃說話時出冷汗和被悶著，溫榮沐浴後整個人昏昏沈沈的，面頰現出不自然的潮紅，唇舌也泛白乾裂。溫榮估摸自己是感風寒了，靠在矮榻上頭疼得厲害，本想等李晟回府說幾句話的，可是實在撐不住了，扶著綠佩的手臂，起身準備去床上歇息。站起來的瞬間，溫榮目光恰好漫過窗欞，院子裡影影綽綽，月光下似立了個人影，溫榮只道自己是頭昏眼花得厲害，也不再仔細瞧，徑直躺在床上起不來了。

碧荷將廂房裡的燭火吹滅了幾支，替溫榮攏被角時，不小心碰到溫榮的臉頰，被燙得一下子縮回手，當即面色大變。主子不只是尋常感風寒，而且開始發高熱了！她之前就想去請醫官，可被溫榮攔住，說甚只是吹多了風，讓廚房煮碗薑湯吃後早些休息，悶出一身汗就會好，碧荷十分後悔自己剛剛沒有堅持。

碧荷拖住綠佩，焦急地說道：「主子病得嚴重，現在五皇子不在，我們得快去請郎中！」

綠佩聽了一驚，急忙跑到床邊碰了碰溫榮的額頭，急得快哭出來。「我聽王妃說過，咱們坊市善理堂的郎中醫術精湛，我這就命小廝去請人！」說罷，綠佩出廂房就要走下長廊時，被忽然閃到跟前的人影嚇了一跳，就要驚呼出聲，瞧出那人竟是五皇子，硬生生將呼喊聲嚥下。

李晟疲累地看了眼廂房，面色極為憔悴，低聲問道：「榮娘睡了嗎？妳怎不在廂房照顧王妃，這般火急火燎的要趕去哪裡？」

綠佩還未完全回過神來，瞧著五皇子的架勢，應該是回府多時的，秋日夜間露重天涼，五皇子不去廂房休息，在院子裡瞎轉悠什麼呢？綠佩嚥了嚥口水，提到溫榮就起了哭腔。「王妃發高熱，奴婢正要找小廝去請善理堂郎中為主子看病！」

李晟臉色一變，抬腳要進廂房，又止住腳步，回頭看侯寧，急聲道：「你速速請郎中過來，越快越好！」說罷，冷聲朝綠佩說道：「妳隨我回廂房照顧榮娘，主子都照顧不好，留妳們何用！」

溫榮的急症來得凶險，李晟進廂房時溫榮已經徹底昏睡過去，就是後來的郎中把脈，李晟、綠佩、碧荷等人在旁說話，她都絲毫不覺……

這一覺，溫榮足足睡了五日。中間大約迷迷糊糊地醒來過三、四次，她睜眼總能看到李晟，李晟不是在旁陪著，就是在廂房焦急地來回踱步。模糊的視線裡，李晟眼窩深陷，臉上有了青色鬍渣。溫榮心痛卻不自知，再度睡去時，嘴角輕輕揚起，眼邊卻悄悄滑落一滴淚。

李奕的登基大典，溫榮因病未參加，李晟則迫不得已進宮過儀式。李晟在李奕繼位後被封為南賢王，可他連宮宴也不肯用，一心快馬趕回府守住溫榮。

現在盛京坐實了南賢王妃重症難癒，但是南賢王李晟移情別戀的流言卻不攻自破。溫府眾人、琳娘、丹陽等人陸續到府裡探望了溫榮，知曉溫榮確實無性命之憂，才略微放下心來。

這日辰時中刻，溫榮開始醒轉，隱約聽到李晟在和誰說話，她的意識和感覺比之前幾日要清晰許多，身體也開始恢復，甚至能感覺到飢餓。溫榮未急著睜開眼睛，而是努力地聽李晟在說什麼……原來是宮裡內侍來了。溫榮算日子，睿宗帝已退位，現在不再是乾德年，而是永慶一年，李奕成了聖主，王貴妃貴為太后，睿宗帝是太上皇，前太后是太皇太后。溫榮慶幸自己一病躲掉了不少麻煩，至少不用進宮見王貴妃……喔不，現在是太后了，不用見太后那張令她憎惡的嘴臉。

溫榮聽了外邊對話後，知道是太后在曲江畔芳林苑辦宴席，這是王貴妃晉升為太后後第一次主持宮宴，帖子下到南賢王府，李晟卻毫不猶豫地推拒，絲毫不給太后面子。帖子下了三次，實在沒辦法，太后命隨身內侍和宮女史親自到南賢王府來請。

只聽到內侍用尖細的嗓音說道——

「王爺，太后說了，請不到王爺，小的們就得回去領罰，還請王爺可憐小的則個！」

李晟冷眼看那兩人，面無表情地說道：「你們領罰與某何干？某已經說了兩遍不去，識相的自己離開，莫要讓我趕你們走。」

「這、這……哎喲，王爺，小的也是迫於無奈啊……」內侍哀聲道。

溫榮心裡好笑，還真真是符合李晟的風格。太后心胸狹隘狠毒，野心又極大，這時候若不給她面子，往後會更加針對李晟和南賢王府的。溫榮微轉過頭，張嘴費盡力氣發出聲音，聲音嘶啞纖弱，綠佩和碧荷卻欣喜地跳起來，根本不在意溫榮說什麼，而是徑直跑到外廂衝李晟大喊——

「王爺，你快回來！王妃她醒了，王妃醒了！」

溫榮在心裡哀嚎，生病前綠佩和碧荷還嘀嘀咕咕說李晟不好的，現在竟又被收買了，將她一人落在床上，好不淒涼。

「榮娘！」李晟一陣風般地衝進來，撲在溫榮床邊。溫榮雖還閉著雙眼，可嘴唇卻能微微翕動，李晟眼裡現出數日來的第一絲光亮，喃喃說道：「榮娘，對不起，都是我的錯，可我是真的不知道該怎麼辦……」

溫榮心頭百味雜陳，過了好一會兒終於睜開雙眼。李晟一直看著她，目光未挪動半分，眼底的光亮隨著溫榮清醒漸漸璀璨。許是躺了太久的緣故，溫榮渾身痛，像散了架。

李晟似乎感覺到溫榮心中所想，命綠佩拿了皮裘過來，親自將溫榮裹好抱起來，讓溫榮靠在床上，換個姿勢活動和舒緩筋骨。

因為溫榮清醒，綠佩和碧荷在一旁激動地嘰嘰喳喳，李晟轉頭冷冷看了她們一眼，二人趕忙閉嘴，大氣不敢出。李晟回過頭握住溫榮的手，柔聲問道：「榮娘怎樣了？剛才想說什麼？是不是肚子餓了？」

溫榮心間有暖流緩緩湧動，似有說不盡的柔情要傾訴，或許她該欣喜和慶幸吧，欣喜慶幸李晟從未離開。溫榮緩了緩，虛弱地說道：「晟郎不必擔心，我沒事。對了，剛才是宮裡人過來嗎？現在還在院子裡嗎？」

李晟眸光不轉，捧起溫榮的手貼在自己臉頰上，鬍渣子扎得溫榮直癢癢，笑道：「是的，不知道為何，一直杵在院子裡不肯走，榮娘不用理他們。」

溫榮心裡好笑，太后都發話了，請不到你堂堂南賢王，他們當然不敢走啊！

廂房外的內侍和宮女史估摸是著急了，高聲喊道──

「是王妃醒了嗎？小的們是太后遣來請王爺赴宴的，還請王妃幫忙勸則個！」

李晟眉毛豎起，就要發作命侍從將那兩人丟出府去。

溫榮握住李晟的手，朝李晟搖搖頭。

「榮娘怎麼了？」李晟溫和地問道。

溫榮將頭埋進衾褂裡輕咳了兩聲，細聲道：「晟郎，太后派來的人不能怠慢。今天是王貴妃升為太后後的第一次宴請，晟郎無論如何不能駁了太后的面子。既然我醒了，晟郎就不用擔心，一會兒我讓廚裡煮些羹湯，晚膳會等晟郎回來一起吃。」

李晟頗覺歡喜，可仍舊不情願離開。「榮娘才醒，病未痊癒，不守著我著實不放心。」

溫榮心裡忍不住腹誹，現在知道不放心，前些時候夜夜在外不知做甚，直到深更半夜才回來，那時怎不見人過來道歉？

溫榮接過碧荷遞過來的暖湯，抿了一口潤潤嗓子，聲音終於不那麼沙啞了。「晟郎，你被聖主賜封南賢王，這裡面有極深遠的意義，同時太后與我們之間的關係也更加微妙，想來晟郎心裡有數。過幾日我病好完全了，少不得要進宮伺候太后，向太后請安，這些躲不掉也不能躲，晟郎就當是為了我好過些，別和太后鬧僵，不要得罪太后好嗎？」溫榮身子還很虛弱，話說多了就開始咳嗽。

李晟笑了，小心地替溫榮順背，沈吟半晌才說道：「好吧，榮娘在府裡安心休息，我去去就回。」

溫榮抬眼朝李晟微微一笑，看到溫榮的笑容，李晟不禁愣怔，心裡又酸又澀，似受寵若驚。李晟輕撫溫榮髮鬢，越發覺得慚愧，是他誤以為溫榮被過往束縛，不能解困，又害怕溫榮會離開，進而不斷逃避。其實溫榮早已經看開，愚笨不能解困的實是他。

李晟又叮囑了溫榮幾句，命綠佩和碧荷守好主子，甚至去廚房走了一遭。一切安排妥當，才隨意換身袍衫，鬍渣也未刮，就這般施施然地出府往芳林苑赴甚秋菊宴了。

李晟離開後，溫榮才注意到綠佩和碧荷的神情百般變化，似有許多疑問。

綠佩忍不住問道：「王妃，這幾日妳都在昏睡，為何會知道太子即位，王爺被封為南賢王了？」

溫榮一怔，頗為尷尬地解釋道：「武孝帝登基一事是前次進宮就知曉的，至於南賢王，先才宮裡不是來人嗎？我隱約聽見了對話。」溫榮不等她二人再發問，趕緊說道：「綠佩，妳吩咐廚房準備些清淡羹湯小點，我有些餓了。碧荷過來替我更衣梳妝，我要起來走走。」

碧荷和綠佩連忙答應下。

綠佩一邊向廂房外走去，一邊犯嘀咕，那內侍好像未直呼主子南賢王啊，且王妃甚至還知曉新帝號武孝……綠佩甩甩頭，喜孜孜地笑起來，反正王妃本來就知道得多，王爺都不疑惑了，她也懶得多想，關鍵是王妃已醒轉，而且王爺對王妃是一如既往的關心，現在只要王妃也能好好待王爺，她就徹底安心了。如此想著，綠佩的步伐都不自覺地輕快起來。

小半時辰後，綠佩領著婢子，將食案和羹湯點心擺好，溫榮也梳洗妥當。碧荷擔心溫榮著涼，還給溫榮結結實實地裹了件夾襖。

綠佩替溫榮舀了碗羹湯。「醫官交代，王妃醒後不能馬上吃乾硬生冷的，得先吃點清淡的流食。」說罷，綠佩將羹湯捧至溫榮跟前放下。

溫榮慢慢地吃著羹湯，碧荷與綠佩在旁一唱一和地替李晟說話。

綠佩嘆了口氣道：「王妃，之前奴婢們以為王爺每日在外玩到半夜都不回府，其實不是那樣的。奴婢也是問了侯寧才知曉，王爺回府後常常不敢進屋尋主子，擔心主子不待見、不肯見他，所以王爺只好每日在院子裡候著，遠遠地看廂房的燈火和主子的身影，直到主子梳洗睡下了，王爺才會拾掇拾掇，默默回廂房休息。主子也誤會王爺了。」

溫榮眉眼不抬，頗為狠心地說道：「不過是某幾日這般罷了，若他每日申時末刻都有回府，怎會有人瞧見他大晚上的出現在平康坊？」

「這……」綠佩和碧荷面面相覷，王妃對王爺還是心存芥蒂。

碧荷在旁半開玩笑地轉移了話頭。「主子可知曉，溫老夫人、夫人、皇后、丹陽長公主都有到王府探望主子？」

溫榮搖搖頭。照理琳娘挺著大肚子，現在又貴為皇后，是不能隨便出宮的，不想還是特意來看她這個病人，溫榮又感激、又愧疚。「讓她們擔心了，當時我昏睡不醒，長輩是不是都嚇壞了？」

碧荷笑道：「盧醫官言王妃會好，老夫人和夫人就放心了。大家都知道盧醫官是替太上皇診病的，民間都傳太上皇幾次進鬼門關，都被盧醫官救了回來，盧醫官現在可是口口相誦的神醫呢！」

綠佩見溫榮將一碗羹湯吃完後，又命她拿糕點，明顯是開了胃口。綠佩在旁說道：「來看王妃的貴人主子們，雖不擔心王妃的身體，卻被王爺氣得不輕，丹陽長公主離開時，還罵了王爺兩句呢！」

綠佩的話終於引起溫榮的興趣，溫榮詫異道：「丹陽為何要罵晟郎？晟郎做甚事情得罪丹陽了？連祖母、阿娘、琳娘也被氣到了嗎？」

碧荷笑說道：「奴婢們總算是看清王爺對主子的感情有多深了！主子昏睡後不是會時不時清醒嗎？王爺一直守在主子身邊，就是為了主子睜開眼的一瞬間只能看見他。老夫人她們過來探望時，王爺不得已，只能起身讓至一旁。」說著，碧荷和綠佩都掩嘴笑起來。「主子是沒瞧見王爺那心急如焚、抓耳撓腮的模樣，皇后、丹陽長公主等人，王爺都可以不給面子，只要她們在主子身邊的時間稍長些，王爺就會直接下逐客令，可面對老夫人和夫人，王爺就不敢了，只能一直在旁點頭哈腰地認錯，還昧心地請老夫人、夫人留下來用晚膳，後來老夫人拒絕時，我們發現王爺偷偷鬆了口氣呢！」

綠佩亦卯足了勁替李晟說話。「老夫人和夫人雖未明說，可語氣神情都在責怪王爺未照顧好主子，老夫人還說了，若王爺公徇的事忙不開，沒有時間照顧主子，她們可以將主子接回溫府去。王爺被嚇得大氣不敢出，那神情可憐見的！」

「綠佩竟然能注意到他人的語氣與神情，可真真是難為綠佩了。」溫榮的臉已經紅到耳根。若李晟知曉他被綠佩可憐和同情了，怕是會有難以名狀的情緒，甚至氣得面容扭曲吧？其實溫榮仍舊不解，李晟到底唱的是哪齣戲？既然在她生病時如此擔心，之前為何要避開她，令她誤以為他真的起了異心，越發心灰意冷？好在她的失望還未變成絕望。

見綠佩和碧荷還要開口，溫榮將湯勺放下來，正色道：「妳們先打聽清楚王爺為何去平康坊吧，若其中真有誤會，再來替他說話。」

見溫榮表情嚴肅，二人只好訕訕地閉上嘴，轉而討論起今日太后主持的秋日賞菊宴。

溫榮也不搭話，一邊慢條斯理地吃羹臛和棗仁糕，一邊聽她們閒扯，聽著聽著，溫榮眉頭越皺越緊。綠佩言盛京裡冒出了許多她不曾見過的生面孔，那些生面孔大部分是李徵謀反案後，陸陸續續調入盛京為官的一眾王氏族人或世交。太后這次辦宴的目的無非是要大家互相熟悉起來，李晟作為盛京唯一的一品親王，若不赴宴，太后和聖主的面子都掛不住。綠佩談起那些郎君、女娘，可謂滔滔不絕，誰家女娘漂亮、誰家女娘賢慧、誰家女娘跋扈，一條條是如數家珍，不過任何一個不論品貌都不如她家主子。

綠佩說著，輕鬆的語調忽然變化，神秘兮兮地同溫榮說道：「主子，妳出門少，許多事情有所不知，往後赴宴千萬不要同齊州郡、青州郡這兩個地方的女娘交往過密……」

溫榮挑了挑眉梢，那兩個地方的女子行為大膽放肆，亦喜傾慕品貌優秀的郎君，在男女風氣方面，比之盛京要更加開放。

「奴婢聽聞有一名出自青州郡的貴家女娘，在東市醉仙樓酒肆舉辦的鬥詩會上，當著眾人的面向應國公府的郎君傾述愛慕之心呢！」綠佩眼白翻起，言語不屑。在綠佩等人眼裡，那些女娘的行為放蕩有失。

溫榮的表情猛地僵了，她想起那日太后同她說的話，太后要將鴻臚寺卿的女娘許與李晟做側妃！她本要提醒李晟，可回府後她一句話未說就病倒了，李晟這幾日對她又寸步不離，對此定是一點都不知。

溫榮不擔心太后明面上與李晟商量，因為他一定不會同意，她現在害怕的是太后會設局，讓李晟中圈套，最後不得不娶鴻臚寺卿府的女娘！溫榮聯想到先才宮裡內侍和宮女史說的話，臉色一變再變，太后要求一定得請到王爺，否則他們將被重罰……

雖然今日太后並非一定會設局，但不得不防！

溫榮猛地站起身，眼前一陣眩暈，還好吃了不少東西，總歸有了力氣。溫榮緩過來後說道：「更衣，安排馬車，我要去芳林苑。」

碧荷正準備去取花樣子讓主子挑選一個繡荷囊，聽到溫榮要出府，一下子愣住了。綠佩也莫名地看著溫榮。「王妃，妳大病未癒，怎忽然要出門？」

「先更衣，否則一會兒就來不及了！」溫榮轉身，自己走到妝鏡前坐下，取了傅粉遮蓋面上的憔悴和蒼白。

碧荷和綠佩還有猶豫，王爺離開前著意交代主子要留在房裡休息，莫要疲累和著涼的。碧荷看了眼窗外，冷風席捲，掃不盡的落葉不斷打旋，不禁打了個寒顫。

碧荷一邊替溫榮綰髮，一邊勸道：「主子，王爺不過是去參加個宴席罷了，說不定過午時就會回來了。王爺一向辦事妥當，王妃究竟不放心何事，要親自去呢？現在王妃一定要小心將養身子，若真有事，可否請侯寧傳話？」碧荷拿一支累絲簇錦並花簪，在溫榮的反綰髻上比了比，見溫榮點頭才小心簪上。

溫榮乾脆將太后要替李晟納側妃之事一股腦兒地告訴碧荷和綠佩。

綠佩手一抖，憤憤地說道：「竟然有這等事？漫說那鴻臚寺卿女娘是齊州郡過來的，就算是盛京裡的清白娘子，也斷然不許進南賢王府的大門！」說罷，綠佩雙手插腰，攔門的氣勢十足。

溫榮好笑，未理睬綠佩，反而去同情絲毫不察、正認真守院子的侯寧。現下看來，綠佩可比她善妒，往後定能將侯寧管得服服貼貼。

溫榮自汝窯花瓷寬口牙筒裡勾出一點殷紅口脂，勻勻地塗抹在唇上，隨著唇染鮮紅，整個人都明豔起來。溫榮互抿雙唇，半晌後啟唇說道：「若太后有心設局，定會將王爺身邊的侍從小廝支開，就算侯寧及時趕到芳林苑，也不可能接近王爺。只有我去了，才能名正言順地守在王爺身邊，縱然是太后，也不可能當著眾人的面阻止王爺照顧重病未癒的妻子。」溫榮對著銅鏡畫起黛眉，嘴角彎起美麗的弧度。

就是早已習慣主子絕色的碧荷與綠佩，此刻也在怔忡中紅了臉。

溫榮仰首調皮笑道：「太后第一次宴請，我這因重病而臥床不起的王妃都特意趕去，是不是給足了太后面子？今日說不得有不少賞賜呢！」

碧荷和綠佩捂嘴笑起來。「主子甚時候開始貪宮裡的那些賞賜了？話說咱們府裡的倉庫都快堆不下了，主子估摸得拾掇拾掇，處理一些。」

溫榮笑道：「玩笑話罷了。今年約莫是寒冬，到時候少不得有災民和流民，我們王府肯定不能袖手旁觀，今年說不定要我們牽頭了。」沙漏指向巳時初刻，溫榮說道：「時候不早，我們要在宴席開始前趕到曲江畔芳林苑，斷不能遲了。」

碧荷趕緊從妝奩裡取出一頂卷草鴻雁紋赤金平罩，溫榮正要說不戴，碧荷說道：「主子原先一直打扮得簡單雅致，但現在是一品王妃了，不能再一支簪子了事。婢子擔心王妃不習慣，特意挑了花式最簡單的卷草紋金頂子。」說罷，直接替溫榮戴上。

溫榮鮮少打扮得這般貴氣逼人，早前溫榮常暗地裡腹誹那些簪金戴銀的脖頸結實，現在她自己也被壓得快直不起腰來。

綠佩為溫榮換上一身杏色琥珀金牡丹絨邊襖裙，攏銀緞掐牙小襖背心，披五色絲線繡玫瑰金羽緞。

碧荷還不忘吩咐小婢子多帶幾只手爐，這才與綠佩一左一右地扶溫榮坐肩輿出府，再乘馬車前往芳林苑。

秋天的芳林苑比之春夏要少許多顏色，若不是夾道和四周都擺滿五彩繽紛的秋菊，芳林苑就只剩下單調的灰白了。無奈就算那些秋菊被花匠培植得再美，也及不上春秋時節大自然替花草染色來得鮮豔和有生氣。

琳娘作為皇后，正陪太后和聖主在亭臺裡品茶說話；丹陽長公主則被一群女娘簇擁著奉承吹捧，煩不勝煩可又一時走不開；瑤娘、茹娘與陳歆娘、陳惠娘玩在一塊兒，倒是十分閒適自在。

三位娘子都在詢問溫榮的情況，歆娘擔心地問道：「茹娘，我們送往南賢王府的拜帖都被王爺退回來，王妃究竟怎樣了？聽說今天南賢王有到芳林苑參加宴席，是不是王妃的身子好了一些？」

茹娘滿面愁容，前次她跟著祖母和阿娘去探望阿姊，整整兩個時辰，阿姊都未醒來。雖然盧醫官言阿姊無性命之憂，可終究是病得厲害，茹娘每日都有抄寫經書為阿姊祈福，希望阿姊早日康復。

茹娘正思量著，歆娘又開口道：「月娘還未被送去寺裡，在府裡已經抄寫好長一卷經書了，月娘言王妃對她有大恩，可她卻知恩不報，反起色念，實是愧對王妃。她唯一希望的就是王妃能康復，否則她心存不安，將難了斷紅塵意。」陳府見月娘心意已決，除了陳二夫人還會時不時到月娘房裡勸阻外，其餘人都已默認月娘剃度出家，甚至感謝月娘為一府誦經祈福。若無意外，年後月娘就會被送往郊外文業寺。

李晟到了芳林苑後便尋一處僻靜亭子冷臉坐著，一心牽掛才剛醒轉的溫榮。宮女史送來了茶湯和點心，還未等宮女史開口，李晟揮揮手就將人趕了下去。

桐禮在旁小心提醒道：「主子，是不是該向太后和聖主請安？」

李晟端起茶，小口小口飲著，根本不搭理桐禮，而是仔細回憶琢磨這半年來關於溫榮的點點滴滴，終於相信那番僧說的都是真話。番僧初始言他內心深藏反意，若他了斷一切情念，能成事，就如他的前世一樣。那一世他不但報了王氏弒母之仇，還得到了天下，可在那一世裡，溫榮跳井死去，死時對他有極深的怨恨……

怨恨二字令李晟的心緊緊揪在一起。

幾月前李奕派人暗殺番僧，是李晟的侍從將其救下的，而後番僧又被安置在城郊終南山的臺南峰，李晟往臺南峰尋過番僧兩次。

第一次與番僧長談，李晟被番僧說中心事後，心底騰地升起殺意，可他劍還未拔出，番僧就閉上眼睛著意提及溫榮的名字，說江山美人他只能取其一，是要江山還是要美人，番僧讓李晟自己好好思量。李晟握在劍柄上的手慢慢鬆開，髮絲頹然垂落在肩，面上表情先是越來越凝重，而後從眼底現出很淺很淺的柔軟光芒……

李晟對溫榮有兩世經歷和記憶初始是半信半疑，番僧的神情和言語一直很平淡，他根本無法判斷真假，可就算如此，他也心存僥倖，僥倖番僧言溫榮未完全恢復記憶，所以溫榮不知道他心存反意，更不知道前世是因他謀反才死的。

李晟漸漸發現，他可以拋去江山，不再報仇，可他不允許溫榮從此不愛他，將他視作仇人甚至陌路人。然而，就算他提心弔膽，每日祈禱，終究無法阻止溫榮恢復所有記憶。在馬車上喚醒溫榮，在溫榮睜開眼的瞬間，他就從溫榮眼底讀到所有情緒，恐懼、憤怒、茫然……如此皆罷，最令他心痛的是冷漠。

溫榮開始討厭他、躲開他，每日寧願無所事事地發呆也不肯同他說一句話。李晟有試過在溫榮眼前轉悠、比以往更加刻意地討好，可溫榮對他無動於衷，他甚至能看到她嘴角偶爾漾起的嘲諷和冷笑。

李晟發現溫榮越發的煩躁地厭惡他了，不得已，他開始逃避。有時躲在公衙，有時站在府門口，更多時候是默默在廂房外的庭院裡守著。在庭院裡，他可以看到窗紗上的剪影，那道影子一時站著，一時坐著。不知是燭火跳動的緣故，還是相思太過，迷了雙眼，窗上的剪影搖晃著、搖晃著，竟越發纖細了，而他的心也越來越痛，精神緊繃得幾乎崩潰。

李晟不得不相信番僧，於是他再一次上臺南峰尋找番僧。那日他身上的袍服還因走山路被荊棘刮破了好幾處，而後由於時辰太晚，他急著回府陪榮娘，從南郊入城後不肯繞坊市，直接執夜行令從平康坊抄近路回安興坊。他未料到會被人瞧見，還惹得滿盛京傳流言道他變心，他本想向溫榮解釋的，可溫榮看他的眼神很是淡漠，彼此對視一瞬就會毫不留戀地轉開去。溫榮似乎根本無所謂他去哪裡、做了甚事，又是否真的變心。如此，李晟也選擇了沈默。

溫榮醒了，李晟長長吁了一口氣。早上當溫榮毫不遲疑地說出他被封為南賢王時，他就笑了。他的妻子真的與眾不同，能知曉前世今生。

李晟依然心痛，但不是害怕溫榮離開的那種剝筋剔骨般的痛，而是心疼溫榮一個柔弱女娘，竟要獨自承受兩世傷痛和壓力。思及此，李晟恨不能將溫榮抱在懷裡，狠狠揉進心裡，往後所有都由他一人承擔。

李晟沈默飲茶，遠遠看到林子琛和杜學士向他走來，李晟將茶盞放下，走出亭子準備同他二人招呼時，一名華衣宮女史穿出小徑，忽然到李晟面前攔住其去路。

宮女史屈膝朝李晟見禮後說道：「太后、聖主請南賢王前往翠微閣說話，請南賢王隨婢子移步翠微閣。」

李晟只作未聞，一語不發地繞過宮女史，走到林子琛和杜學士面前，微微點頭招呼。

林子琛瞥了眼宮女史，一眼便瞧出是跟著太后隨身伺候的，收回目光問道：「晟郎怎過來了？王妃醒了嗎？你是不是又未向聖主、太后請安了？」林子琛和丹陽公主到芳林苑的第一件事，就是請宮女史引他們前往亭臺見過李奕和太后。林子琛同太后接觸的次數屈指可數，不瞭解但直覺其不善，故亦敬而遠之。

李晟點點頭。「醒了，就是榮娘勸我過來的。一會兒宴席上遇見再請安吧，也不是甚大不了的。」

杜學士的神情頗為敬佩，小聲說道：「全盛京就只有晟郎敢這樣無視太后、聖主，但有一道理晟郎要切記，君子之交可以淡如水，可小人千萬不可得罪，故晟郎要分清君子和小人啊！」杜學士在暗指太后是小人。細想來，早前跟隨三皇子李奕的年輕臣子，現在對太后都頗有微詞，只是不敢在太后和李奕面前表現出來罷了。

「還請南賢王移步翠微閣。」宮女史不依不饒，徑直上前催促道。

漫說李晟，就是林子琛與杜學士的臉色都登時鐵青起來。他二人心裡有數，李晟雖被升為一品王爺，俸祿食封戶皆有增加，但是官職兵權反被削弱。南賢王、南賢王，太后和聖主怕是要將李晟徹底養成「閒」王。

太后對李晟的態度耐人尋味，面上看似親切有加、疼如親子，可其派來的宮人卻根本不畏懼李晟，甚至隱隱帶有脅迫的味道。

李晟墨色俊眉微挑，沈吟半晌。「罷了，我去一趟翠微閣，請安後若無事，我就不留下用席面了，改日得空再尋琛郎、杜郎說話。」李晟轉身大步朝前走去，傳話的宮婢被遠遠甩在身後。

林子琛和杜學士無奈地搖搖頭，其實李晟的心思全在溫榮身上，既已沈迷女色，太后和聖主根本沒必要提防他。李晟拐入一片山陽紫水千絲菊花臺，直到李晟的身影徹底消失在視線中，林子琛和杜樂天才一邊說話，一邊離開，去欣賞年輕郎君鬥詩。

林子琛突然想起一事，詫異道：「之前我與丹陽長公主是去芳林苑亭臺拜見太后的，不過小半時辰，太后怎就去翠微閣了？」

杜樂天不以為意地說道：「亭臺賞景雖好，可耐不住風涼，說不定太后和聖主是畏寒，故離開亭臺前往翠微閣休息。」

「杜郎所言有理。」林子琛執摺扇輕敲掌心。聽聞溫榮醒來，他也長鬆了口氣。如今他對溫榮的關心多是因為親情，過往的情愫隨時間流逝漸漸沈積心底，心結也慢慢打開了。他對丹陽雖無太多眷戀，卻也真真體會到丹陽內心的良善和純淨，而最令林子琛感動的是丹陽對他不變不離的心意。他所有行為、決定不論是否利於二人相處相守，丹陽都不會與他吵鬧，只一味地默默支持，甚至肯主動化解他與長輩之間的爭執和矛盾。丹陽身為睿宗帝最寵愛的女兒，能做到這地步實是不容易。林子琛是有過不甘，卻也不聾不瞎不蠢，亦不會冷血無情。或許他今生無法愛上丹陽，但在愧疚之後會慢慢對丹陽打開心扉的。

林子琛與杜樂天被拉進鬥詩會。他二人仍是年輕才俊，可現在又被一群更為年少的後生團團圍住，後生捧著新作詩句，請詩名遠播的杜樂天學士與往屆狀元郎林子琛點評。二人拋去煩惱，仰首豪爽大笑，筆墨揮灑於宣紙之上，所書詩句似能勘破秋意，惹得夏風冬雪技癢撫動，而周圍一眾品詩少年郎君則如沐春風……

翠微閣在芳林苑東邊，李晟隨宮婢穿過三處花牆，路遇許多貴家郎君女娘，大部分是眼生不曾謀面的。不少女娘看到南賢王李晟，嬌滴滴地上前見禮問安，這些外調入京的待嫁女娘慣穿坦領寬衫，胸前露出白花花一片，飛仙髻上金步搖流蘇成串，晃得李晟緊皺眉頭。

到了翠微閣，宮女史領李晟向穿廊盡頭的堂屋行去，此處清靜少人，幾無人聲，唯有長廊上鳥籠子裡的雪衣鸚哥見著李晟會嘩啦啦地撲稜翅膀，跳爪追著李晟喚「王爺、殿下」，不斷往復。李晟瞥了那鸚哥一眼，覺得有趣，榮娘在府裡養身體悶得慌，一會兒他向聖主和太后將這鸚哥討了，拿回府給榮娘做個伴兒。

穿過長廊後，鸚哥古怪的聲音聽不見了，拐處彎到內堂前，宮女史撩起門簾，躬身說道：「王爺，太后已在內堂久候您多時。」

李晟掃了一眼，內堂裡根本沒人。李晟登時劍眉豎起，瞪向宮女史的雙眼透著刺骨寒意。其實一進翠微閣李晟就發覺不對勁了，就算太后和聖主休息需要清靜，可也不該連個廊下伺候的婢子都沒有。李晟想起早年德陽公主令宮婢騙溫榮入閣樓，企圖毀溫榮清譽一事，心底騰地升起一股怒火，抬手扼住宮女史咽喉，喝道：「為何將某騙至此處？你們究竟做何打算？」

宮女史驚恐地看著李晟，雙手不斷扒拉李晟的袖腕，求饒道：「王爺冤枉奴婢了，真是太后命奴婢將王爺請過來的，王爺饒命啊！」

李晟面色冷若冰霜，掐住宮女史脖頸的手漸漸收緊。

宮女史的眼睛越瞪越大，死命往門簾裡瞄，先是求李晟，再而是喊太后救命，討饒的聲音漸漸嘶啞微弱，就在宮女史要窒息死去時，內堂裡傳來急促的腳步聲，太后輕柔又焦急的聲音響起——

「唉唷！晟兒這是在做什麼？快快將人放了！今日是宮宴的大好日子，莫要出人命，不吉利！」

李晟聽到聲音一怔，鬆開手撇下宮女史，打簾向屋裡走去。太后真的來了，但是李奕不在。李晟雙手抱拳，微欠身朝太后行禮，說道：「兒見過太后。兒誤以為此宮婢謊稱太后在此，故意將兒騙至翠微閣，一氣之下做出魯莽舉動，驚擾到太后，還請太后見諒。」

太后不悅地瞥了宮女史一眼後，再看向李晟，慈祥地說道：「與晟兒無關，定是這宮婢未將話說明白，是奴才不會辦事才惹出的誤會。」說罷，太后朝身後的內侍冷聲吩咐道：「將那不曉事的宮女史帶下去，先打二十大板，再關上十日，好好教她宮裡的規矩。倘若下次再惹得王爺或其他貴人不高興，處罰就沒這般輕了。」

宮女史才被李晟掐得驚魂未定，這會兒再聽到太后要懲罰她，是面如金紙，不斷叩頭求饒。

宮女史也算太后身邊的老人了，可太后卻不留一絲情面，回過頭朝李晟笑道：「晟兒快坐下。你哥哥本要一起過來的，可被幾名老臣拖住，我們母子二人先說說話。」宮婢端了茶湯上來，太后見李晟仍舊面無表情，坐在蓆子上一動也不動，連茶湯也懶得看一眼，遂說道：「晟兒，我記得你小時候吃茶湯喜歡加一勺糖和棗絲，那些摻了酥酪和鹽的是一口不用。昨兒你哥哥不知從哪兒拿了一匣茶回來，說是甚喚作衡山石廩的高山茶，奕兒說你也喜歡，所以我特意從奕郎那兒拿了一些，晟兒嚐嚐這茶湯可合口味？」

李晟聽言，將視線轉向茶碗。衡山石廩雖少見，但他已不陌生。第一次品到此茶是李奕帶他和林子琛去的東市茶樓，那時他就頗為驚豔。後來他遂心意娶了榮娘進府，榮娘精通茶道，但個人對茶有極大偏好，除了顧渚紫筍，平日最常煮的就是衡山石廩了，宮裡御賜的峨眉雪芽、蒙頂石花等，多是被溫榮用來待客。他小時候吃茶好加糖，可現在口味卻被帶得與溫榮一樣，溫榮與他二人品茶時，追求的是茶湯裡最純正的那股清香，他二人皆認為，在茶湯裡摻酥酪辣子，簡直是暴殄天物。

李晟端起茶湯，慢慢揭開茶蓋。就算是照他口味悉心烹煮的，他也著實瞧不上，畢竟茶奴的茶道有限。李晟礙於太后情面吃了一口後，眉頭忍不住皺起來，茶湯裡有股子異香，若說是花茶，可味道又不如榮娘常熬的花飲子來得清甜。李晟將茶碗放回茶盤，抬眼說道：「兒臣謝過太后好意，十幾年過去，兒臣對茶湯的偏好也變了，更不會像以往那般挑剔。往後太后喜歡何口味就讓茶奴煮何口味，不必考慮兒臣。」

太后一臉欣慰，嘴角輕翹笑道：「晟兒是越來越懂事了，可只要你與奕兒喜歡滿意，我就高興了。我年紀大了，記憶力差了許多，一會兒晟兒與宮女史說說，現在都喜歡甚口味的茶湯和點心，往後好替晟兒準備。」

李晟垂首不言，身旁案几上的茶湯散逸出飄渺水霧，本該無色無味的水霧竟然也帶了絲絲異香。

太后見李晟面露疑色，先解釋道：「這是尚宮局新製的香料，可添入茶湯和糕點裡增香，我和琳娘用了都十分喜歡，正準備送榮娘與丹陽一匣。對了，榮娘身子怎樣了？」

李晟正要回話，忽然頭一陣眩暈，眼睛也模糊起來。李晟意識到茶湯有問題，但他未想通太后今日為何要對他下藥？就在李晟搖搖晃晃起身時，翠微閣外傳來高聲通報——

「南賢王妃到芳林苑——」

太后揚起眉角，詫異溫榮怎會過來？她好不容易才得到的好機會，可不能讓溫榮破壞了！太后厭惡地瞥了眼李晟，李晟的雙眼已經越來越迷離。太后不禁冷笑，溫榮過來要一刻鐘，時間夠了，就讓溫榮來吧，正好能欣賞她夫郎與其他女娘同處一室行苟且之事，那場面足夠震撼，能令溫榮記上一輩子的！太后起身，朝身旁宮女史低聲吩咐了幾句後，仰首自旁門離開內堂。

李晟抓到茶盞，狠狠擲到地上。他也聽到內侍通報了，心裡反覆默唸著溫榮的名字，強令自己堅持最後的清明。隱約中，他察覺到太后帶著所有宮人離開內堂，於是撐著案几起身，踉踉蹌蹌地朝正門走去……

內侍通報時，溫榮入芳林苑，恰好遇見正領著一眾年輕郎君作詩的杜樂天和林子琛，她打聽到李晟被太后請去翠微閣說話，也顧不上林子琛等人的關切詢問和驚訝目光，直接喚了快腳轎夫，乘上肩輿，以向太后請安的名義，疾行往翠微閣。

溫榮在翠微閣前被內侍攔住，她還未開口，內侍就毫不遲疑地說道：「還請南賢王妃留步，待小的通報後再接迎王妃入閣。」

要通報也該在內堂外通報。內侍越阻攔，就越說明翠微閣裡有問題！綠佩一著急就要上前將內侍推開，硬闖進去，溫榮先將綠佩攔住，朝前走一步，手執一柄「石榴求子」紋翡翠竹節柄扇輕輕搖著，猛地正色道：「還不張開你的眼睛仔細瞧瞧這柄團扇！我要進閣向太后請安，誰敢攔！」溫榮執的團扇，正是數月前太皇太后贈送的。團扇的精緻不足為奇，可扇面上有太上皇睿宗帝的親刻印章，此時就算是李奕站在面前也不敢阻攔。溫榮臨出府時，特意將此扇帶出了。

內侍看清扇面上的刻章後大驚，趕忙跪到地上不敢再吭聲。

溫榮繞過內侍，領著一眾婢子，仰首大步朝翠微閣內堂走去。走在長廊上途經那雪羽鸚哥，鸚哥衝溫榮嘶叫一聲，又朝著李晟先才行去的方向不斷蹦跳，嚷嚷著「王爺，王爺」，溫榮雙眸微合，覺得此鸚哥頗具靈性，十分有趣，只是她此刻無心逗弄玩賞。

李晟踉蹌地走到內堂門前時，已經無法站穩，從心口燒出一股火，令他越來越躁熱，跌跌撞撞間，李晟將內堂門上的琉璃珐瑯珠簾全部扯下，正要摔出內堂時，一道陌生身影忽然閃上前。

李晟眼睛模糊，根本看不清來人模樣，只隱約覺得是個豐腴的女娘，渾身上下刺鼻的熏香脂粉味，令李晟一陣陣作嘔。

李晟撐著最後一股力氣，一邊重重喘息，一邊斷斷續續地說道：「讓開……快讓開！否則，別怪某不客氣……」李晟欲將腰上軟劍抽出，可是手顫抖得根本不受控制。李晟整個人靠在門框上，許是意念太過的緣故，額角迸出一條條青筋，牙齒也磨得嘶嘶作響。

那女娘軟軟走上前，靠向毫無還手之力的李晟，抬手抹上李晟的面龐，心怦怦跳得越來越快。她何曾見過如此俊朗的郎君？不論是在齊州郡還是盛京，不論是府裡那些面首抑或貴家郎君，都不曾有一人令她如此心動！

此著衫暴露、身段豐腴的女娘，就是鴻臚寺卿府長孫女昆氏。

昆大娘子心裡對太后萬分感激，雖說今日之舉不夠光明正大，但能嫁給李晟這般容貌俊朗、身材魁梧，身分地位又極高的郎君，她認了。

昆大娘子嬌滴滴地說道：「王爺臉怎這般紅？是不是哪裡不舒服？奴扶王爺到廂房裡歇息。」說罷，昆大娘子挽住李晟的手臂，半邊身子幾乎貼在李晟身上，心裡不自禁地讚嘆李晟粗壯有力的臂膀，早已迫不及待了，只無奈李晟寸步不肯動。

李晟幾乎用盡全身力氣在壓制周身肆虐的邪火，根本沒有多餘的力氣將那女娘推開。

昆大娘子見李晟不肯隨她去廂房，便仔細瞧了瞧四周，宮婢和內侍皆被太后遣開了，不若就在內堂裡行了好事！昆大娘子乾脆挪到李晟身前，抬手摟上李晟的脖頸，踮起腳尖就要將香唇貼上去時，長廊上突然響起急促而雜亂的腳步聲，忽然，一清亮又氣勢十足的聲音傳來——

「是何人在此，攪擾了太后清靜！」

那聲音極其嚴肅，昆大娘子被嚇得忘記太后的交代，一把將李晟推開，跳開了兩步。

李晟周身力氣幾乎用完，可他也放心了，整個人靠著門框緩緩滑到地上。那聲音他再熟悉不過了，原來榮娘也有這般懾人的氣勢。李晟捂住胸口長長喘氣，他恨不能立即將溫榮摟進懷裡，用溫榮的冰肌玉骨化他的慾火。

眨眼間，溫榮已走到了內堂外，掃一眼就知曉發生何事。不想太后竟然這般不堪，給晟郎下催情藥！

溫榮心疼地去扶李晟，綠佩與碧荷則領著六名小婢子將昆大娘子團團圍住。

昆大娘子在宴席上見過溫榮，她一直以為溫榮是個柔弱好欺的女娘，可此時溫榮一個凌厲眼神過來，她就被嚇得站都站不穩了。

溫榮將李晟扶到內堂矮榻上靠著歇息，正要起身去解決堂屋外的麻煩時，李晟握住溫榮的手腕，不肯讓她離開。溫榮第一次發現，原來李晟也有這般無力無助、需要依賴她的時候。她心裡抽搐難過，根本無法將眼前男子同前世那個冷眼看她跳井死去而無動於衷的仇人重合在一起。兩世了，她已經再世為人，她為何不能給李晟一個機會？

溫榮俯下身，在李晟唇上輕輕落下一吻，低聲道：「晟郎也相信我一次，待我將那些蒼蠅都趕了，就帶晟郎回家。」

李晟的神情忽然放鬆下來，面上露出孩子吃到糖般饜足的笑容。

溫榮心一緊，她不是不知催情散有多可怕，前世李奕就被其他妃子下過催情物，宮人皆傳，那夜李奕在妃子殿閣中翻雲覆雨了整整一夜。可惜那妃子未因此得寵，次日就被李奕打入冷宮，根本不念甚夫妻情義。

溫榮不知李晟究竟有多大的意志力能克制到這番地步，但她明白，李晟的這份意志力，是緣於對她的愛意。

溫榮蓮步走至堂屋外，微抬頭乜眼打量一襲桃紅低胸襦裙的昆大娘子。

溫榮今日特意畫了斜雲眉，細長的黛眉橫飛入鬢，旁人光是瞧著就心生畏懼。

溫榮眼底是隱而不發的怒氣，面頰卻帶有含而不露的笑意，還未開口，昆大娘子就已經被嚇出了一身冷汗，她明白自己惹到了不好對付的主，瞧溫榮那凶橫的模樣，似要將她抽筋剝皮似的。都到這地步了，為何她的靠山太后還不出來？

溫榮豔紅的柔唇輕啟，聲音清冷動聽，可一聲聲還染上同李晟一樣的冷若冰霜意。「這位不是鴻臚寺卿府的昆大娘子嗎？早前宮宴匆忙，不曾仔細瞧過，今兒一見可真真是個珠圓玉潤的妙人兒！」說著，榮娘朝昆大娘子走了兩步，笑抬起手，用細長的指甲在昆大娘子面龐上來回劃動。

溫榮向碧荷使了眼色，碧荷在兩名頗為機靈、從府裡帶出來的小婢子耳邊輕聲交代了幾句，兩名小婢子立即悄悄離開，退出翠微閣。

昆大娘子兩股戰戰，腿一軟，差點跪在地上，結結巴巴地說道：「奴……奴見過南賢王妃，未及時……及時向南賢王妃見禮，還請南賢王妃恕罪。」

溫榮收回手，掩嘴笑道：「喲，昆大娘子可是在怪我擺架子？罷罷，盛京女娘都知曉，我是最不拘這些禮節的。對了，我是來向太后請安的，不想昆大娘子也隨我身後進翠微閣了。怎麼，昆大娘子也是來尋太后的？不知昆大娘子進翠微閣是否得到太后或者聖主的允許？若未經准許私闖進來，那是要被治大不敬之罪的。」

昆大娘子根本未聽懂溫榮話裡的深意，光最後的治罪之論就將她嚇暈過去，她正要開口說是太后請她過來的，就聽到一旁穿廊傳來腳步聲。

太后好戲看不下去，終於肯現身了。溫榮心底冷笑，往後退了兩步。

太后的身影剛剛出現，溫榮就拋下昆大娘子，快步走到太后面前端端見禮，收起銳氣，細聲說道：「兒見過太后。」一邊說邊抬眼委屈地看太后，嬌聲道：「太后要為兒作主，先才兒要進來向太后請安，那守門的內侍竟然不讓兒進來，而且連通報一聲都不肯！」溫榮眼角噙淚，準備將戲做足了。「兒病了多時，今日是急著見太后，向太后請安的，迫於無奈，只好請出太皇太后贈與兒的團扇了……」

太后一眼看到溫榮手裡團扇上睿宗帝的印章，臉色有些難看，可轉瞬便掛上和藹笑容，摸了摸溫榮的面頰，心疼地說道：「讓榮娘受委屈了。竟有那等不長眼的內侍，一會兒我就命人將他捆了！」太后瞟了眼溫榮身後的昆大娘子，故作驚訝地問道：「昆茉娘也過來了？怎哭哭啼啼的？可是發生了何事？」

太后朝昆大娘子使的眼色，溫榮是盡收眼底，溫榮知曉，這事太后捨不得善了。但，想逼她與晟郎就範可沒那般容易，她早安排了婢子去芳林苑傳流言，若太后堅持與她作對，就是撞在刀口上。

昆茉娘本已經沒有同溫榮鬥的心思，她是覬覦李晟和南賢王府，但她更怕死，哪有什麼比留著這條命要緊的？可現在太后過來了，她走不是、不走也不是，真真是騎虎難下。若總要得罪一人……昆茉娘細細想著，太后的地位不管怎麼說，也比南賢王妃高上許多，遂心一橫，決定繼續照太后教的那般做，雖然生米未煮成熟飯，可也沒人瞧見啊！

昆茉娘趁南賢王府的婢子不注意，一下子撲到太后腳邊，哼哼唧唧地哭訴道：「還請太后替奴作主！」一邊說邊一下下地叩頭。

太后心疼地將昆茉娘扶起。「有話好好說，到底怎麼了？」

昆茉娘驚恐地偷偷瞄溫榮。

溫榮泰然自若，根本未將她放在眼裡。

昆茉娘舔了舔乾燥的嘴唇，顫抖著身子，為難又害羞地說道：「太后，南賢王他……南賢王他將奴……」昆茉娘忽然嚎哭一聲。

太后和溫榮都被她嚇一跳。

昆茉娘繼續哭道：「太后，奴往後沒臉見人，奴不活了……」說罷，昆茉娘就要朝牆上撞去。

溫榮乜眼看昆茉娘唱戲。

綠佩和碧荷是氣得七竅生煙，巴不得那昆茉娘就撞死在牆上，可惜太后趕忙命宮婢將昆茉娘攔住了。

太后未詳細詢問昆茉娘，而是直接看向了溫榮。

第四十五章

溫榮趕緊滿眼驚訝地來回瞧太后和昆茉娘，不待太后開口，溫榮先說道：「昆茉娘在說什麼呢，兒怎一點也聽不懂？兒到翠微閣時，堂屋裡只有晟郎一人在等太后，過了好一會兒，昆茉娘才過來，也說要向太后請安啊！昆茉娘是不是認錯人了？」

溫榮話音未落，其身後的婢子也嘰嘰喳喳地議論起來，無非都在指責昆茉娘信口雌黃，她們一眾人到內堂時昆茉娘根本不在翠微閣內。

「這……可是……」昆茉娘無助地看向太后。人多口雜，她是百口莫辯，但事實上她也確實沒和李晟行成風流事，連假證據都沒有。

太后眼睛一瞇。她原先竟然沒發現溫榮也是個毒心腸的，不承認李晟和昆茉娘有染就罷了，竟然還言昆茉娘認錯了人！呵，這等說法傳出來，非但她與李晟能撇清和昆茉娘的關係，且昆茉娘的清譽也被徹底毀了！

太后凝重地說道：「昆茉娘是被我請到翠微閣說話的，出了這事我責無旁貸，必須給茉娘與鴻臚寺卿府一個交代。昆茉娘入京有一段時日，也見過晟兒許多次，照理不會認錯人的。」

溫榮仍舊一副老神在在的模樣，似乎對她說的話毫不在意。

太后繼續道：「對了，晟兒呢？將他喚出來，也好問個清楚。」

提到李晟，溫榮的表情終於起了變化，眼裡滿是擔憂，嘆道：「回稟太后，先才我剛到堂屋，晟郎就與我說他人不舒服，約莫是那茶湯的緣故，茶湯不知摻了甚香料，不對晟郎的身子，故兒讓晟郎留在堂屋休息，多吃些清水。對了，兒還命人將茶湯送去盧醫官那兒查驗了。」

太后一愣，顧不上昆茉娘一事，急問道：「妳真將茶湯送去盧醫官那兒查驗了？」

溫榮似被太后的失態給嚇到，囁嚅道：「太后息怒，兒沒有別的意思，只是因為兒在府裡好煮茶湯，平日裡亦會摻些花花草草的，兒就擔心哪日不小心加了今日茶湯裡的香料，害了晟郎……」溫榮一拍腦袋，「哎喲」一聲，愧疚地朝太后道歉。「瞧兒這記性，直接問問太后今日用甚煮的茶湯不就完了，哪還需那般大費周章地去尋盧醫官啊！唉，平日盧醫官要照顧太上皇與太皇太后就已很辛苦了。要不太后告訴了兒，兒這就命人將那宮婢尋回來？」

太后臉色很差，溫榮這是在威脅她，若她堅持替昆茉娘作主，溫榮就會將她在茶湯裡下催情散的事傳遍滿盛京，讓太皇太后與太上皇都知曉！太后笑起來，聲音也緩和了許多。「這點小事，千萬別去驚擾了太皇太后和太上皇。今兒的茶湯裡不過是添了些梨香罷了，不承想晟兒會不習慣，往後我們為晟兒煮的茶湯裡莫添任何香料就是。」

溫榮連連應下。「是，是，太后所言極是。」說著，溫榮還不忘為難地瞥了昆茉娘幾眼，叨咕道：「晟郎身子不適，我是一直陪在晟郎身邊的，茉娘這事兒著實蹊蹺，不若太后好好查查，別是有人假冒南賢王為非作歹，那可就糟了！」

太后抿了抿嘴角，實在笑不出來了。今兒這事本十分順利的，她無論如何都沒想到溫榮會忽然醒來，還巴巴兒地趕到芳林苑了！太后不會傻到相信溫榮頂著寒秋過來，只是為了向她請安。

太后頷首道：「榮娘所言有理，我先才不知曉晟郎不舒服，才會有所疑惑，現在看來，昆茉娘確實是認錯人了。昆茉娘一事容後再議，現在要緊的是晟兒的身子。還愣在這兒做甚？榮娘快帶我去看看晟兒。」

溫榮主動上前扶過太后。「太后不用擔心，先才兒有詢問晟郎狀況，晟郎說他休息一會兒就好，連醫官都不用請的。」

之前還火急火燎地要去尋太上皇身邊的盧醫官查茶湯，現在事關李晟安危，她卻連醫官都不用請？太后暗攥錦帕，溫榮是早知曉李晟被下了催情散的！

昆茉娘見太后和溫榮都不理睬她，焦急地喚道：「太后！太后莫要丟下奴不管，還求太后替奴作主啊！」說罷，昆茉娘還想上前拉太后。

太后不耐煩地吩咐內侍。「將昆茉娘帶到附近廂房，讓她好好休息，清醒後仔細回憶她遇見的究竟是何人，別冤枉了晟兒。」

「是。」兩名內侍應聲後，一左一右將昆茉娘架起，將一臉茫然不知所措的昆茉娘拖到旁廊的小廂房裡。

溫榮的斜雲眉挑起，太后這就讓昆茉娘閉嘴了？

溫榮將太后扶進內堂，李晟面色潮紅，暈暈乎乎地靠在矮榻上，一旁南賢王府的婢子正在一點點小心地餵李晟清水。

太后看到地上摔碎的茶盞，還有流滿一地的茶湯，忍不住對溫榮拿茶湯請盧醫官查驗一說存了疑惑，只是她話已出口，也不打算再冒這險。

溫榮扶太后落坐後，親自上前服侍李晟。李晟微微張開眼睛，溫榮發現李晟滿眼通紅，心裡一陣慌亂。溫榮明白，她必須盡快帶李晟回府休息，否則李晟這般強撐著，會對身子不利。而且溫榮自己也快撐不住了，她的身體本就十分虛弱，憔悴的面容皆是靠傅粉掩蓋的，先才說的那許多話就已將她的精力耗盡了。溫榮試著將手藏在絨袖裡，不讓太后瞧出她因為消耗過大，手已微微顫抖。

就在這時，翠微閣外內侍通報皇后和丹陽長公主到了。

溫榮聽聞，有幾分安下心來，琳娘和丹陽會護著她的，說不得在她二人的幫助下，很快就能帶晟郎離開了，她只需要再堅持一會兒，再一會兒就好。

溫榮藉著照顧李晟，背對太后微合眼養了下神。

宮婢將滿地狼藉掃去，又換上一掛新簾子。

琳娘和丹陽很快到了，二人看到溫榮精神頗好又一襲盛裝打扮，很是欣喜。

琳娘在太后面前是小心翼翼，同溫榮招呼後就回到太后身邊伺候。

丹陽則徑直在李晟身邊坐下，蹙眉問道：「五哥吃了甚不乾淨的東西，怎和中毒一樣？」

聞言，太后的臉登時黑下來，吩咐宮婢扶李晟去旁邊的廂房歇息。

溫榮心一緊，她可不能讓李晟離開她的視線，指不定太后又想使甚么蛾子。溫榮疲累地看著丹陽，動動嘴唇緩緩搖搖頭。

丹陽見榮娘眼皮子都似睜不開，忍不住蹙緊眉頭，原來榮娘的身體根本未恢復！再看五哥這般模樣，她領會到是太后在對付五哥與榮娘，而榮娘不肯讓五哥離開。

丹陽臉色鄭重，認真地說道：「五哥這副模樣，歇息怕是不頂用。這兩日我身子不爽快，正好帶了醫官赴宴，我這就命人將醫官請來。」

「不用請醫官！」太后話出口才發現自己急了些，忙輕咳一聲，不動聲色地說道：「丹陽別焦急，先才我就說了要請醫官的，但榮娘知曉晟兒只是有些不舒服，也攔著不讓我請。咱們這兒最瞭解晟兒的就榮娘了不是？還是看看榮娘如何說的吧。」

溫榮回過身子，朝太后頷首道：「讓太后和長公主擔心了。晟郎身子不適，兒亦無心一人用席面，兒想先帶晟郎回府。掃了太后的興致，還請太后見諒。」

太后朝琳娘說道：「琳娘，今日終於見到榮娘了，妳也不知開口將人留下一起用席面，晟兒留在翠微閣歇息亦是可以放心的。」

琳娘張了張嘴，不肯開口。

丹陽撇嘴道：「倘若五哥留下，不若就請醫官過來瞧瞧吧，又不是甚麻煩事兒。」

丹陽和琳娘也發覺太后明顯抗拒請醫官。先才她們知曉溫榮到了，便立即趕往翠微閣，臨近翠微閣時竟有流言傳出來，言昆大娘子趁著太后與南賢王妃不注意，企圖勾引南賢王，可南賢王不但坐懷不亂，更將其叱罵一通。

流言傳得有鼻子有眼，琳娘和丹陽也不待瞭解詳情，直接命其身邊婢子不遺餘力地往芳林苑各處散播，甚至添油加醋。二人已經猜到昆大娘子勾引南賢王一事同太后脫不開干係，說不得就是太后在背後指使的！

丹陽恨不能同太后撕破臉皮，將她看不慣的所有事都揭出來，到李奕面前好好說道說道，看李奕到底是包庇他阿娘，還是盡聖主之責，主持公道。

溫榮笑道：「今兒就不麻煩太后和長公主了。左右兒身子恢復了，有的是機會進宮向太后和皇后請安，過兩日若皇后無事，兒就約了丹陽長公主尋皇后說話。」

丹陽確實擔心李晟，欲堅持請醫官過來，無奈溫榮不打算針對太后，只想雙方都退上一步，息事寧人。

此時，靠在矮榻上合眼休息的李晟不耐煩了，鎮定地半睜開眼，堪堪站起身，又將溫榮拉了起來。「某無事，丹陽不必擔心。」說罷，李晟轉身朝太后和琳娘微微欠身。「宴席要開始了，太后還是前往主持宴席吧，兒臣與榮娘就先回府了。」等不及溫榮再與琳娘、丹陽說話寒暄，看到太后點頭，李晟便牽著溫榮一步步朝外走去。經過丹陽時，李晟朝丹陽感激地點點頭。
丹陽終於心領神會，命婢子快快備好肩輿和馬車。
李晟和溫榮離開的步伐輕鬆端方，不肯露出破綻，也只有他二人知曉，為了在太后面前演完這齣戲，彼此用了多少力氣。
溫榮和李晟乘上馬車，碧荷將簾幔放下後，二人再撐不住，雙雙倒在軟凳上。
李晟撐著窗格，將溫榮髮髻上的卷草紋赤金頂子取下來放在一旁，沙啞的聲音裡夾帶了一絲疼惜。「榮娘不喜歡沈甸甸的金飾，往後與我一道進宮就不必戴了。」
溫榮一直未睜開眼，聽到李晟說話，嘴角揚起一抹笑，點點頭，挪挪身子想尋一個舒服的姿勢繼續休息，忽然就落入溫軟的懷抱……
終於回到南賢王府，碧荷垂首撩開簾子。
溫榮第一次看到府門上陽刻南賢王府四字的鎏金牌匾，本以為會心煩意亂，不想竟一片寧靜。溫榮推了推李晟，道：「婢子備好肩輿了，我們下馬車吧。」
李晟將溫榮摟得更緊。
碧荷紅了臉，將頭埋得更低，根本不敢往馬車裡瞧。
李晟半張眼，懶懶地吩咐道：「鋪板，將馬車駛進府裡。」
「這……」溫榮一時愣住，府門沒破，哪裡有將馬車駛入的道理？這於理不合又不吉利。溫榮柔聲勸道：「碧荷她們特意請了快腳轎夫，一會兒就到廂房了，晟郎隨妾身一道下馬車吧？」

李晟搖搖頭，伏在溫榮耳邊說道：「馬車更快呢，那勞什子南賢王府大門，不要也罷。」李晟一揮手，厲聲吩咐小廝快些。

欄檻上被架了門板路，馬車一路疾行至二進院子的月洞門才停下來。

二人回廂房沐浴更衣後已經午時，李晟徑直靠在床榻上歇息。

秋日午後暖白陽光透過窗欞照進廂房，李晟眯著眼睛端詳正在向綠佩交代事情的溫榮，俊朗無塵的面孔上是清淺的笑容。

綠佩領了吩咐去廚房，李晟朝溫榮招了招手。

溫榮強打起精神，步伐疲憊地走到李晟身邊坐下，抬手撫上李晟的額頭。「眼裡血絲退了些，用過午膳就讓侯寧去請郎中來替晟郎看看。」

李晟扶著溫榮腰身的手微微用力，溫榮就倒在了被褥上。

碧荷識相地關上窗戶，退到門外。

李晟陽光似的笑容照得溫榮兩頰發燙，他壓低了粗啞的聲音問：「榮娘會不會累？」

溫榮抬手推李晟。「大白天的，晟郎剛中了毒，該好好歇息。」

李晟嘴角揚起，掛著淺淺笑容。「我中的毒不是吃吃藥就能解的。好久了，榮娘陪陪我可好？」

溫榮的臉紅到了耳根子，她知曉李晟話裡的「好久」是甚意思，自她與李晟鬧彆扭起，該有大半月了……溫榮在兀自愣神，李晟卻是一刻不曾停下，待溫榮反應過來，身上衫裙已被褪去大半，人也被李晟拉進被褥，攬在身下……

溫榮總算領教到催情散的厲害，平日她的體力就只能勉強應付李晟，這日她連著哀聲討饒了數次，李晟才趴伏在她的身上重重喘息。

溫榮是徹底沒有力氣了，李晟下來後，她微微側過身子，摟著被褥就要睡覺。

解了催情散的藥性，更重要的是打開了心結，李晟此時備覺神清氣爽，扶住溫榮的香肩，聲音恢復了清朗乾淨。「榮娘，先別貪睡，累了一上午，先起來吃些東西。」

溫榮連睜開眼睛的力氣都沒有了，搖搖頭，嘟嘟囔囔地說道：「我不餓，只是睏得慌，晟郎自己去吃吧，讓我睡會兒。」

李晟擔心溫榮這一覺會與前次生病一樣，一睡便是五、六日無法起來。「那我現在陪榮娘歇息，榮娘晚上陪我用晚膳可好？」

溫榮墨色睫毛微顫，已是半睡半醒，含含糊糊地說道：「晟郎不餓嗎？會陪晟郎一道用晚膳的，只要晟郎別再那般遲回府了……」

李晟幽深的眼眸微閃光芒，心疼地將溫榮摟進懷裡，低聲道：「榮娘不喜歡我遲回來，為何不肯與我說？以後不會了，再也不會了，榮娘在哪裡等我，我就早早地回哪兒。」

溫榮嘴角揚起，沈沈地點點頭，靠在李晟臂彎裡睡去……

綠佩和碧荷早送來了午膳，聽到內室裡臉紅耳熱的聲音，二人將午膳放在外廂後，便將廂房的隔扇門闔了，躲回廊下。

待廂房裡的聲音漸漸小下去，終於恢復一片靜謐後，綠佩捅了捅碧荷。「都快兩個時辰了，主子怎還不叫水或用午膳呢？」

碧荷抬眼看著西邊的一片霞紅，秋末天黑得早些，過申時太陽都要落山了。碧荷笑著起身，道：「我們將食案收了，今兒讓廚裡多做幾道菜吧，王爺和王妃終於又一起在府裡用晚膳了。」

「那午膳就不吃了嗎？王妃才剛醒，要餓壞的！」綠佩跟在碧荷身後進屋，端起食案，忍不住往內室裡瞧，一絲絲風揚起箱床的三層薄紗帷幔，如水紋般微微漾動。

碧荷瞥了綠佩一眼。「要喚妳去喚，我可不幹這事！」

綠佩縮著腦袋偷笑，將外廂整理一番，就去廚裡吩咐晚膳了。

芳林苑。自溫榮和李晟離開後，太后交代了宮女史幾句，就帶著琳娘和丹陽前往主持席面，三人剛到園林就看到一群宮婢圍住一處涼亭，似在勸說什麼。丹陽讓隨身伺候的婢子去打聽發生了何事，而園裡的女娘看到太后等人過來，趕忙上前請安。

人群散開，琳娘和丹陽這才發現昆大娘子在涼亭裡哭哭啼啼。

太后眼眸微閃，正要命人將昆大娘子喚過來問話，丹陽派去打聽消息的婢子就回來了，太后知曉情況後，臉色變了變，暗嘆溫榮可真真是狠心，如此做法難不成想斬草除根，徹底毀掉昆大娘子聲譽，令其絕無希望嫁入南賢王府？

太后先才吩咐宮女史去通知昆大娘子，讓她到芳林苑各處走走、傳傳流言，說不得還能有轉機。不想昆大娘子才走出翠微閣，就被人指指點點。

原來溫榮命南賢王府侍婢傳的流言是添油加醋、變本加厲了，有言昆大娘子勾引南賢王未遂，欲以死相逼，不想被南賢王痛斥，十分沒面子。

昆大娘子一時間成了過街老鼠，那些自小在盛京長大的貴家女娘本就看不慣齊州郡和青州郡女娘的作風，對流言是深信不疑，皆唾棄昆大娘子無恥，趁南賢王妃重病纏身，行下三濫的手段。

太后瞪了正在偷笑的琳娘和丹陽一眼，這事兒少不了她二人的功勞，就是她們命貼身侍婢幫著南賢王府的人四處傳揚說道的！太后懶得喚昆大娘子過來問話了，昆府女娘的名聲被溫榮徹底搞壞，她也不可能再去沾染葷腥。

太后扶著宮女史徑直朝前走去，冷冷地說道：「走吧。妳二人身分地位不同，少去摻和這些事，免得外人道我們處事不公，少不得又惹非議。」

丹陽和琳娘低下頭，漫不經心地答應下。

待溫榮和李晟醒來已是酉時，二人食慾大開，婢子將晚膳端上來後，李晟令婢子添了五次飯，溫榮也難得地食了一整碗。

用過晚膳，李晟攬著溫榮在矮榻上歇息，抬手把玩溫榮垂落臉頰的髮絲，一下一下地纏繞在手指上。

溫榮忽然發現李晟欲將他們的頭髮結在一起，嚇了一跳。這結打上了多半解不開，最後只能絞了！溫榮忙將頭髮扯回來，瞧李晟那副模樣，猜是閒得發慌了，遂笑問道：「晟郎可想下棋？」

李晟面露喜色，親自起身端來棋盤，擺好棋盤後二人圍桌坐下。

溫榮隨手在棋甕裡抓了幾顆棋子藏在身後，笑說道：「今兒不打算讓晟郎，我們照著規矩猜猜先，好好下一局棋吧。」

李晟頗為為難。「榮娘這是要我好看呢！」說罷，仔細端詳溫榮的神情，片刻後無奈地笑了笑，執起一顆黑子放在棋盤上。

溫榮黛眉輕挑，掩嘴好笑，將手中白子散在棋盤之上，數了數，不多不少正好六顆。

「晟郎猜錯了，我執黑子先下。」

李晟寵溺地看了溫榮一眼，將盛滿黑子的棋甕端到溫榮跟前，又吩咐侍婢將茶點放在溫榮身邊。「圍棋耗神，為夫棋技遠不如榮娘，榮娘還虛弱，莫要太辛苦了。」

溫榮撇撇嘴不接話，下棋再辛苦也沒有午時被晟郎那般折騰來得辛苦。

溫榮此局真真是一子不讓，不過才下數十子，溫榮便盡顯優勢，李晟的額頭在不知不覺中沁出一層薄汗。

溫榮歡喜地收走了一片白子，棋子落回棋甕的聲音十分清脆。棋音落定，溫榮忽然抬起頭，目光閃爍。「晟郎，你是不是有事瞞著我？」

李晟正專心地看棋盤，被溫榮這麼一問，詫異地抬起頭，半晌後溫和笑道：「榮娘是在問盛京裡傳的關於我去平康坊一事嗎？」

溫榮垂首把玩一顆黑子，蹙眉沈思，似在仔細思考下一步棋該往哪兒走，不以為意地說道：「我知曉晟郎不會去平康坊尋樂子的，因為你與軒郎不同，少有人能左右晟郎的決定和行為。」溫榮直起身子，命碧荷與綠佩守在廊下，莫要讓旁人靠近。

李晟目光爍爍地看著溫榮，漸漸收起臉上的笑容。

溫榮迎上李晟的目光，心裡一片平靜。「晟郎那日回府，袍襬破了好幾處，該是走了不少山路吧？妾身本無意過問，可此事干係太大，妾身不得不問。晟郎真甘心當一輩子南賢王嗎？」

李晟苦笑，他到底甘不甘心呢？他確實迷惑過，但現在他已經想明白了。然而，李晟仍忍不住直接問了一句。「榮娘可希望我當聖主？」

溫榮並不驚訝，她毫不猶豫地搖搖頭，在棋盤上落下一子。「棋路一環扣一環，一步錯會導致滿盤皆輸，想來晟郎知曉這道理。」

李晟點點頭，嘆了一口氣。「既然榮娘看得比我要透澈，為何還要問呢？是否在擔心我不自量力，會連累了榮娘，連累了溫府？」

溫榮抿了抿唇。一步錯，步步錯。李晟欲謀得天下，無非就是在下一局極其複雜和困難的棋。或許李晟在遇見她之前，所走的每一步棋都是極穩妥的，可在遇見她和愛上她之後，整盤棋就亂了。在溫榮看來，於李晟而言，謀得帝位最重要的一步是娶一名王氏嫡女為正妻，如此才可以不被琅琊王氏視作棄子。李奕的前世就是因為愛上她而堅決不肯再納王氏女為妃，如此引了禍端。

溫榮誠心說道：「晟郎言重了，既然嫁給晟郎，妾身便不敢有甚連累的想法，無論何時何地何事，晟郎都是妾身和整個溫府的依靠。縱是平日裡有些費心思、費神的地方，妾身也是在擔心溫府會拖累晟郎。」頓了頓，溫榮又說道：「凡事皆講究天時、地利、人和，天時、地利妾身不敢妄言，可晟郎已經失了最重要的人和，晟郎還要堅持嗎？」

李晟輕笑。「榮娘教過許多人下棋，送過許多人棋譜，可何時能教教我呢？與榮娘對弈，這局棋才剛開始沒多久，我就要輸了。」

溫榮望著李晟深思熟慮後下的那步白子，確實是很艱難。然不過三五落子間，李晟又遜了一大籌。

溫榮的呼吸似乎停滯了，半晌後微微吞嚥，縱是胸口悶得慌，也還是說了出口。「晟郎無須妾身教，若能時日方長，終究耳濡目染。」

李晟的笑容忽然僵硬在臉上。「我自詡已經瞭解榮娘，榮娘可懂我？榮娘是否記得三年前的宣義坊別院？那時榮娘替我點了一盞茶。」

宣義坊別院？是借給陳府娘子暫住的地方。三年前的許多事情都已經模糊了，溫榮的思緒一下子飄渺起來。

宣義坊別院在清幽靜雅的柳葉槐下。當時她恰好帶了一匣顧渚紫筍，湘妃竹柵曲水流觴，她用顧渚紫筍調製金黃茶膏，再於茶湯之上點畫曼舞。她為洛陽陳知府大娘子點的是傲於秋風的千絲菊，陳家二娘子是無憂無慮的如意夏荷，而晟郎呢？溫榮仔細回憶。

李晟輕聲道：「榮娘為我點的第一盞茶，就已經詮釋了心境。那時榮娘記憶未完全恢復，也不瞭解我，可我卻一下子明白了榮娘的心意。」

溫榮是山中桃樹下的一曲小溪，靜謐清淺，不可能喜歡激烈澎湃的生活，若他執念不改，溫榮會承受不住這樣的人生。

溫榮驚訝地抬起頭，瞪大了眼睛看李晟。「晟郎你……」

李晟道：「不論千絲菊和夏荷多美、多傳神，都只是榮娘那一刻的有感而發，不過是一景一情，不值得深思。唯獨我的……」李晟垂首苦笑。「唯獨我的茶湯之中有大意境，與情景無關，是榮娘對我的印象。」

溫榮不知該說什麼，也不知下一步棋該下在哪裡，雲墨黑子被溫榮緊緊攥在手心，為李晟點茶時的情緒湧上了溫榮心頭。杯中茶湯之上有千峰深谷，有雲霧繚繞，點茶之人在向吃茶人傾述，傾述她已悠然見到南山，但又有誰能於青山之中覓得清風呢？

李晟抬手撫摸溫榮鬢角。「榮娘別怕，那一刻我心裡其實很喜歡，悠然南山、把酒桑麻，亦是我最期待的生活。也是從那時起，報仇奪帝的心思越來越淡，因為只有不斷變淡，我才有資格娶溫榮為妻。」李晟在渠河畔芍藥叢旁初見溫榮就已情動，那盞茶湯之後，更堅定了守護之心，只是弒母仇恨猶如噬骨之痛，他可以放棄天下，不與李奕為敵，但愧疚之情真真消散不去。在這世間，或許真不能事事順意。

溫榮乾咳一聲，身體裡的力氣似被抽空了，整個人都虛浮飄渺。「晟郎……你都知道了？是什麼時候知道的？」雖然李晟的言語、眼神都令她安心，可溫榮仍覺得不自在和彆扭，前世她是李奕的妃子，若晟郎知曉是否會不開心？

沒頭沒腦的一句話，李晟卻微微笑道：「榮娘可記得數月前在臨江王府前遇見的番僧？」溫榮的臉色不怎麼好看，李晟親自替溫榮斟了杯熱茶，又遞了一碟藕絲齏粉糕與溫榮。「榮娘太瘦了，丹陽她們都說我待妳不好。」

凝重的氣氛一下子緩和了，溫榮深吸了口氣，點點頭。

李晟道：「三哥派人殺番僧，是我將人救了。榮娘不用擔心，其實我知曉的並不多，番僧只言榮娘有兩世記憶，能看透前世今生，還有就是言我有反心。前世我謀反得逞，並且親手殺死太后，替我阿娘報了仇。」李晟的聲音沈重了起來。「可前世我是榮娘的仇人，前世我欠榮娘，欠了整個溫府。這一世榮娘之所以會嫁給我，是因為榮娘的記憶未完全恢復。」

李晟握住溫榮的手腕。「知曉榮娘有兩世記憶時，我是驚訝了，可驚訝轉瞬即逝，因為從那一刻起，我就在害怕擔心甚至恐懼榮娘會忽然恢復記憶，而後徹底棄我離去。我甚至有想過，若榮娘要走，我就堅決不肯，用盡一切手段都要將榮娘永遠禁錮在我的身邊。雖有此想法，可真的發生後，我看到榮娘的痛苦和茫然，就不忍心和不知所措了……」

溫榮手一鬆，先才攥在手心的黑子落到地上，轉而抬起纖細的手指抵住李晟微啟的嘴唇。「縱是全部記起，妾身也捨不得離開。其實應該是妾身向晟郎說聲對不起。」

「榮娘，妳可信我？」李晟親吻溫榮指尖。「我不會謀反，也沒有能力去與李奕爭帝位了。我現在只有榮娘，如果連榮娘也不肯要我，我就一無所有了。」

溫榮胸口酸澀，堅定地點點頭。「只要是晟郎說的，我都會相信，往後我會好好陪在晟郎身邊。對了，晟郎的阿娘是如何被太后害死的？」

李晟眉心深陷，沈浸在那段痛苦的回憶中，緩緩說道：「那年我還小，也不懂事，阿娘生病了，日日臥床不起。或許是天意吧，本該隨三哥一道去弘文館的我一時淘氣，跑回了溯宸宮，苦苦央求阿娘陪我玩，阿娘其實已經十分虛弱了，可耐不住我糾纏，答應吃完湯藥就陪我。不想阿娘才將湯藥飲盡，就有內侍傳王淑妃到了，我不開心，要哭鬧，阿娘便哄我，說陪我玩躲貓貓，讓我先仔細藏起來，一會兒來找我。」

李晟雙眸潮濕，溫榮心裡也越來越緊張。

垂首沈默半晌後，李晟蹙眉說道：「我一無所知，只欣喜地尋了處隱蔽的地方躲藏，而王淑妃一到內殿，就將所有宮婢遣出去了……」

王淑妃進內殿看到床榻上虛弱的王賢妃後，微微一笑，關切地問道：「妹妹身子可好些了？」說罷，王淑妃徑直走到床榻旁的案几前，端起案几上的白瓷湯碗，湊近鼻端微微嗅了嗅，湯碗裡殘留幾點深褐色的湯藥漬，或許是被濃郁的苦味熏著了，王淑妃面上露出了嫌惡的神情。

王賢妃撐起身子，本就幾無血色的雙唇越來越白，艱難地笑道：「只有姊姊會記得妹妹了。唉，醫官開的藥吃了許多，可卻無半點作用，這副身子非但無起色，反而越發破敗了。」王賢妃說了幾句話便累了，歇下來連連喘了幾口氣，再執起錦帕，無力地咳嗽幾聲。

王淑妃與王賢妃是孿生姊妹，二人容貌十分相似，但王賢妃的五官比之王淑妃更加精緻動人，此時王賢妃未施粉黛，滿面病容，可如此仍掩不去她絕色的姿容。

半晌，見王淑妃無一絲接話的意思，王賢妃抬起頭，蒼白的臉上浮現出不健康的潮紅，忍不住開口問道：「姊姊怎會忽然過來？為何將妹妹宮裡的婢子都遣出去了，是否有要緊事同妹妹商量？」

王淑妃溫和的笑容漸漸陰冷起來，投向王賢妃的目光帶了嘲諷不屑，眼底更深處卻是濃濃的不甘和嫉妒。王淑妃半垂眼，偶爾斜乜王賢妃一眼，抬起手慢慢地玩著新染大紅鳳仙花的指甲，不冷不熱地說道：「我知曉醫官開的藥無用，也知曉妹妹的身子越來越破敗，而且我還知曉，妹妹要撐不過今日了。」

王賢妃驚訝地瞪大了雙眼，不敢置信地看著王淑妃。「姊姊這話是甚意思？為何知曉我撐不過今日？可是醫官與姊姊說的？」

王淑妃往下癟著嘴角。「嘖嘖，我的好妹妹，妳究竟是真傻還是假傻？這名醫官開的藥不頂事，妳就不知道與聖主說說，再為妳換一名可靠的醫官嗎？」王淑妃惋惜地搖搖頭。「縱然妹妹初始得的是小病，可連吃了數月帶有慢毒的柳葉蔓，怎可能還有活路？神仙也救不了妹妹啊！」

王賢妃怔怔地看著王淑妃。「姊姊妳怎會知曉……」說著，王賢妃忽然意識到了什麼，抬手指著王淑妃，猛地咳嗽起來，斷斷續續地說道：「姊姊，難道是妳……為什麼？為什麼？當初嫁入東宮，我們說好了要互相扶持幫助的……姊姊，我們可是嫡親姊妹啊！」

王淑妃冷笑了三聲。「嫡親姊妹？就因為是嫡親姊妹，所以不需要妳！我原先一直沒有想明白，妳我二人如此相似，琅琊王氏為何要我們同時進宮，這不是多餘嗎？可漸漸的我想通了，王氏族人是要妳我二人同時去爭寵，誰能得聖主歡心，又有足夠能力在宮鬥中存活下來，誰就能成為王氏一族真正扶持的棋子。所以從一開始，妳我二人就注定了要自相殘殺。妹妹太單純了，事到如今，念在妳我多年的姊妹情分上，姊姊就同妹妹說聲對不起吧。」

王賢妃薄唇顫抖得厲害，幾乎說不出一句話來，雙眼噙滿淚水，哀聲求道：「姊姊，妳我相互扶持亦是能成事，亦是能令琅琊王氏一族越發興盛的！求姊姊救救妹妹吧，妹妹還不想死！」

王淑妃的語調陡高，厲聲道：「相互扶持？妳現在病入膏肓，一副將死之身過來與我言相互扶持？哈哈哈哈……妹妹，當初聖主獨寵妳一人的時候，妳怎未想到要相互扶持？妳榮寵之時幫助過我嗎？」

王賢妃眼睛一亮，似抓住一絲希望，連連點頭。「姊姊，有的有的，那時聖主過來溯宸宮用膳，我都特意叫上姊姊，難道姊姊不記得了嗎？還有，我常常在聖主面前提起姊姊呢，後來聖主讓我們一道演奏曲子和跳舞，聖主還誇了姊姊，也慢慢開始寵愛姊姊了，妹妹好不替姊姊高興——」

「閉嘴！」王淑妃的面目扭曲起來，厲聲打斷王賢妃。「妳還敢過來邀功？妳以為我現在得寵是妳的恩賜嗎？妳太高估自己了！喚我一道用晚膳？哼，不就是想向我耀武揚威，顯示妳多得帝心、多得帝寵嗎？奏曲跳舞？哪一首曲子、哪一支舞不是妳擅長，而後拉我做陪襯的？能得聖主青睞，那是我自己努力來的，與妳無半點關係，妳只是想將我踩在腳下而已！」

王賢妃頹然軟在床上，面上露出絕望神情。「姊姊，妹妹進宮之前十分惶恐，是姊姊告訴我不用害怕，妳會保護我的。進宮後妹妹除了伺候好聖主，就是希望我們二人能在宮裡舒心平安地活下去。我們陸續有了孩子，姊姊妳開心地說我們有依靠了，往後在宮裡不必那般小心翼翼……姊姊，妳一直是我在宮裡最信賴的人，為什麼會這樣……」

不論床榻上的女人多麼悽楚可憐，王淑妃的神情也無一絲鬆動。「沒有為什麼，後宮本就是沒有硝煙的戰場，不是妳死就是我亡。妹妹不提還好，提了倒讓我想起晟兒了，晟兒這會兒該在弘文館吧？」

王賢妃大驚，警惕恐懼起來，滿面淚痕地求道：「姊姊，妳要我死可以，可晟兒還小，他什麼都不懂，求姊姊饒了他吧，讓他好好長大。」

「他的母親死在我手上，我可是他的仇人，我饒了他，將來他會饒了我嗎？」王淑妃把玩著一串青金石串珠玉，這是聖主昨兒才賞賜給她的，王淑妃十分喜歡。玩著玩著，手串落到了地上，珠玉碎了幾顆，王淑妃的表情瞬間狠戾起來。

王賢妃趕忙說道：「不會的、不會的！現在內殿只有妳我二人，不會有人知曉這事。晟兒天天都黏著奕兒，凡事都以奕兒為準，將來他一定會幫助奕兒成事的。還有，現在晟兒他娘親死了，若姊姊肯悉心照顧晟兒長大，定能在聖主及太后面前得到好口碑。如今後宮佳麗無數，容顏姿色終歸老去，姊姊要守住帝心，少不得要多多謀劃。」

「養大李晟能得到好口碑？」王淑妃歪著腦袋，仔細思量起來。

「是的是的！晟兒一定會幫助奕郎的，而且晟兒只是個孩子，沒有任何反抗能力，若真有甚讓姊姊不高興的地方，姊姊可以再教他，所以姊姊大可放心！」王賢妃聽到王淑妃語氣有所鬆動，心裡又燃起一絲希望。她知曉自己真的不行了，可晟兒還年幼，是她在這人世間唯一的不放心和牽掛。她不求旁他，只求晟兒能活著，能平平安安長大就夠了。

王淑妃冷眼看著王賢妃，覺得王賢妃所言還是有一點道理的。再者，倘若王賢妃和李晟接二連三地死了，反而可能會引起聖主和太后注意，她與溯宸宮走得最近，到時候懷疑到她身上就不妙了。王淑妃吸了口氣，緩緩說道：「好吧，那我就暫時留晟兒一命，但是作為交換條件，妳得死得再快一些。」

王淑妃一步一步走到王賢妃身邊，王賢妃已經面無聲息，就如提線木偶一般，王淑妃輕鬆地撬開了王賢妃的嘴巴，將早已藏在手心的一粒藥丸逼王賢妃嚥下。

王賢妃的雙眼瞪得極大，由於消瘦驚恐的緣故，雙眼深深陷了下去，原本美豔不可方物的容顏此時有幾分可怖。

王淑妃猙獰笑道：「看在我們是同胞姊妹的分上，我不會折磨妳。我知曉每日服用慢性毒藥的滋味不好受，這顆藥丸會幫妳解脫的。」

此時躲藏在暗處的年幼李晟聽到王賢妃的痛苦哀嚎聲，就要衝出去，卻忽然被人捂住嘴巴，緊緊抱住。李晟眼角餘光看見抱住他的人是阿娘的貼身嬤嬤，眼淚一下子淌落了。嬤嬤亦是淚流滿面，可仍朝他堅定地搖了搖頭。

不知過了多久，王淑妃終於離開了。嬤嬤手一鬆，李晟立即衝到王賢妃床邊。

王賢妃本已沒有聲息，可聽到李晟的呼喚，瞪得極大的眼睛竟慢慢看了過來，張張嘴，發不出聲音，只是不斷地重複幾個口型，看到李晟終於點頭，她眼睛一閉，永遠睜不開了。

那一年，後宮的賢妃死去，王淑妃淚眼迷濛、滿腹傷心地與聖主說，要親自照顧王賢妃的遺子李晟。

王淑妃的善良與溫柔得到了聖主和太后的稱讚，而李晟的抗拒冷漠令他越發不討長輩喜歡。

李晟唯一牢記的是要尊敬和幫助李奕，時時以李奕為主，如此他才能不被王淑妃除去。

溫榮緊緊摟著李晟的脖頸，讓李晟能感覺到她的溫暖。

李晟面上神情仍舊和煦淡然，可雙眼卻微微潮濕，身子也十分僵硬。

溫榮心很痛，她難以想像這十幾年來晟郎是如何熬過來的？她一直以為只有她一人在背負難以承受的傷痛，只有她在隱忍和默默改變，現在她終於知曉，其實晟郎比之她要更為堅強和痛苦，她又有什麼理由去責怪和阻止晟郎為母親報仇呢？

溫榮拍撫著李晟的後背，輕聲問道：「晟郎，阿家最後與你說了什麼？」

李晟將溫榮垂落在臉頰旁的髮絲撩至耳後，聲音裡有一絲哽咽。「阿娘來不及與我多說什麼，她只要我好好活著，要我別怪她……」

溫榮的手微微收緊，心裡忍不住嘆息。王賢妃該是一名十分善良溫柔的女子，便是被太后殘害至此，臨死了也未要求晟郎替她報仇，只希望晟郎能平平安安長大，而賢妃言不要怪她，是對不能陪晟郎成長的愧疚和遺憾。

溫榮打心底對太后生起恨意。漫說太后與晟郎本就有不共戴天的弒母之仇，便是現在，哪怕她不斷退讓隱忍，太后也一直想方設法地對付南賢王府。既然從一開始晟郎就是太后的眼中釘，不除之不快，那她就不能再抱著之前息事寧人、避其鋒芒的態度了。

雖然溫府前世是因晟郎而亡，可若是她經歷了晟郎的遭遇，也絕不會善罷甘休，一定會找太后報仇的。

這一世晟郎已經為她放棄了謀反奪位，但替母妃報仇一事，縱是晟郎放棄，她也不會甘心，她更不願意晟郎因此內疚自責一輩子。

溫榮已無心再下甚圍棋，推手拂過棋盤，亂了一片黑白棋子。

李晟一愣，摟著溫榮問道：「這是怎麼了？榮娘已經快贏了。」

溫榮搖搖頭。「不下了，無論任何事情，哪怕只是一局圍棋，妾身都不願與晟郎分出甚輸贏。」

晟郎鼻尖蹭著溫榮的髮鬢，笑道：「還未與榮娘正正經經下過一局棋，雖然明知贏不了，可仍會有期待。」

溫榮直接問道：「對於太后，晟郎有甚想法？知曉了阿家的遭遇後，妾身著實嚥不下這口氣。」

李晟面上神情淡然，拉起溫榮的手，說道：「阿娘臨終前唯一的希望是我能好好活下去，所以阿娘的想法與榮娘是一樣的。在遇見榮娘前的許多年裡，我一心想著報仇奪位，幾要迷失心性，但現在我想明白了，奪位謀反必將引起一場大亂。其實執政和治理國事我遠不如三哥，就算我贏了，往後各方面無法處置得當，也極有可能硝煙四起、生靈塗炭，甚至動搖國之根本。我該堅持、執著、珍惜的是眼前人，而非一個錯誤的決定。」

溫縈眨了眨清亮的眼睛，對晟郎所想頗為意外，但也十分認同。「晟郎，我們可以不奪位，只替阿家報仇。太后已經開始對付我們了，今日這局太后雖未贏，但她一定不會善罷甘休的。將來皇上的皇位坐穩後，太后將更加肆無忌憚，所以我們也不能坐以待斃。」

李晟看著溫縈，面上露出難色。「太后是三哥生母，要對付太后，三哥不可能坐視不管。」奪位和報仇在李晟眼裡一直是一件事情，奪得皇位後，報仇將水到渠成、易如反掌。如今他已無心帝位，找太后報仇的難度猶如上青天。李晟只想保護好縈娘，二人平平安安的，將來再尋一處綠水青山做棲息之地，兒孫滿堂，亦能令早逝的王賢妃有所慰藉。

溫縈想著，忍不住嘆氣。太后已經在染指朝政了，可李奕卻不聞不問，不知李奕是在借太后之手平衡朝堂，還是愚孝？溫縈靠在李晟懷裡，緩慢卻又堅定地說道：「我們再等上幾日，倘若太后就此收手，只安心打理後宮，我們要報仇確實不容易；可若太后野心越來越大，那便無異於引火燒身，她的仇人也將不止我們一府。至少現在丹陽長公主、皇后對太后皆有頗多非議。」

李晟點點頭。「就聽縈娘的，我們以不變應萬變。宮裡新換的領侍衛統領與我交好，太后若有甚異動，多少能知道一些。平日我行事儘量小心或乾脆徹底躲開了去，如此既能不叫太后抓到把柄，又可以安心留在府裡，好好陪榮娘將養身子。」李晟的手輕輕摸上溫榮平坦的小腹，又緩緩向上移，一下子攏住了柔軟，慢慢揉著。

溫榮臉一紅，嬌羞地說道：「時候不早了，妾身吩咐綠佩打水，我們早些歇息。」

第二日辰時，李晟還懶懶地摟著溫榮躺在被褥裡，他寅時有起身令桐禮往公衙替他請了長假，理由無非是生病難癒。

溫榮推了推李晟。「縱是告假在府裡歇息，這會兒也該起身了，都日上三竿了，叫府裡那些下人如何議論我們？」

李晟將溫榮往懷裡摟了摟。「為夫身子不適，自然臥床難起。榮娘，先前為夫日日感慨春宵苦短日高起，早不想去甚公衙和參朝了，現在終於可以好好享受少年恩愛。」說著，李晟垂首埋在溫榮細膩的脖頸處，深深吸一口氣，十分陶醉。「有美人兮，見之不忘，一日不見兮，思之如狂……願言配德兮，攜手相將，不得與飛兮，使我淪亡……」

李晟唱腔清朗圓潤，音量亦不低，溫榮隱約聽見外廂傳來碧荷和綠佩壓抑的輕笑聲，臊得臉紅到脖子根，恨不能整個人鑽進被褥裡去。

李晟顧自地唱完後，摩挲起溫榮的嬌美臉龐和細巧下巴，興奮地說道：「榮娘說為夫唱得好不好？榮娘與為夫和上一曲可好？」

溫榮不理睬李晟，撐著床榻要起身。「晟郎別鬧了。」

李晟趁溫榮還未完全起來，抬起手直接圈上溫榮的纖腰，微微用力，溫榮一下子便伏在李晟身上。看到溫榮滿臉無奈，李晟央求道：「榮娘不肯唱曲兒，便與為夫合一首詩也行的，否則為夫不肯榮娘起來。」

溫榮對李晟的無賴無半點法子，顰眉半晌，發現李晟無鬆手的意思，無奈之下只好點點頭，噘嘴道：「只一首。」

李晟眉眼彎起，不見一絲冷峻嚴肅，頗為狡黠地說道：「那得看榮娘是否用心和有真情意，為夫又是否滿意了。」

溫榮紅著臉，貼在李晟胸前，聽著李晟強而有力的心跳聲，低聲唸道：「借問吹簫向紫煙，曾經學舞度芳年；得成比目何辭死，願作鴛鴦不羨仙。」吟罷，溫榮仰起小腦袋。「晟郎，入我相思門，知我相思苦，長相思兮長相憶，短相思兮無窮極。」

李晟與溫榮凝神相望，心怦怦跳得越發厲害，撫摸著溫榮墨色長髮的手略微僵硬。

溫榮忽然抿唇笑起。「晟郎臉紅了，可是滿意？」

李晟喃喃自語道：「雖知如此絆人心，卻無悔當初相識意。」

溫榮一愣，雙手忍不住攀上李晟寬厚的肩膀，清透雙目映著李晟俊朗無雙的面容。溫榮一直擔心李晟後悔遇見她和愛上她，畢竟因為她的出現，攪亂了李晟的生活，破滅了李晟可稱為執念的希望。原來，晟郎從未後悔過……

廂房裡的格窗不知何時被開了條小縫，一絲絲清風從窗縫中擠進來，帶著庭院秋日柑橘酸酸甜甜的香氣。溫榮軟軟地趴在李晟懷裡，從鼻尖一直酸到了心底，濕潤了雙眸。

二人依偎著又躺了一會兒，才起身梳洗用膳。

李晟請假賴在府裡休息了近半月，其間溫榮進宮探望了一次琳娘。琳娘詢問李晟情況時，溫榮含含糊糊地遮掩了過去，琳娘見溫榮不願詳說，也猜到了是甚情況。既然南賢王身子無恙，只是裝病，她也就放心了。

這日，丹陽長公主前往南賢王府探望李晟和溫榮時，二人正閒閒地在庭院一邊吃新摘的哀家梨，一邊曬太陽。

溫榮命婢子又抬了一張胡札過來，讓丹陽靠在她身邊說話。溫榮經過這幾日將養，臉色好了許多，面頰也稍稍圓潤了，不至於像半月前那樣憔悴和弱不禁風。

丹陽瞪了溫榮和李晟一眼，低聲道：「小日子過得可舒坦？你們是估摸著太后和三哥不知曉，還是故意這麼做給他們看的？」

溫榮將果碟端到丹陽跟前。「唉，晟郎看著壯實，其實是外強中乾，前日我還特意請盧醫官過來，替晟郎開了幾劑補藥呢！託太后和聖主的福，皇宮、京城內外一片祥和平靜，晟郎方可以留在府裡安享。」

丹陽面上露出不屑的神情。「妳當我三歲小兒好哄騙啊？罷了，聖主都未開口，我也懶得替你們操這份心。五哥留在府裡陪妳也好，省得妳一天到晚疑神疑鬼，弄得自己茶飯不思、憔悴不堪。」
溫榮抿抿嘴，靠回胡床。
「人生難得清閒日，丹陽無事了可過來府裡尋我們吃茶、下棋，好過妳日日去馬毬場觀毬乾瞪眼。」
丹陽「唉」了一聲。「榮娘，妳怎知曉無人敢與我打馬毬了？現在盛京裡女娘的馬毬技藝是大不如前了，我真想親自上場教教她們！算了，與其乾著急，還不如過來南賢王府，過一過妳這世外閒人的生活！」說著，丹陽斜靠在胡札上，任婢子替她蓋上小裘皮，合上眼睛。
溫榮好笑，丹陽升為長公主，品階漲了，可年齡不見長，平日裡最閒不過的丹陽，卻也敢來嘲笑了她和晟郎。
三人正歇息時，小廝匆匆忙忙跑進來。「主子，有賓客求見。」
李晟眯眼問道：「何人？」
小廝搖搖頭。「那人自稱是李三郎，原先未有幸過府拜見主子。」
溫榮和丹陽猛地睜開眼睛，李晟也忍不住蹙緊眉頭。
丹陽看向李晟，詫異道：「三哥怎過來了？現在該如何是好？五哥這副模樣可瞞不過三哥，要躲回廂房嗎？」裝病總得裝出個樣子。在丹陽眼裡，五哥可謂神清氣爽、精氣十足，無半點生病的模樣啊！

去。

李晟搖搖頭。「不用。丹陽妳與榮娘回花廳說話，我去迎接三哥。」

溫榮鎮定地起身，命婢子收拾庭院，朝李晟微微頷首後，挽起丹陽的胳膊就朝廂房行去。

第四十六章

丹陽回頭看了眼正快步往月洞門走去的李晟，不放心地問道：「榮娘，三哥會不會生氣？生氣了該怎麼辦？」

溫榮微拈起裙襬，低頭看了眼翹頭繡履上的頂玉串珠，步子雖急卻不失優雅，不以為意地笑道：「若聖主生氣就不會親自過來，不過是一聲令下就能命晟郎進宮的事情。」

走上長廊，溫榮環視南賢王府一周。「這處宅院是太后佈置的，從一開始，晟郎與我就不打算隱瞞太后和聖主任何事情。南賢王病了，從此再不能協助聖主理政，是做給百官與市井黎民看的，與太后、聖主無關。」

既然太后和聖主知曉實情，不干預就是默認，那麼今日李奕過府……

丹陽眉眼一跳，不知該歡喜還是該擔憂。「榮娘，難不成三哥是來請五哥重回朝堂的？」

溫榮無奈道：「或許是，但也可能只是尋晟郎吃茶說話。」終歸是從小一起長大的兄弟，李奕或許真念這份兄弟情誼。

丹陽一臉恍然，頷首道：「榮娘所言有理，就算三哥放下身段請，五哥也不一定要領情回朝堂。在我看來，還是過閒適日子舒坦。朝堂的事讓三哥一人操心吧，現在我一想到太后，就生三哥的氣！」

「好了好了，有甚可生氣的？」溫榮笑著將丹陽牽進花廳，摁在籐椅上，讓丹陽好生歇著，又詢問了一些關於瑤娘和嬋娘的事情。

丹陽果然高興起來。「嬋娘出月子後常回府走動，而瑤娘想通鬆口後，府裡開始替瑤娘說親了。榮娘妳還別說呢，前來提親的貴家郎君真不少！還有，琛郎由御史臺調往十六衛監門衛後，心情比之前好了許多，長輩都言這棄文從武是對了。」

溫榮頷首道：「漫說瑤娘本就出色，就是看在林府有妳這長公主在，提親的人也要絡繹不絕。說起從武，前兩日軒郎也過來探望我和晟郎，軒郎不再去國子監了，在驍騎營正兒八經地開始學武藝，人結實了許多。」

丹陽壓低了聲音問道：「榮娘，之前聽妳與琳娘言，軒郎從平康坊帶了一名都知出來，一直養在別宅裡，這事兒怎樣了？前尚書左僕射趙府被抄家後，外面懼怕溫大夫和榮娘的身分，倒也不至於傳得太難聽，但紙終歸包不住火。」

溫榮無奈地搖頭。「越是家大業大權勢重的，越會被傳得神乎其實。軒郎的流言之所以不盛，是因為坊間都在傳南賢王府犯沖，風水不對，否則王爺、王妃怎會接二連三的得重病？我還聽說了，坊市裡百姓出門，都要繞著南賢王府走。」

丹陽挑眉道：「原來榮娘都知曉，我還擔心妳會難過呢！」

溫榮抿嘴笑。「這有甚的？傳得越厲害，我們的目的越能達到。至於軒郎那事兒，說來就是團攪亂的麻繩，祖母、阿爺、陳府都睜一隻眼閉一隻眼，我一個當妹妹的也不好多說。更何況我不瞭解鄭都知，倘若祖母堅持不肯軒郎納鄭都知做妾，接回府裡，也就只能看鄭都知以後的造化了。」

溫榮與丹陽在花廳裡閒談，婢子過來說主子領賓客去西院了，並且瞧那架勢，賓客一時半會兒不會離開。

溫榮看了眼沙漏，與丹陽說道：「丹陽，左右妳回府也無事，留下來一道用午膳吧，我吩咐廚裡準備幾道妳愛吃的小菜和點心。」

丹陽點點頭，指著案几上的果脯和蓮子藕粉糕，毫不客氣地說：「這兩樣下午打包一份與我，那藕粉糕吃在嘴裡雖苦，可下肚了十分舒服。」

溫榮笑道：「丹陽果然識貨，藕粉糕是添了蓮子芯粉揉成的。這段時日晟郎好吃古樓子，我擔心他上火，故特意做了些，丹陽喜歡一會兒全帶回去。」

本以為李奕和李晟說一會兒話後會過來尋她們一道用午膳，不想過了午時，西院都沒有動靜，那二人也不知請個小廝過來傳話。

丹陽看著一桌席面，等得不耐煩了。「榮娘，我們先吃吧，他兄弟二人幾日不見，談起事來廢寢忘食的，我們犯不著乾等著。」

溫榮抿了抿嘴，不知緣何，心裡升起一絲不安。溫榮吩咐婢子用食盒盛幾碟菜送過去，指著案席上的一碟餅灌鹿脯說道：「這烤餅要用炭火烘著，千萬別涼了，今日的賓客只肯吃燙的配茶羹。」

丹陽一愣。「榮娘，妳怎會知曉三哥的口味喜好？尤其是餅灌鹿脯，我都不知道三哥有這些講究，怕是琳娘也不知曉吧？」

溫榮鬆開眉眼，目光仍舊平和，笑了笑，坦然地說道：「在某次宮宴上無意間聽到的，當時聖主恰好與旁人聊起飲食癖好。今日聖主屈尊過府，自然要備最好的。」

丹陽笑起來，連連點頭。「還是榮娘心細，往後我也多多留意！」

好歹送過去的飯菜他們肯抽時間吃，半個時辰後，空空如也的碟子和湯碗被送回花廳。負責送飯過去的碧荷輕聲道：「貴客誇府裡飯菜好吃，吃得開心了還給奴婢打賞。」說著，碧荷捧出一塊雕雲海日出紋的和闐白玉。「奴婢瞧著賞賜貴重，不敢擅自收下。」

溫榮還未開口，丹陽就拿過玉珮前後翻看一番，嘖嘖稱讚幾聲。「好玉！三哥可是越發大方了！」丹陽將玉珮放回碧荷掌心。「既然是三哥賞妳的，就安心收下，也不是甚大不了的事。」

碧荷頗為猶豫地看向溫榮，見溫榮點頭了，才喜孜孜地藏進荷囊裡。

過了申時，本想留下與三哥說幾句話的丹陽等不及了，起身同溫榮告辭。

溫榮將丹陽送至月洞門處，丹陽遠遠看了一眼西院，牽著溫榮說道：「倘若三哥真為難你們，記得與我說，我在三哥跟前多少還能說上話。榮娘偶爾也進宮看看太皇太后吧，太皇太后是真心疼你們的。」

溫榮眉眼低垂，握住丹陽的手緊了緊。「放心吧，如今我與晟郎並無所求，只想平平安安地過日子，有甚事定會請丹陽幫忙的。」

到了申時末刻，溫榮正要命婢子將晚膳送去西院，小廝就過來傳話，言貴客走了，王爺將貴客一路送出府。

溫榮靜靜地在廂房等李晟用晚膳，約莫半個時辰後，李晟才回到廂房。溫榮擰了毛巾替李晟擦手，二人圍食案坐下，溫榮開口詢問李奕今日過府究竟是為了何事，是否想讓晟郎再回朝堂？

李晟清亮的眼眸裡閃過一絲猶豫，知道不可能瞞著溫榮，坦言道：「三哥與我聊了許多過去的事情。」李晟低首看溫榮，追憶起往事，頗多感慨。「三哥確實待我很好，後宮爾虞我詐，那時我年幼好欺，太后的關心裝模作樣，流於形式，止於表面，只有三哥是真心實意地護我，那時若非三哥，我怕是活不到現在。」李晟頓了頓，言語裡有了遲疑。「末了，三哥請我回朝堂，除了中郎將一職，再讓我兼兵部侍郎，並且許我將來接應國公的兵權。對了，三哥還言，要軒郎到我麾下，令我悉心培養，有望成左右副將。」

溫榮聽了一頭霧水，不知李奕的葫蘆裡究竟賣什麼藥。溫榮確定李奕有前世記憶，縱是不完全，李奕也一定知曉晟郎有謀反之心，知曉太后是晟郎的弒母仇人，積怨極深。

溫榮感念李奕這一世留晟郎性命，但不得不警惕李奕打算將兵權交給李晟的舉動，說不定就是一個等晟郎自己跳下去的陷阱。

溫榮抬眼望著李晟，顰眉認真道：「晟郎如何想的？答應聖主了？」

李晟搖搖頭。「還未答應，其實開始時我是向三哥請辭的，打算徹底斷了與朝堂、皇宮的牽絆，帶榮娘住到城郊莊子上，待天氣轉暖，我們再一起出去散心。榮娘在江南長大，一直懷念江南山水，我們可以先去江南，我真的想陪榮娘看遍大好河山……」李晟慢慢斂了笑容，悠然如遠天雲彩的雙眸暗了下來。

溫榮期待的目光裡也透出失望，嘆了一聲。「聖主一定不答應吧？」

「三哥言我縱是不肯幫他，也不得離開盛京，但我若想通了，可以隨時去尋他，現在他可以不管我，可以任我在府裡荒廢時日。」李晟的語氣很是無奈，抬手整理溫榮垂落在面頰上的髮絲，歉疚地說道：「榮娘再等一等，說不定過段日子，三哥就對我徹底失望了。待我逐漸斷了同朝臣的關係，三哥就會相信我確實無謀反之心，只醉心山水。」

溫榮雖感動，卻也不禁猶豫了。徹底放手權勢，如此他們或許能得自由，但，也可能成為任人宰割的羔羊……

第二日一早，溫榮收到宮裡送來的帖子。

李晟端起茶碗，吹散裊裊升起的水霧，待溫榮看完，將帖子放回匣子後才問道：「是皇后送來的帖子?可有甚事?」

溫榮迎上李晟的目光，頷首道：「琳娘請妾身速速進宮說話，信裡未詳說具體何事。」

溫榮轉頭看了眼窗外湛藍的天空，心下頗覺遺憾。今日天氣難得爽朗，本想與晟郎一道前往南郊欣賞紅葉的，看來得改期了。

李晟擰緊眉頭，並不願意溫榮進宮。「榮娘，我陪妳一道去吧。」

溫榮拈了顆蜜糖醃梅子放到李晟茶湯裡，笑道：「不用了，否則琳娘和丹陽她們又得嘲笑妾身。晟郎就留在府裡安心歇息，妾身會盡早回來陪晟郎用午膳，改日我們再一道進宮探望太皇太后和太上皇。」

加了醃梅子的茶湯苦澀裡帶了一絲酸甜，李晟原本心情煩悶，可一杯茶下肚後，整個人便舒暢起來。見溫榮一定要一人獨自進宮，縱是擔心卻也無法，趁溫榮更衣時，李晟親自起身去吩咐馬車。

謝琳娘冊封為皇后之後一直住在清寧宮，宮女史將溫榮領到清寧宮內殿時，琳娘正挺著肚子，扶住春竹的手臂，在內殿裡小心地來回踱步。琳娘聽見聲音，轉頭看到溫榮，招招手令溫榮免禮，拍拍身邊的芙蓉矮榻，喚溫榮過來與她一起坐下。

溫榮一邊向前走，一邊笑說道：「先才我從小道行來，一路暖風習習，天氣難得的秋高氣爽。琳娘趁著天氣好，可以常去御花園走走、散散心，別總悶在宮殿裡。」

琳娘抬手撫摸著小腹，說道：「盧瑞娘也交代我每日至少要走上半個時辰，如此頭胎會好生一些。今兒不是要等縈娘過來嗎？要不我就去御花園賞菊吃新鮮果子了。」

溫縈執錦帕掩嘴玩笑道：「帖子是琳娘下的，現在琳娘又埋怨我來得不是時候。琳娘當了皇后架子不小，臣妾都不知該如何是好了！」

琳娘嬌嗔地瞪了溫縈一眼。「架子大了怎也不見妳會怕我？罷了！」琳娘揮一揮帕子，顰眉認真問道：「縈娘，聽說昨日聖主去南賢王府了，聖主與南賢王說了甚事，縈娘可知曉？」

溫縈見琳娘問得直接，面露出難色。

謝琳娘也知曉自己唐突了，連忙解釋道：「縈娘放心，我並無打探的意思，實在是事有緊急，我才亂了方寸。」

溫縈輕拍琳娘手背。「琳娘妳冷靜一下，究竟出什麼事了？」

琳娘的眉心越擰越緊，沈吟半晌後說道：「昨兒晚上應國公府悄悄送了封信與我，阿爺發現琅琊王氏一族正處心積慮地削他兵權。琅琊王氏族人向聖主進讒言，言我阿爺功高蓋主，手握重兵不放，必有異心。」說罷，琳娘嘆了一口氣。「縈娘，我現在真真擔心聖主會聽信讒言，將兵權交與王家人，如此我們謝府、溫府真真就完了。」

溫縈見琳娘說得如此直白，嚇了一跳。溫縈心知琳娘母家權勢極大，現在陳留謝氏是唯一能比肩琅琊王氏的家族。王氏一族不可能不懂樹大招風這一道理，難不成琅琊王氏和太后真有不能示人的野心，所以一心打壓謝氏一族？

溫榮蹙眉道：「掌握在琅琊王氏族人手裡的兵權已經不少，比如守聖朝邊疆的王節度使，所以聖主不可能任由外戚王氏坐大的。」

琳娘搖搖頭，無奈地說道：「其實奕郎是迫於王氏一族壓力的，他雖有想法，但被困住手腳，無法伸展，故奕郎是十分鬱悶和煩惱，甚至夜夜輾轉難眠，我是看在眼裡，急在心裡。」琳娘握住溫榮的手緊了緊，接著說道：「倘若謝氏一族和琅琊王氏真的硬對上，一定會兩敗俱傷，將來傷的是聖朝根基。榮娘，現在我們能想到的、最折衷的法子，就是先承諾由南賢王接手兵權。」琳娘終於將今日召她進宮的目的說出來了。

溫榮低頭沈思，難怪李奕昨日會過府請晟郎回朝。李奕不可能眼睜睜地看著外戚坐大，而晟郎母妃是王氏嫡系族人，由晟郎接應國公的兵權，能給王氏一族交代，最重要的是，晟郎平日行為偏向謝氏、楊氏，故此舉可平衡幾大世家的勢力。

琳娘見溫榮面上神情仍舊淡淡的，又懇切地說道：「榮娘，禹國公府、薛國公府是前車之鑑，所以阿爺說了，他寧願放權，也絕不會同皇室爭。可憐阿爺為了聖朝畢生征戰，過了幾十年餐風宿露、苦不堪言、遠離家人的生活，縱是赤膽忠心、戰功赫赫又能如何？現在年紀大了，於聖朝而言再無用處，終逃不過被懷疑甚至自身難保的下場。」

溫榮看著琳娘一副愁眉不展的模樣，心情也十分複雜，安慰道：「琳娘，說不定事情沒有你們想的那般嚴重，我相信聖主一定不會將兵權交給琅琊王氏的。更何況，舉國上下皆知應國公在謀反一案中立下大功，現在出事的話，民間定會傳皇族中人是過河拆橋、兔死狗烹之輩，想來太后也不願意皇家、聖主的名聲受損。」

琳娘頷首道：「榮娘說的道理我懂，可是所謂市井流言只能緩一時。琅琊王氏胃口極大，他們會牢牢盯住應國公府和謝氏一族不放。榮娘，算我求妳了，南賢王答應接兵權是唯一有效的緩兵之計，如此我們才能一起想法子對付太后和琅琊王氏。」

溫榮面露難色。「琳娘，其實晟郎與我都不想再介入朝爭當中。晟郎與我都說好了，待他請辭，再斷了與朝廷、朝臣間的聯繫後，就帶我四處散心遊玩。其實我們早已無心權貴，只想寄情山水。」

琳娘未料到溫榮會說出這番話，一下子愣住了，半晌後才語重心長地說道：「榮娘，妳怎會將事情想得如此簡單？太后一日不除，我們所有人就一日不要想有安寧日子過。其實太后和琅琊王氏的目的頗有不同，琅琊王氏最忌憚另外三大家族的權勢，但是卻將南賢王視作自己人；可太后呢？她非但未將南賢王視作該相互扶持的族人，反而費盡心思尋機會想徹底整垮南賢王和南賢王府……」

一旁的宮女史替二人換了熱茶。琳娘端起茶湯吃了口，又苦口婆心地勸道：「倘若你二人真真自甘交權，只會正中太后下懷，她不用再大費周章地對付你們了，只需趁你們遠離盛京時，派上幾人暗殺你們便可。南賢王武藝再高強又有甚用？太后、聖主等人身邊最不缺的就是武功過人的暗衛。妳手無縛雞之力，到那時南賢王漫說保護妳，恐怕連自身都難保。所以太后不除，南賢王千萬不能交權，你們也絕不能離開盛京。」

琳娘一番論調後，溫榮亦陷入進退兩難的境地。其實琳娘所言她早有想過，可她仍希望太后內心還能存留一絲良知，現在想想，她的這希望實在是虛無飄渺，甚至她也想嘲笑自己太過天真和幼稚了。

溫榮抿了抿嘴唇。「琳娘，我也知曉此事嚴重，可我現在無法答覆琳娘，待我回府同晟郎商量則個，再寫信與琳娘可好？」

琳娘連連頷首。「榮娘，南賢王對妳是百依百順，倘若妳開口，他一定會答應的。其實南賢王如此年輕，與那些告老還鄉的朝臣不同，那些朝臣年紀大了，離開可了無遺憾，但南賢王往後回憶起來怕是會心有不甘。」

溫榮勉強露出笑來。「琳娘放心，我一定會向晟郎如實傳達琳娘的意思。希望撐過這段時日，可以徹底壓制住琅琊王氏和太后。」

琳娘真誠地道：「榮娘，將來朝局穩定了，你們再想離開，去過所謂的世外桃源生活，定不會有人攔妳。到那時並非是覺得你們再無用處，而是我可以確保榮娘的平安，如此才能放心你們遠離。」

溫榮感激地笑了笑，也向琳娘坦承了心裡最真實的想法，堅定遠遊的念頭。

二人又說了會兒話，見時辰不早，琳娘本想留溫榮用午膳，可抵不住溫榮堅持回府。

謝琳娘將溫榮送出宮殿，轉身回到內室，一眼便看到一襲明黃盤龍紋錦袍的李奕，正閒閒地坐在她們先前坐過的矮榻上，端起茶盞，仔細端詳茶蓋上的浮雕壽山紋。

李奕抬起頭看琳娘，嘴角微揚，俊朗臉龐上的笑容乾淨迷人。

謝琳娘朝李奕慢慢走來。「奕郎，榮娘答應回府勸南賢王了。」

李奕食指輕叩茶碗。「我在屏風後都聽見了，琳娘過來吧。」

琳娘紅著臉在李奕身邊坐下，想起李奕之前與她說的，焦急地問道：「奕郎，太后真的欲殺南賢王與榮娘嗎？還有我阿爺的兵權……」

李奕頷首道：「是的，琳娘今日與南賢王妃說的每一句話、每一個字都是真的。太后是我生母，我是該盡孝，但也不可能任由他們胡作非為，不可能眼睜睜地看著李氏江山落入旁人手中。」

琳娘凝望著李奕，雙眸滿是眷戀，柔聲問道：「奕郎，是否只要南賢王答應回朝廷繼續當武將，我們就不用擔心太后與琅琊王氏的族人了？」

李奕彎著眉眼，伸手替琳娘整理髮鬢，目光掠過琳娘的下巴、頸項，落在她隆起的小腹上。「是的，如此就不用擔心，到時候一切都將回歸原狀。」

溫榮回到南賢王府，將皇后的原話和顧慮一股腦兒地告訴了李晟。

見李晟沈默不語，溫榮低首拈茶蓋，將茶湯上的茶沫子一點點撇去。先才煮茶時她一直思考著宮裡的事，故分神了，茶沫子未濾乾淨。

李晟靠在軟榻上靜靜地看溫榮。許是茶沫子太過細散的緣故，溫榮眉心微顰，櫻桃小唇時不時噘起，模樣十分嬌俏可愛。

李晟開口道：「榮娘，下午我去尋三哥，問問他究竟作何打算。應國公府的兵權不可能交給王氏族人，也不可能交給我。若只是利用我做緩兵之計，也該讓我知曉要緩到甚程度？三哥他們究竟怎樣才肯放我們離開？」

溫榮放下茶盞，面上閃過一絲疑惑。「晟郎的意思是，今日琳娘所言皆是聖主教的，而事實上應國公的兵權並不會被削弱，是嗎？」

李晟搖搖頭。「皇后所言是真的。榮娘一定知曉兵權的重要，得兵權者得天下。現在聖主手中只有小部分兵權，剩下的一半在應國公手上，琅琊王氏縱是不敢覬覦帝位，也想借兵權鞏固他們在聖朝的地位，穩坐四大家族之首的位置。」

溫榮對現狀頗為失望，可身不由己，頷首道：「妾身知曉了，現在確實不能一身輕鬆地離開，實在不成，就先聽從聖主安排吧。」

用過午膳，李晟就更衣進宮尋李奕，二人在宮裡長談了一番。

第二日，李晟便恢復了以往生活，卯時起身前往十六衛公衙。

事隔一日，溫榮又收到請帖，皇后請榮娘、丹陽一起進宮看雜戲。溫榮心想晟郎要在公衙一整日，午時無法回府，遂答應下。

清寧宮裡，謝琳娘、溫榮、丹陽三人說話玩笑一如往常，沒多久聖主李奕也到了清寧宮陪三人用午膳，飯後邀請三人一同探望太上皇和太皇太后。

太上皇睿宗帝自退位後少了許多顧慮和煩心事，每日裡練習書法、下棋、聽樂，或者閒閒地陪太皇太后打幾局葉子牌，再有盧瑞娘的悉心調理照顧，精神和身體比之以往好了許多。

溫榮瞧著他們閒適的生活，十分羨慕。幾人特意避開朝政不談，只品詩論畫，氛圍十分輕鬆。

道別時，太皇太后送了溫榮、丹陽不少賞賜，還讓溫榮下次同溫老夫人一起進宮，多陪陪她這老人家。

聽太皇太后說後溫榮才知曉，原來太皇太后賞了祖母一塊權杖，祖母憑權杖可隨時出入大明宮尋太皇太后，無人敢阻攔。

溫榮回到府裡，聽婢子言李晟一早就回來了，回府後未回廂房，徑直去了書房。

溫榮卸下髮簪頭飾，換了身絹袍小褂，休息了一會兒，見晟郎還未回來，遂命碧荷去廚房吩咐晚膳，自己領綠佩前往書房尋李晟。

本以為是公衙事多，李晟將公文帶回府，在書房看公文了，不想撩開書房簾子，卻看見李晟負手站在屏風前，怔怔地看著屏風上的四季圖，一動也不動。

屏風是他們二人數月前一起畫的，天蠶絲屏風面上春蘭、夏竹、秋菊、冬梅四景栩栩如生，充滿靈性與意趣。平日裡他二人也常來欣賞，可溫榮從未見晟郎如此癡迷和忘我。

溫榮輕手輕腳走到李晟身邊，生怕驚著李晟。靠近了才發現李晟的臉色與平日不同，溫榮心裡不免擔心。

感覺到溫榮的氣息，李晟迅速舒展眉心，轉頭朝溫榮笑道：「榮娘回來了。」

榮娘笑道：「妾身還去探望了太皇太后與太上皇，兩位老人家身子骨比以往要好許多。現在老人家已無所求，就念著我們這些小輩能好，能多些時間進宮探望他們，陪他們下下棋、說說話。」

李晟未聽清溫榮在說什麼，而是開始望著溫榮出神，抬手輕撫溫榮細嫩的臉龐。

李晟眼底濃濃的不捨看得溫榮心尖一顫，連忙摁住李晟不斷在她臉上游走的手，擔心地問道：「晟郎，是不是公衙裡發生了何事？可能與妾身說了？」

李晟低頭沈默，半晌後下定決心地抬起頭，歉疚地說道：「榮娘，我要去邊疆，估摸就是今年的事情。」

溫榮大驚失色。「邊關有戰事嗎？是隴西的韃靼還是突厥進犯安西四鎮了？怎會如此突然？之前分明無半點風聲的！」

李晟認真解釋道：「是突厥。西域一代自從建了安西都護府，突厥對我聖朝邊城的騷擾少了許多，可今年邊疆又不太平了，西域荒原的幾大突厥部落結盟在一起，恐怕將對聖朝不利。榮娘，此次前往邊疆，除了對付突厥，三哥還交給了我一件事情，三哥答應，如果我完成，他會放我們離開，而且保證我們畢生平安。」

「是什麼事呢？」溫榮瞪著眼睛，胸口起伏，呼吸頗為急促。關於晟郎要前往邊疆一事她還未緩過來，腦子裡一團漿糊似的。雖然她一直能理解甚至堅定一旦聖朝有難，不論晟郎或是軒郎，都應該前往沙場，奮勇爭先護大聖朝千秋萬代，可這事真降臨到她身邊最親的人身上，她就開始擔心猶豫害怕，甚至是抗拒。

李晟將溫榮攬在懷裡，溫榮靠在他寬厚的胸膛上微微顫抖，李晟心疼卻也無可奈何。「三哥要求我想方設法收走王節度使的兵權虎符，再將兵權虎符交還三哥，如此我們就不用再懼怕王氏了。」

溫榮驚訝地看著李晟，她知曉朝局是眼花撩亂、瞬息萬變的，她一個外人也無法看清，但她再傻也明白——「晟郎，說得容易，可要收王節度使的兵權何其難啊！」

「所以三哥才肯用此做籌碼，放我們離開。」李晟摟著溫榮腰身的手臂漸漸收緊，下巴輕輕摩挲溫榮的髮頂。「榮娘安心在盛京等我回來，倘若榮娘一人悶得慌，就先回溫府住一段時日。」

溫榮不悅地說道：「只有被休棄或者和離的女娘才會迫不得已回娘家住，晟郎是不要妾身了嗎？」說完溫榮覺得晦氣，抬手重重地打自己嘴巴。

李晟眉頭一皺，趕忙握住溫榮的手腕。「我怎捨得……只是擔心榮娘一人會害怕，或者讓茹娘她們過來陪榮娘亦可。」

溫榮雙眸微濕。「妾身知曉，妾身在盛京府裡風吹不著、太陽曬不著，衣食無憂、只享榮華，晟郎不必擔心我。晟郎，聖主有說什麼時候出征，又何時能歸嗎？」

李晟不打算隱瞞欺騙溫榮，如實說道：「榮娘，應國公出征最久一次整整七年未回盛京，也無法見家人，此次征討突厥，對付王節度使，快則半年、十數月，多則……」李晟語滯。多則一年、兩年或者五年、七年……李晟的心裡也無定數。他是習武多年，可領軍實戰的經驗卻極匱乏，這一戰究竟要打多久，誰都不知道。

溫榮悄悄將眼角晶瑩擦去，穩了穩心神。「晟郎，我們先去用晚膳，一會兒飯菜都涼了，一邊吃一邊慢慢說吧。」

溫榮腦海裡浮現出兩年前李晟在邊疆受傷後，被送回京躲在溫府裡的慘淡情形。當時李晟受了箭傷，箭射中左肩胛，雖非致命傷，可李晟為此受了不少苦。李晟嘴上不說，但溫榮知曉，每每天寒落雪之時，晟郎的左肩就會痠痛難忍。溫榮正打算請盧醫官過來替晟郎把脈，開些藥好好調理一番的，不想這般快又要出征了。

那年李晟前往邊疆是為了搜集方成利通敵證據，順便將突厥擊退至聖朝疆域十里外，而此次李晟是要針對王節度使。其實王節度使對聖朝頗為忠心，可無奈他是琅琊王氏的最大靠山，收王節度使的兵權無異於釜底抽薪，將來再對付王氏一族就易如反掌了。除了王節度使一事，李奕還要求李晟，這一戰必須讓突厥至少安靜三十年……箇中困難不言而喻，溫榮甚至悲觀地認為這些是不可能完成的。

不去仔細想還好，一想溫榮的鼻子就酸溜溜的，一直酸到心底。

回到廂房，碧荷已經將食案擺好了。

溫榮替李晟盛了碗羹湯，心緒稍稍穩定後問道：「晟郎，應國公也去邊疆嗎？」

應國公是久經沙場的老將，有應國公在晟郎身邊，溫榮多少能放心一點。

李晟搖搖頭。「應國公年紀大了，早有隱退之意，聖主不打算令他上戰場。這次林家大郎、軒郎都將前往邊疆。」

溫榮覺得喉嚨口似被堵住，連口湯都嚥不下去了。軒郎一心棄文從武，她早就料到會有今天，現在該來的都來了。

若晟郎和軒郎等人遠赴邊疆，她唯一能做的就是與茹娘一起，每日抄寫經書，替他二人以及所有遠赴戰場的聖朝子民祈福。

在聖主下詔書前，溫榮一直心存僥倖，想著聖主或許會有別的法子對付琅琊王氏，而突厥的結盟部落則因內訌自行散去，然而十日後，聖主下了詔諭。

盛京登時陷入一片緊張之中，詔諭裡，李晟被封為三品懷化大將軍，官封上都護；而初出茅廬的林子琛和溫景軒，分別被封為從四品明威將軍和正六品昭武校尉。

溫榮在名單裡還看到了許多熟悉的名字，比如歆娘的哥哥陳家二郎、應國公府二郎君等。此次李奕提拔了許多年輕將領，無出意外，都是其心腹。

溫榮的心態已經慢慢平和了，國之興亡，匹夫有責。在幾近於生離死別的關頭，人有私心是難免的，溫榮只能讓這份私心最小化，每日裡不斷安慰自己，告訴自己相信晟郎、軒郎、琛郎他們都能平安歸來。

出征日定在當年十二月，對此日子溫榮有頗多怨言。十二月臨近年關，天寒地凍，大雪封路，但李奕不顧行軍士兵的困難，堅持在雪天出征。

溫榮心裡嘆氣，李奕是打得一手好算盤，行軍路上要花費數月，待將士抵達邊疆又恰逢春日融雪，那時候邊疆的氣候不會太惡劣，單就戰事而言，對聖朝一方不會太過不利。

隨著李晟出征的日子越來越近，溫榮出府的次數也越來越少。

白日李晟前往公衙時，溫茹娘、陳歆娘、丹陽長公主、林瑤娘等人就會聚在南賢王府做女紅。之前除了溫茹娘，另外幾位皆是十指難拈繡花針的，甚至瞧不起這技藝，現在卻一個個都十分虛心認真地向茹娘討教各種繡法針腳，只想趕在家裡夫郎或兄長出征前，親手縫製出一、兩件對方能貼身用著的、寄託相思和祝福之意的繡品。

丹陽一直想替林子琛縫一身外穿的袍衫，可惜初拿針線，縱是天賦過人，也無法一口氣吃成個胖子。繡成後漫說袍衫繡紋凌亂，連兩隻袖子都是不對稱的。丹陽怒摔數次袍衫後終於放棄，安分地繡起荷囊。

溫榮從一開始就只打算為晟郎縫兩套樣式最簡單的貼身絹袍，繡一只琴瑟合鳴荷囊，再打兩條如意百福絲條。本就不難，偶爾請教茹娘一二，一步一步的，精緻的繡品就慢慢出來了，一件件清楚地擺放在錦盤之上，丹陽、歆娘等人都好不羨慕。

這日，距離出征只剩下半月，丹陽等人照常聚在南賢王府。

天涼了，拈針的手被凍得通紅，溫榮吩咐綠佩多燒兩只銀炭爐，格窗再微微開條縫。

丹陽一進廂房就咋咋呼呼的，原來她昨晚熬夜繡的荷囊針腳錯了，正嚷嚷著要茹娘幫她挽救則個。

女娘們正說得熱鬧，溫榮抬眼卻發現歆娘雖不斷勉強露出笑容應和丹陽，可神情卻是鬱鬱寡歡的。溫榮知曉大家都是將苦悶藏在心裡，不肯在親近的人面前表現出來，免得平添傷感，可歆娘的神情還有別的意思。溫榮坐到歆娘身邊，握住歆娘的手低聲說了句對不起。哥哥溫景軒和陳歆娘的全禮本定在轉年二月，現在不得已延期。歆娘是待嫁女娘，此時心情定比她們更加複雜和難過。

陳歆娘搖搖頭，低聲說道：「與王妃無關，王妃何須與歆娘道歉？歆娘就是覺得諸事不順，心裡頗覺惶惶不安且茫然罷了。」

溫榮顰眉擔憂地問道：「歆娘可願與我說說，看是否能幫得上忙？」

歆娘朝溫榮感激一笑。「王妃已經幫了我們許多忙，該是輪到我們報恩了，哪裡還敢再麻煩王妃？何況這些事王妃也不便干預。」

溫榮明白歆娘在指什麼，軒郎養別宅婦一事對歆娘來說就是扎在心尖上的芒刺。當時她和晟郎不忍心看軒郎每日無精打采、鬱鬱寡歡，為了幫助軒郎，擅自作主將鄭大娘子從平康坊贖了出來，晟郎還贈了軒郎一處別院用於安置鄭大娘子。那時看似解決了一樁事，可現在回過頭去想，溫榮覺得很對不起歆娘，也知歆娘是在茫然將來要如何面對鄭大娘子。

溫榮握住歆娘的手放在膝頭，趁著丹陽等人在一旁玩鬧，無人注意到她二人時，輕聲問道：「歆娘，妳是真的喜歡軒郎嗎？」

陳歆娘被溫榮直白的問題羞得滿面通紅，緊張地將手心裡繡了一半的荷囊捏成一團，半晌後小心地點點頭。她確實對軒郎有情，否則她不可能肯替月娘應這門親事，也不可能在知曉軒郎未成家就養別宅婦的情況下，心甘情願地等著嫁給他。

溫榮笑道：「軒郎是我哥哥，我們自小一起長大，可不是我自吹自擂，論起誰最瞭解軒郎，我一定是排第一的。歆娘知曉軒郎的性子溫和好言，是一名極儒雅的郎君，而且軒郎從小就接受著嚴苛和傳統的教習，在骨子裡是很重視清譽並且一心維護家宅榮耀的。軒郎被趙家郎君帶去平康坊，結識鄭大娘子後，其實很痛苦，一點也不開心。除了因為祖母、阿爺等長輩的執意反對，更因為他內心在煎熬，他其實打心底知道這是錯的，只是一份責任心和善心，讓他無法兩全。」

陳歆娘睜著晶瑩的杏眼，期期地看著溫榮。她也一直想多瞭解軒郎，至少要知曉軒郎和鄭大娘子的這段故事。她一直以為軒郎與鄭大娘子是情投意合、兩情相悅，所以她不知真嫁去溫府後，是否該當一名賢妻，主動將鄭大娘子接回溫府？可她擔心軒郎陪她的時間會更少，會更加冷落她，每每思及此，她便十分難過害怕。

溫榮端起茶盞，冰涼的指尖觸碰到溫熱的青瓷，一股暖意慢慢滲進血液之中。

溫榮看出歆娘不開心和害怕，但事已至此，她唯一能做的就是儘量寬慰歆娘。溫榮吃了口茶，繼續說道：「歆娘妳知道嗎，軒郎聽聞妳肯主動嫁給他時，長鬆了一口氣，他打心底明白妳是他明媒正娶的妻子。這樁親事是在豔陽之下，得到祖母、阿爺、阿娘，還有我們所有人祝福的美滿姻緣，所以歆娘不用害怕，無論如何，將來軒郎都一定會珍惜妳、對妳好的。至於鄭大娘子這事不能急，全大禮後，歆娘再好好同軒郎談一談，軒郎最會念著旁人的好，總是記恩不記仇，歆娘待軒郎多好一分，軒郎就會還十分。」

溫榮撫了撫歆娘的鬢髮。「退一萬步，若歆娘真有甚不開心和看不開的，可以與我或者茹娘、丹陽她們說了。丹陽最好打抱不平，現在大家都是朋友，她一個長公主，還能眼睜睜瞧著妳被欺負不成？」

歆娘噗哧一笑，靠在溫榮肩膀。「將來真有事，我還是要王妃替我作主，那時王妃可不能偏幫親哥哥，不理我。」

溫榮嘴角揚起，為讓歆娘安心，勉強答應下。其實晟郎這次得勝歸來後，她與晟郎就要遠離盛京了。溫榮堅信每個人都有自己的造化和福氣，歆娘是個好女娘，至少祖母和阿娘一定會疼她，而上天也不會薄待她，至於軒郎，溫榮也相信自己的哥哥……

「歆娘，妳替軒郎繡的荷囊給我瞧瞧，昨兒我問哥哥，他說喜歡雙繡石竹紋的，所以用青綠色絲線做底吧！」茹娘忽然轉頭看向歆娘，高聲說道，又伸出手要接歆娘才繡了一半的荷囊。

還沈浸在思緒中的陳歆娘被嚇一跳，捏緊了的荷囊一下子掉在地上。瞧著歆娘魂不守舍的模樣，丹陽和瑤娘是嘲笑個不停。

就在眾人說話玩笑時，外院傳來通報，說宮裡有賞賜下來。歆娘、茹娘、瑤娘皆不明所以，溫榮和丹陽也面面相覷。

溫榮站起身道：「我們先去院子，可能是宮裡賞賜王爺的。」

「這還沒出征立功勞呢，就有賞賜下來，那我家琛郎豈不是也該有賞賜，否則多不公平？」丹陽一邊嘟囔，一邊隨溫榮走出廂房。

溫榮聽到了，狠狠剜了丹陽一眼。

眾人下跪聽旨才知曉，賞賜是皇后下的，而且並非賞賜溫榮一人，丹陽、瑤娘等人皆有上好夾纈綢緞和上等串珠金飾。每一件賞賜上的紋樣皆有祈福與保平安之意，眾人看著都很感激謝琳娘的心意。

溫榮正要吩咐婢子將各人的賞賜分別裝上馬車時，內侍忽然通報皇后到了。

丹陽眉梢一揚。「就說榮娘這兒最熱鬧，琳娘果然也來了！」

內侍話音才落，就見琳娘裹著身薔薇紫羽緞緩緩走進來，寬鬆的羽緞也遮不住琳娘高高隆起的肚子。溫榮和丹陽連忙上前，一左一右扶過琳娘。

丹陽笑道：「什麼風將妳吹來的？都快八個月了，太后、聖主他們怎會允許妳出宮？」

琳娘看著丹陽笑。「出宮本是不允許的，可一聽我是要來南賢王府，聖主就立即吩咐馬車了，知曉妳們在這兒，還特意讓我帶賞賜。」琳娘進了廂房，命宮女史將羽緞解下。

琳娘一眼就瞧見圍成一圈的笸籮，好奇地將溫榮等人的繡品拿起來仔細端詳，茹娘與溫榮的可稱上品，琳娘連連點頭稱讚，待看到丹陽繡的流雲百福荷囊時，琳娘忍不住噗哧一聲笑起來，玩笑道：「丹陽這繡的甚？可是一團團的羊毛羔子？」

琳娘不說還好，說了溫榮等人亦覺得那荷囊上的百福流雲就像一團團死氣沈沈的羊毛，毫無流雲的飄逸靈性可言，皆掩嘴好笑起來。

丹陽又急又氣地一把抓過荷囊藏在身後，顰眉問道：「琳娘，妳今兒過來究竟何事？難不成是來瞧我笑話的？妳家夫郎一句話，害得我們一個個都要與夫君、兄弟分離，瞧著妳平日心思挺細膩的，今日怎大剌剌地出現在我們面前了？」

琳娘知丹陽說話素來直接，故從不往心裡去，可這會兒也覺得歉疚，張了張嘴，尷尬地說道：「聽說妳們每日都聚在南賢王府，我一人在宮裡無趣，就想過來看看妳們。過幾日聖主會替南賢王、五駙馬等人餞行，在宮裡舉辦了家宴，我們幾個姊妹許久未見，那日大家去清寧宮用午膳，再一起說說話、看看戲可好？」

溫榮看了眼笸籮裡的荷囊和絲條，她的女紅已經完成，這幾日不過是見時間有餘，故額外為晟郎再繡兩條汗巾子罷了。前往清寧宮用午膳並不耽誤事，用過午膳說不定還能同晟郎一道乘馬車回府。現在於溫榮而言，最珍貴的便是與李晟相處的時間，這幾日溫榮時常盯著沙漏箭刻上的影子就開始發怔，幾是一片空白的腦海裡只有單純的期盼，期盼裹帶了時間流逝的沙粒能走得再慢一些，再慢一些。

重生這一世，她盡力按照自己認為的最好方向走去，可走得遠了，她發現許多事情的發展越來越出乎她的意料，超越她的掌控。溫榮從未奢侈希望她可以萬能或萬事如意，但現在她心底空洞洞的，一想到李晟將有很長一段時間不在她身邊，她心裡就充斥了滿滿的遺憾、煎熬和最折磨人的無能為力……

丹陽擰著眉毛，不知高聲嚷嚷了一句什麼，徹底打斷了溫榮的思緒。

溫榮看丹陽時，雙眼的神光仍舊渙散，回過神後才與琳娘笑道：「宮宴日子定了告訴我便是，再怎麼說也該進宮陪琳娘說話不是？對了，丹陽呢？是否一起進宮？還是一人留在府裡繡荷囊？」

哪壺不開提哪壺！丹陽瞪了溫榮一眼，沒好氣地將藏在身後的荷囊丟進笸籮，老成地嘆口氣，再轉頭朝瑤娘說道：「琛郎怕是瞧不上我繡的，我也犯不著在這兒白費功夫了，不若進宮玩樂，到時候琛郎用瑤娘繡的亦可。」

琳娘掩嘴笑。「這就是都答應了？」

放眼廂房裡的幾位女娘，除了溫榮和丹陽地位尊貴，同皇后交好，敢說個「不」字，其餘茹娘等人都不敢掃琳娘的興，俱歡歡喜喜地答應下。

宮宴就定在李晟等人出征的前兩日。一早李晟吩咐了馬車，替溫榮披上雲水緞襯銀鼠灰的比肩褂子，捏起溫榮的手，看到上面有幾點針眼，心疼地說道：「怎還在繡呢？針線活兒費眼又費神，我也不缺用度。」

溫榮笑著搖搖頭。「晟郎不懂，妾身做的女紅總會比外面更用心些，而且只有妾身知曉晟郎的喜好。妾身每日在府裡閒著無事，丹陽、茹娘她們又都過來了，總該陪著一道繡的。將來晟郎在外面，穿的用的都是妾身親手縫的，就不會忘記妾身了。」溫榮臉頰微微泛紅。

李晟心思漾動，握著溫榮的纖纖細指輕撫自己雙唇，似想撫平指尖上的傷口。「榮娘替我繡了太多絹服、荷囊，說不定我很快就能回來，到時候會用不完的。至於丹陽，她的性子我還不瞭解？能繡出甚像樣的物什？她真閒了無事，將來妳們多結伴去郊外走走，榮娘也該時常散心的。」

榮娘抽回手，笑而不語，轉身去收拾要帶進宮送琳娘的禮物，又去外廂房交代了甘嬤嬤一些事情。半晌後，回房見李晟仍舊老神在在地站在原地，上前說道：「後日晟郎就要出征，要不明日別去公衙了，晟郎陪妾身去郊外走走，或者你我二人就在府裡下下棋、撫撫琴可好？」

「好，明日我就陪在榮娘身邊。」李晟抬手在溫榮髮髻上簪了一支瑩骨橫冰紋簪子。

「榮娘平日在府裡喜歡綰矮髻，這支簪子用了再合適不過。」

溫榮面上神情欣喜裡還夾雜一絲好奇，就要將簪子取下來仔細端詳，可手還未抬起就被李晟握住。

李晟彎著嘴角。「時候不早了，我們先進宮。」

溫榮無奈地看了李晟一眼。

李晟牽起溫榮的手，乘上馬車，一路相互依偎。

到了宮裡，溫榮見到了李奕邀請的賓客。與其說是宮宴，不如說是李奕心腹的小集會。溫景軒、林子琛皆在，還有好幾位謝家人，連應國公也來了。應國公高冠髯鬚，雖已過知天命之年，但精神矍鑠、氣勢凜人。在溫榮眼裡，應國公是大聖朝當之無愧的第一武將，正值當年，現在要急流勇退，只是為了避開琅琊王氏的咄咄逼人。

溫榮等女娘在麟德殿坐了會兒，看了兩場鼓樂。臨近用席面時，謝琳娘吩咐宮車將大家都接到清寧宮。用過午膳後，琳娘詢問溫榮等人想聽什麼戲，她準備吩咐戲班子在清寧宮搭臺。正說著話時，一名含元殿的宮婢通報後進殿尋溫榮。

宮婢未避皇后和丹陽長公主，朝三人見禮後，頗為焦急地說道：「南賢王請王妃至含元殿說話，還請王妃隨奴婢移步含元殿。」

先前在麟德殿時，溫榮確實聽李晟說，用過午宴他會去一趟含元殿。可若真有事，晟郎也該命桐禮過來尋她。溫榮半信半疑地看著那宮婢，顰眉問道：「王爺可言是何事？我這兒正與皇后、長公主說話，若無要緊事，一會兒出宮我再去尋王爺吧。」

宮婢有些為難。「王爺似有些不舒服，桐侍衛在一旁照顧，這才命婢子過來請王妃的，王妃若是不肯去，奴婢無法向王爺交代。」

聽到李晟身子不舒服，溫榮心裡一緊。

琳娘仔細端詳了那宮婢一會兒後，附在溫榮耳邊小聲說道：「確實是含元殿的宮婢，並非太后的人。今日宮裡賓客均與王氏無關，想來太后也不敢有甚不軌舉動。榮娘跟過去看看吧，以免王爺真有事。」

溫榮朝琳娘點點頭，起身隨宮婢離開。

宮車行了約莫一刻鐘時間，未前往眾臣聚集的含元殿主殿，而是在含元殿偏殿的一處內壇停下。宮婢扶溫榮落馬車，又請溫榮乘上肩輿，徑直進內殿。

穿過長長走廊後，宮婢撩開五色珠玉門簾，將溫榮請進內殿，然後轉身守在殿門外。

不待溫榮疑問，一襲明黃行服束金冠的李奕便朝她走過來。

溫榮一時愣怔住，看來不是晟郎找她，也非太后想設局陷害她。

第四十七章

李奕幾步走到溫榮面前，忽然抬手就撫上溫榮的面頰，溫榮猝不及防，嚇得往後連退了數步。溫榮的心怦怦跳。「臣妾見過聖主。那宮婢言南賢王身子不適，臣妾才特意趕來，不知南賢王現在在何處？」

李奕詫異地挑起眉毛。「五弟身子不適嗎？我怎不知曉？」說罷，李奕笑了笑。「定是那宮婢胡言，榮娘不必當真，此處只有我一人。」

溫榮看向李奕的眼神頗為複雜，她前世的記憶恢復了，知曉李奕確實對她念念不忘，且李奕前世未做甚對不起她的事。可她現在心裡只有李晟，她不可能負他，對於李奕她只有感激和歉疚，並無絲毫愛意。這一世與李奕既已無緣分，她就該勸李奕莫再強求。

李奕面上神情忽然舒展，欣喜地說道：「榮娘定是記起了所有事情，榮娘看我的眼神不再似以往那般冷淡疏離了。」

溫榮蹙緊眉頭。「臣妾不明白聖主在說什麼。」溫榮忍住立即轉身逃開的衝動，認真地說道：「臣妾雖愚鈍，不解聖主之意，可心裡卻有話不得不說，還請聖主莫要治臣妾以下犯上的大不敬之罪。」

李奕難掩激動，柔和的目光是濃濃的眷念，點頭時又朝前走了一小步。「榮娘儘管說，我怎捨得罰妳？」許是擔心嚇著溫榮，李奕走了一步後便堪堪停住，直直地望著溫榮，眼角眉梢皆是歡愉。

溫榮無法面對李奕雙眸裡的炙熱，避開李奕的目光，撇眼看向其身後的花鳥紋嵌寶石琺瑯檀木屏風。

溫榮抿了抿唇，苦口婆心地道：「聖主即位不過月餘，如今天下看似太平，但聖主英明，心裡定然如明鏡一般，知曉外患未除，內亂新起，聖主理當將心思放在朝堂與蒼天百姓身上，不該再念著虛無縹緲的兒女情長，如此才能不負太上皇對聖主的期望。」

李奕聽到溫榮提及內亂時，眉毛幾不可一見地皺了一下，轉瞬又染上濃濃情意。「不想榮娘亦是難得的直臣。內殿無人，我與榮娘皆敞開天窗說亮話可好？榮娘所言的內亂是何意？是指南賢王要謀反，還是以太后為首的外戚弄權，動搖我帝位？」

溫榮聽到李奕言南賢王要謀反，大驚失色，猛地跪下來。「還請聖主明察，南賢王絕無謀反之意！」

李奕上前將溫榮扶起，目光落在溫榮髮髻的玉簪上，腦海裡電光石火般地閃過幾點前世的記憶片段。李奕早已習慣突如其來、斷斷續續、支離破碎的記憶了，他無所謂夢境是否殘缺，因為他心裡有數，只要溫榮回到身邊，不論記憶或是生命，都將圓滿。

李奕心疼地道：「榮娘快起來，不過是句玩笑話。此次出征，五弟明知凶險，卻毫不推諉地乾脆應下，我知道五弟是忠心耿耿，絕無二心的。」不待溫榮鬆口氣，李奕話鋒一轉，忽問道：「榮娘現在還是喜歡白玉髮飾？榮娘是否記得我曾經送妳的蓮花瑩玉步搖？」

溫榮捏緊手帕，李奕前世曾贈她一支蓮花瑩玉步搖，她確實很喜歡，除了必須盛裝的朝賀祭典外，其餘時間都會將步搖簪在髮髻上。

溫榮眉眼低垂，神色不變。「聖主隆恩浩蕩，恕臣妾愚昧，臣妾已記不清聖主賞賜南賢王府的財帛裡，是否有蓮花瑩玉步搖。」

李奕看不到溫榮的眼睛，清雅面容現出一絲不滿，聲音沈緩地說道：「先才我已說了這裡無外人，榮娘何須再藏著掖著？難道榮娘還未完全恢復記憶？若如此，五弟就該駐紮在邊疆，永世不得回京。」李奕一步一步逼近溫榮。

溫榮被李奕的威脅氣得胸口起伏，轉身要離開，卻聽到嘎吱一聲，內殿的門被宮婢從外面鎖上。溫榮的臉色變得十分難看，看向李奕的雙眸再次蘊滿怒氣。

看到溫榮模樣慌亂，李奕嘴角翹起，微微露出雪白牙齒。「原來榮娘真未記起。其實榮娘不必怕我，我並無不軌與冒犯之意，之所以朝榮娘走來，是因為我不能接受同榮娘這般疏離。」

溫榮已退無可退，靠在內殿的牆壁，冷靜地看著近在咫尺的李奕。「聖主踰矩了，還請聖主留步。南賢王前往邊疆是聽了聖主詔令，出征目的是要掃除外患，讓聖朝國泰民安。南賢王一心為聖朝、為聖主，聖主不該因私人恩怨，而寒萬千將士的心。」

李奕朗聲笑起來。他覺得有趣，縱是不能摟著溫榮一親芳澤，但這樣說話他就十分開心了。李奕笑著朝溫榮搖搖頭，道：「榮娘所言差矣，我與五弟絕無私人恩怨。倘若五弟有異心，我懲罰他更不會寒萬千將士的心。榮娘言聖朝必須國泰民安，這點我萬分贊同，可如何國泰民安呢？無非是攘外安內。如今我正在攘外，安內要對付我生母和王氏一族無疑，可五弟……榮娘如何證明五弟無異心？」

溫榮很謹慎。李奕會出此言，肯定是記起前世晟郎的謀反之舉，既如此，李奕必派人盯梢和暗查晟郎，且知曉晟郎如今的一舉一動了。從李奕要晟郎出征，再要求晟郎對付王家人，可看出李奕是徹底將晟郎視作可以利用的棋子，現在要她證明晟郎無異心，不過是在逗弄她。溫榮低頭說道：「聖主英明，任何事情都瞞不住聖主。漫說南賢王根本無異心，縱是有異心，也只是心裡想想。謀反需要天時、地利、人和，南賢王一個不占，他根本無能力、無資格同聖主爭。南賢王一早就明白這道理，故一心一意、竭盡全力地扶持聖主。」

「原來五弟在榮娘眼裡那般無能。」李奕忍不住欺身向前，高挺的鼻尖幾乎貼到溫榮面上。「其實榮娘記憶未恢復也無妨，五弟要走了，這一去數年，榮娘一人孤苦，可願讓我排遣榮娘的寂寞？」李奕被自己脫口而出、調戲溫榮的污言穢語嚇了一跳。他自詡君子，可此時在溫榮眼裡，恐怕不是李晟無能，而是他不堪吧？

果然，溫榮眼裡的震驚慢慢變成不屑，其藏在身後袖籠裡的手越收越緊，甚至因為緊張而微微顫抖。

許是被溫榮輕蔑的神情刺激到，李奕忽然覺得領口變緊，勒得他的喉嚨幾乎要喘不過氣來。他脹紅了臉，抬手扯上圓領，圓領排扣猛地迸裂掉在地上，發出悶悶的噗噗聲，領襟上也撕開了一道。

一股熱流從小腹湧起，李奕不知曉自己有多少日未臨幸後宮女人了。皇后懷孕了，而王德妃是琅琊王氏人，他連碰都不想碰。繼承大統後，他有陸續再納數名妃子，可皆不合他意。每晚在夢裡出現徘徊，擾亂他心意的都是眼前的小娘子，他只恨不能將這副柔軟身軀壓在身下，卻必須夜夜忍受相思和慾火帶來的折磨和痛苦。

李奕雙手扒上溫榮香肩，就要發狠將溫榮衫袖扯掉時，手背突然一陣刺痛，他倒吸一口涼氣，疼痛和鮮紅登時令他清醒過來。瞥眼一看，手背被利器劃出一道不深不淺的口子，鮮血正一點點溢出來。李奕正要質問溫榮，卻發現溫榮緊握一根尖頭沾染了他鮮血的金簪，金簪抵在雪白的脖頸，溫榮吹彈可破的肌膚已被金簪扎出血點。

李奕顧不上自己手上的傷，緊張地喝道：「榮娘，快將簪子放下來！」

溫榮知曉她傷了李奕，亦是紅了眼，顫著聲音說道：「臣妾無心傷到聖主，罪該萬死，但還請聖主不要為難臣妾。若聖主執意，臣妾為保清白，只能自戕於此！」

李奕面染惱怒之色，可看著溫榮手上力氣越來越大，心是痛極，毫不猶豫地說道：「榮娘，我不碰妳，妳快將簪子放下來，莫要傷到了自己！」李奕已經往後退了兩步，可他發現溫榮根本不相信他，簪尖處泌出一顆鮮紅血點，映在雪白脖頸上分外刺目。

李奕先才的確是想與溫榮親熱一番，他以為如此可喚醒溫榮對他的愛意，不想溫榮竟如此堅決，為反抗他甚至不惜性命。

李奕離溫榮越來越遠，沈聲說道：「榮娘，夠了，此殿有側門，妳從側門出去會有內侍引妳走小路，乘宮車回清寧宮，不會有人注意到妳。今日是我唐突了，我向榮娘道歉，就當這事從未發生過，我手上的傷也與榮娘無半點關係。」

溫榮警惕地看著李奕，一步一步沿牆根挪到遠離李奕的位置後，忽然疾步朝李奕所說的側門走去，縱是離李奕已經很遠了，溫榮也不肯將簪子放下。

就在溫榮要跨出側門時，身後又傳來李奕的聲音——

「榮娘，往後我不會再做任何有違妳心意的事情，我會耐心地等妳將我們的曾經全部記起，到那時候，妳會心甘情願回到我身邊的。」

溫榮根本不理睬李奕，她的記憶早已恢復了，也正因為恢復記憶，她才明白李晟有多愛她，李晟究竟為她放棄了多麼重要的東西。晟郎若失去她將一無所有，而李奕呢？不管哪一世，都有三妻四妾，那一個個女娘都是鞏固李奕帝位的基石，或許李奕是愛她的，可她遠不及帝位重要。溫榮腳步不停地跑出內殿，果然如李奕所言，有內侍在走廊外候著。

感覺到有人過來，內侍低下頭，朝來人躬身見禮，接著轉身，一聲不吭地朝外走去。

確定徹底安全後，溫榮放下金簪，一邊大口喘氣，一邊快步跟上從始至終未抬頭看她的內侍。

終於坐在回清寧宮的宮車上後，溫榮才將金簪收回袖籠，執錦帕輕撫脖頸處的傷口。金簪尖利，溫榮尚未重扎，傷口就如繡花針扎似的，不會太深太寬，不一會兒血就止住了。溫榮將染了鮮血的錦帕藏在荷囊裡，雜亂的心緒漸漸平靜下來。溫榮慶幸今日外穿的是圓立領綢絨大袖衫，她將領子攏了攏，仔細遮住脖頸傷口，不叫旁人看出來。

溫榮自知往後要更加小心了，李奕雖言不會再強迫她，可晟郎出征後府裡就剩她一人，難保李奕不會再做出甚出格舉動。或許她真該照晟郎交代的，喚茹娘等人時常過來陪她。

回到清寧宮後，琳娘和丹陽看到溫榮時頗為驚訝，她二人以為溫榮會在含元殿照顧李晟，待時間差不多了，就直接回府的。

清寧宮的戲臺子已經搭起來，唱了兩齣頗為熱鬧的參軍戲。

溫榮在丹陽身邊坐下，神色恢復如常，笑道：「怎麼這眼神，可是不歡迎我回來？戲好聽嗎？」

丹陽將手中的瓜子放回盤裡，搖搖頭。「無趣，聽來聽去就這兩曲，還以為琳娘會有新鮮的呢，害我興致勃勃地過來。榮娘，五哥出甚事了，為何忽然不舒服？妳為何不留在含元殿照顧五哥？」

溫榮懶懶地靠向軟榻，雙眼微瞇在歇息，鎮定地說道：「晟郎是先才在宮宴上酒吃多了，故才有些發暈，醫官熬了醒酒湯藥過來，晟郎吃了後就恢復了，這會兒他正陪大臣說話，我一人無事，自然回來尋妳們。」

丹陽和琳娘聽到李晟無事，也就放下心來，未起疑心，不再多問。

申時，琳娘吩咐宮車送女眷離宮，溫榮則等到桐禮傳信，言李晟已在宮門外候她，桐禮一路護送溫榮出宮。

回府的馬車上，溫榮雖強裝鎮定，可李晟還是發現溫榮心緒不寧。

李晟摟上溫榮香肩，讓溫榮靠在他的懷裡。「榮娘是不是哪裡不舒服？聽說皇后在清寧宮擺了參軍戲，榮娘覺得好看嗎？」

「妾身無事，擺戲臺只是圖個熱鬧，妾身與丹陽都在軟榻上合眼歇息。」溫榮擔心李晟看到她脖頸上的傷，遂將褂子也披了起來，朝李晟擔憂地說道：「天氣又涼了幾分，前兒剛下過一場雪，回府妾身再整兩套錦裘裝行囊，晟郎後日一起帶上，千萬別冷著了。」

聽到溫榮說冷，李晟心疼地將溫榮摟得更緊。「榮娘別再忙活了，哪有一個大男人出門帶一馬車東西的，到時候為夫會被人笑話的。」李晟出征的行囊溫榮早整理好了，本就不少，溫榮還會時不時地想起點什麼，再打開行囊添進去，不知不覺就變成了幾大包。

溫榮不以為意。「路途遙遠，又正逢一年裡最寒冷的時節，多帶些，倘若旁人缺了，也可以分給他們。晟郎是將領，總歸不一樣了。」

李晟有些無奈，此次出征的三品將軍不止一人，這幾人俱是相互牽制的。在李晟眼裡，唯一的不同，是他不能像往年那般，戰事結束後便快馬加鞭地趕回盛京，去尋他最想見的人，現在領著兵士，他是不能先行離開了。

「下雪了、下雪了……」

「你快看，好大的雪片，像鵝毛一樣！」

溫榮聽見馬車外傳來孩童歡快的喧譁聲，好奇地撩開格窗帷幔。

天烏濛濛地壓著大地，果然飄起了鵝毛大雪。溫榮淘氣地將格窗推開一條小縫，涼風捲著幾片雪花飄了進來。

李晟忙抬手替溫榮擋著，就要將窗戶闔上。「風大，榮娘別冷著。」幾點雪米落在李晟臉龐，沾染在濃黑眉毛上，整個人更顯清傲俊逸了。

溫榮吐吐小舌，任李晟將窗戶闔緊，又靠回李晟懷裡。「瞧天色，這鵝毛大雪暫時不會停，後日郊外山路定然積雪成冰，將士行路會更加艱難，聖主能讓大家延期出征嗎？」

李晟輕撫溫榮髮鬢。「過了十二月會一天比一天冷，倘若延期，便是明年開春的事了。後日出征的日子是欽天監算出來的，聖主不會改。」

溫榮心裡難受，乾脆不再說話，閉上眼靜靜地聽李晟強而有力的心跳。

第二日，李晟照與溫榮的約定，未去公衙。

因為剛下過雪。李晟擔心郊外太冷，溫榮的身子會受不住，故不肯帶溫榮去曲江池，最後在溫榮提議下，二人一道去了東市，一路上李晟為溫榮買了許多新鮮的小玩意兒。

溫榮還在泥人攤前看上一隻小兔子，捏泥人的老闆看了李晟與溫榮一眼，笑著誇讚道：

「我是頭一次見到如此清俊的小郎和貌美娘子，真真是珠聯璧合！除了這隻小兔子，我再捏一對小人送二位！」

老闆捏的小人唯妙唯肖，與他二人是形似又神似，兩小人雙手緊握，不離不棄，互望的眼神裡滿是情意，李晟和溫榮連連讚嘆。

溫榮擔心李晟明日行軍辛苦，故未逛得太遲，在茶樓裡用過午膳就一起回府了。

為了讓李晟早些歇息，養精蓄銳，溫榮特意提前準備晚膳，服侍李晟沐浴更衣後，二人早早躺在了床上。

李晟摟著溫榮的手不老實，在溫榮身上緩緩遊走，攏上了柔軟，輕輕地揉著。「榮娘，這一次我要離開好久，該怎麼辦？」

溫榮的臉紅到耳根，她明白李晟在指什麼，可問她怎麼辦有何用？她倒是想跟在李晟身邊照顧，可這卻是最不可能的。

「全禮前雖然也想日日陪在榮娘身邊，可若真有公事，不得已而分離，我也還能忍得住。」李晟靈活地將溫榮的雙腿分開，軟軟的唇吻在溫榮雪白脖頸上緩緩遊走，雙眼滿含愉悅的笑意，嘶啞著聲音輕輕說道：「但全禮後品嚐到了榮娘的好，我是每晚都離不了榮娘的。今夜榮娘好好陪我，以解我往後的相思之苦……」

溫榮被李晟炙熱的溫度灼得渾身發顫，每一次呼吸都能令她胸口焚燒起來。

李晟不知何時褪去了衣衫，而溫榮卻是半遮半掩，不待溫榮袍衫除盡，李晟一下子便將溫榮壓在了身下。隨著李晟的緩動，滿足感一下子傳遍了溫榮全身……

自盛京赴疆的萬千兵士早已集結在京郊等候，而李晟等眾將領將在辰時中刻由聖主親自敬酒後送出城門。

溫榮不顧折騰了一夜的渾身疲軟，寅時便起身為李晟準備了滿滿一大袋乾糧點心。辰時將近，溫榮親自替李晟換上銀盔甲冑。

李晟看了眼庭院，院子可謂銀裝素裹，下人將積雪掃至一旁，堆起高高的雪垛子。離別在即，李晟雙眼也開始泛紅，朝溫榮柔聲說道：「榮娘，天寒地凍的，妳就留在府裡，別出去送我了。」

溫榮背過身，借著替李晟拿鹿皮手套，將忍不住淌出的眼淚悄悄擦去，令綠佩將手套交給桐禮，再回過頭重新看李晟時，面上已經掛了笑容。「也罷，晟郎一會兒就要出城了，妾身就在府裡休息。」二人皆承受不住分別時的肝腸寸斷，若送了，怕就再離不開，既如此，二人都選擇了在府裡告別，與每日溫榮送李晟去公衙一樣，目送郎君過長廊，說不得申時便能在月洞門等到貪戀的身影。

溫榮低下頭道了聲祝福，李晟眼神黏在溫榮身上，怎也挪不開，直到桐禮在外催促，李晟匆匆抱了溫榮一下，便頭也不回地快步向外走去。

溫榮不敢抬頭，她不想晟郎看到她滿臉是淚的模樣。

廂房外傳來侯寧的聲音——

看到李晟，侯寧一下子跪在地上，叩頭道：「求主子將小的帶上，小的要在主子身邊保護主子！」

李晟特意將侯寧留在盛京保護溫榮，看到侯寧朝他磕頭，李晟腳步一滯，沈聲道：「護好王妃，若我回京見王妃少一根頭髮，都將拿你是問。」說罷，腳步不停地走下長廊。

廂房裡，綠佩也紅了一雙眼，遞一方帕子與溫榮，吶吶地問道：「王妃，真的不去送王爺嗎？」綠佩知曉主子離不開王爺，今日這一別怕是數載才能再見面，在綠佩看來，能多見一面是一面，好歹現在王爺還在盛京，主子怎能將自己關在廂房裡呢？

溫榮的眼淚怎麼都止不住，聽到李晟快靴聲越離越遠，溫榮猛地衝出廂房，扶住門框，無助地看著李晟向月洞門行去、不斷變小的身影，直至消失不見……溫榮的身子搖搖晃晃的，沿門框緩緩滑到地上。

綠佩和碧荷見主子坐在冰冷長廊，趕忙上前將溫榮扶起。

不知何時，侯寧走上長廊，朝溫榮一下子跪拜下去，溫榮本就哭得迷迷糊糊、暈頭轉向的，登時被侯寧的大禮嚇一跳。

綠佩恨不能踢侯寧一腳，喝斥道：「沒見著王妃正在傷心嗎?你湊上來攪什麼亂啊！」

侯寧跪在地上不肯起來，哽咽道：「小的一定會照王爺交代，保護好王妃，絕不讓王妃受到一點傷害，只求王妃帶小的一起去送王爺！王爺要先去大明宮等候聖主，我們現在趕去明德門還能見到王爺。」

溫榮怔怔地盯著月洞門，目光不肯移開半分，半晌後似下了極大決心。晟郎現在還在盛京，一會兒將有萬千百姓湧出坊市聚在朱雀大道，送別前往邊疆征戰的眾將士，那麼多人都去了，可她卻怯弱地躲在府裡，難道真要因為無法面對而錯過晟郎出征時尊榮的一幕嗎？

溫榮微微吞嚥，涼涼的風一下子自鼻腔湧入肺裡，令溫榮清醒過來。

溫榮扶住碧荷直起身。「拿件大氅過來，再帶上傅粉。時間不多了，我們現在就出府，沿朱雀大街等王爺出來。」

侯寧連連叩頭，謝過溫榮。

碧荷與綠佩趕忙照溫榮交代去準備。

上了馬車後，碧荷拿帕子沾清水將溫榮面上的淚痕擦去，又補了些傅粉遮住哭過的痕跡。到了朱雀大街盡頭，聖主等人還未出現，溫榮披了大氅，由碧荷、綠佩、侯寧護著走上了街道。街邊已經擠滿人，不一會兒，前方傳來禮樂鼓聲，人群忽就喧鬧起來，擠擠攘攘間，侯寧等人緊張地守住溫榮，生怕被人群衝散。

驀地，不知誰喊了一句「聖主和將軍出現了！」，所有人都朝一個方向湧去。

溫榮也順著人潮朝裡擠，終於看到最熟悉不過的身影。李晟一身銀甲騎在皎雪驄上，溫榮驚訝地發現晟郎竟然與李奕走在一起，後方還有許多熟人，她哥哥溫景軒也騎了一匹極名貴的白蹄烏，面容如玉，身姿挺拔，在隊伍中亦頗為顯眼。

李晟在同李奕說話，一直未留意人群，溫榮貪戀地看著李晟，顧不上疲累，一步不停地隨人群向前走去。小半時辰後，靠近了明德門，可道路兩旁已被人群擠得水洩不通，溫榮不過是弱女子，自然寸步難行，焦急地踮起腳尖，想再多看晟郎幾眼。

就在溫榮將被人群掩沒時，李晟忽然回過頭，目光準準地落在溫榮身上……

李晟已至京郊，站在高地俯視著滿目深赭。萬千兵士皆著一樣行頭，赭色窄袖軍服，黑色束帶綁髻。

三軍老將在整頓隊伍，兵士整齊一致的動作似風平浪靜的灰海，嚴肅外表下掩蓋內心的暗湧澎湃。

李晟的心和人都想留在盛京，留在溫榮身邊，可無奈身邊洪流夾裹著他不斷往前。他緩緩呼出口氣，白霧散在冰冷空氣裡，幾凝結成霜，揚手散去是觸指嵌心的涼意。

李晟在懷念與溫榮四目相望之時。雖然隔了一段距離與茫茫人群，但李晟能感受到溫榮眼神中的深意，有不捨但無挽留，有擔心卻亦有期許……

三長一短號角聲響起，要出征了。李晟將銀盔重新戴上，翻身上馬，身姿挺拔，俊逸不凡的面容上又多了三分堅毅。榮娘不願成為他的包袱，亦不慮榮地盲求衣錦富貴，榮娘要求的那般少，他怎還能不滿足？李晟再一次回望盛京城，之後只能一抔白沙寄思念了……

而另一邊，溫榮不肯乘馬車，只悵然若失地緩行在朱雀大道上，先才擁擠的人群隨著將士離城、聖主回宮，也都散去了，寬闊的主街道登時冷冷清清。

溫榮本以為晟郎不會看見她，不想臨出城門前，彼此能有一瞬間的目光交融……

「主子，妳瞧那家門簷掛的燈籠，竟然被燒了半邊，一會兒主人家瞧見，還不得氣壞了！」綠佩匆匆跑到溫榮身後，揀著街巷裡的有趣事兒同溫榮說，可溫榮卻似一句都不曾聽見，愣愣的似失魂一般，叫綠佩好不擔心。綠佩也擔心出征的王爺，可見溫榮不好受，她更加難過。她洩氣地看向碧荷和侯寧，見二人亦是垂頭喪氣，形容蕭條，無一絲精神，綠佩登時氣不打一處出。碧荷是她的好姊妹，不能隨意打打罵罵的，可侯寧不一樣。綠佩「噔噔噔」地走到侯寧身旁，掄起小手就捶上去。

還沈浸在離別悲傷中的侯寧嚇了一跳，抬起頭，哭喪著臉。「綠佩，妳又怎麼了？為何平白打我？」

「還好意思問！你沒瞧見主子心情不好嗎？你還擺出一副苦瓜臉，一會兒主子轉頭看到你，豈不是添堵？快笑起來！」綠佩說著就伸手去揪侯寧的耳朵。

侯寧身高體壯的，此時被一踮著腳尖的小婢子揪得「哎喲哎喲」直叫喚。扭不過綠佩，但侯寧因為擔心主子，實在是笑不出來，皺起的一張大臉比苦瓜還要難看。

就在綠佩和侯寧瞎鬧騰時，一位身著秋香色撒花小襖，矮髻上只簪兩支翠綠玉笄，打扮頗素淨的女娘快步走到溫榮身後約莫三尺的距離，遲疑地問道：「請問是南賢王妃嗎？」

碧荷等人聽見聲音，都趕忙到溫榮身邊候著。

溫榮回過頭打量那女娘一番，記憶裡並無此人。她點了點頭，又顰眉詫異道：「妳是？」

聽言，那女娘面露欣喜，也顧不上還在朱雀大街，忽然就跪在了地上。「奴見過王妃，王妃的大恩大德，奴沒齒難忘！」

溫榮等人被那女娘莫名其妙的舉動弄得滿頭霧水，溫榮正要上前將人扶起，侯寧已先攔在前面，警覺地看著那女娘。

王爺交代他保護好王妃，這是王爺留給他的唯一任務，若連這點事都辦不好，怎對得起在邊疆為大聖朝和百姓浴血奮戰的主子？

侯寧低聲說道：「來人可疑，王妃千萬莫要掉以輕心。」

溫榮無奈地看了侯寧一眼，朝女娘說道：「快起來吧。只是我們素未謀面，何來大恩大德一說？娘子怕是認錯人了吧？」

娘子起身朝溫榮莞爾一笑。「不會認錯的，王妃是軒郎的妹妹，奴曾遠遠瞧見過王妃，可因奴出身卑賤，地位低下，一直不得機會親自上前向王妃請安和道謝。」

溫榮仔細端詳那女娘，十八、九歲模樣，眉目清晰，目光坦蕩，說話得體，行為舉止也端莊大方，不見半點輕浮的地方。溫榮聽到女娘提起軒郎，腦海裡念頭一閃而過，略帶疑惑地問道：「妳是……鄭大娘子？」

女娘驚訝地看著溫榮，連連點頭。「奴聽軒郎提起過，是王妃將奴從那水深火熱之地贖出來，後又給了奴安生之所，不至於流落街頭。」

溫榮親和地笑了笑，直言道：「不過是舉手之勞罷了，何況我是看在哥哥的分上才幫忙的，鄭大娘子不必謝我，」

鄭大娘子仍舊感激地說道：「奴知曉，溫老夫人和夫人皆不待見奴，但奴能理解也從未怨恨。軒郎出身尊貴，從小又受了極好的教習，老夫人和夫人自然擔心軒郎叫奴這流落風塵的女娘耽誤了，而王妃是盛京貴家女娘裡唯一不嫌棄、肯幫助奴的。」

溫榮忍不住對鄭大娘子刮目相看，鄭大娘子這會兒出現在朱雀大街，估摸是想再見軒郎一面，故出府送行的，他二人這一別也是數年不得見。

鄭大娘子看了眼守在溫榮身邊的壯漢和兩名婢子，很明顯那壯漢是南賢王留下來保護王妃的，而那兩名婢子則無拳腳功夫。鄭大娘子蹲身道：「王妃的大恩，奴是無以為報了，奴除了彈小曲、作詩外，也無旁他本事，只打小學了些拳腳功夫，不常用罷了。倘若將來王妃有用得著奴的地方，儘管吩咐奴，奴萬死不辭。」

聽到鄭大娘子會武功，溫榮多看了她幾眼。身段苗條卻不會弱不禁風，仔細瞧會發現骨架子比一般貴家女娘略大些，約莫真是習武長大的。溫榮讚許道：「鄭大娘子有這份心，我十分高興，往後真有甚事，再來麻煩鄭大娘子。」

鄭大娘子是受寵若驚，而溫榮也捺著性子同鄭大娘子多寒暄了幾句。鄭大娘子是極有眼力見的人，看到溫榮開始心不在焉，亦不敢耽誤溫榮太多時間，一會兒就告辭離開了。

碰見鄭大娘子，又說了幾句話，溫榮一時倒是回過神來了。雖然有寸步不離跟在她身邊的綠佩等人，可她心裡卻真真寂寥難耐，她不想這般快回空蕩蕩的南賢王府，她害怕自己會再度陷入相思之中，難以自拔，因此，她吩咐綠佩將馬車喚來，打算先去溫府看望祖母和阿娘，一起用過午膳後再回南賢王府。哥哥軒郎離開了，溫榮心裡明白，祖母、阿娘的心情定是與她一樣。這幾日最難熬，她該常去溫府，一來與祖母、阿娘做個伴，二來也可打發漫長時光。

溫府自是滿園惆悵，穆合堂裡，謝氏和林氏皆眼圈紅紅地靠在軟榻上發怔。聽到溫榮來了，謝氏直起身子，精神似恢復了些，而林氏想起溫榮夫郎也去了邊疆，更唉聲嘆氣起來。

溫榮本打算像往常一樣坐到祖母身邊的，可林氏一看到溫榮進內堂，率先起身迎上前，一下子摟住溫榮哽咽，連聲感慨苦命的孩子。

溫榮也不知那「苦命的孩子」是在說她還是指遠赴邊疆打仗的軒郎，只單瞧見林氏悲傷的模樣，她就忍不住跟著一起抹眼淚了。

林氏哀戚戚地說道：「我早說了不同意軒郎習武的，這不，府裡點頭還沒一年呢，就去那甚地方餐風宿露的，一旦開始打仗，便是生死未卜。偏偏妳夫郎和大哥一起出征，留了我們這些婦孺在京裡擔驚受怕。早知如此，就該讓軒郎早些成親，若能替府裡添個孩子，也不至於這般冷清淒涼。」林氏越說心裡越堵得慌。「還有妳，妳都成親大半年了，這肚子怎無一絲動靜？罷罷，還好現在年紀輕，只不知王爺幾年後才能回來，王爺不在盛京的這段日子，左右妳一人在南賢王府無事，每日過來，娘親手替妳熬補身子的藥膳。」

溫榮被阿娘說得面上掛不住，她本期著祖孫三代可以互相安慰，可這會兒阿娘的注意力似轉移了，也不提軒郎他們，卻開始管起她的身子。晟郎離開盛京，在阿娘眼裡，她怕是又成了未出嫁的娘子。溫榮也不知該如何回應，若她常回來吃阿娘煮的藥膳，能令阿娘不因為軒郎離開而每日鬱鬱難安，她倒還真是願意的。

謝氏先聽不下去了，朝林氏說道：「妳這當阿娘的怎那般不曉事，王妃這會兒明擺著才在朱雀大街走了一遭，正累著呢，就算要說話，也該將王妃的大氅解了，拿個手爐來，請王妃坐下歇著。」

林氏一愣，看了溫榮一會兒，才發現溫榮兩鬢沾了水霧潮氣，明顯是一早就出府在外頭站了好久的。林氏十分不好意思，趕忙牽了溫榮坐在軟榻上，汀蘭已經捧了手爐過來。溫榮的手指被凍得紅腫，謝氏和林氏看到了心疼不已，林氏又忍不住埋怨幾句，道出征的皆沒良心。

溫榮抿嘴笑道：「阿娘此言差矣，突厥都快打到聖朝家門口了，國在家在，國破家亡。聖主有要求，這一戰必須大傷突厥元氣，令突厥至少安靜三十年。晟郎、軒郎他們其實是為了保護我們，為了我們能有安生富庶的日子過，才遠赴邊疆的。」

林氏的眼圈又紅了起來。「我也明白道理，可聖朝那般大，能差了他幾人嗎？林家大郎也是，口口聲聲國家興亡、匹夫有責，可他們一個個可知曉，我們心疼得每宿每宿睡不著覺，睜開眼就忍不住落淚！妳舅母前兩日才當眾說了，說那些個郎君打小之乎者也，好似滿腹經綸，其實不然。我們這些婦孺都知曉《五經正義》裡有『修身齊家治國平天下』，那『齊家』可是在『治國、平天下』之前的，可他們連個娃兒都不給府裡留下，就滿口國家道義地跑了！」

溫榮求助地看向謝氏，阿娘滿心怨氣，怨軒郎不曾成親，不曾給她留個孫子，可抱怨也無甚用，所有人都沒辦法。

謝氏果然不滿地說道：「夠了，天天唸叨幾句俗不可耐的無用廢話，光顯妳眼界心胸狹小，也不怕丟人，遭人厭棄。榮娘過來，讓祖母仔細瞧瞧。這幾日似圓潤一些，不像秋天那般瘦削了。現在王爺雖不在府裡，可妳更要注意和照顧好身子，如此才對得起遠在邊疆的王爺，將來王爺回來看到妳一切安好，也能安慰。」

溫榮連連點頭。「祖母所言極是，兒定然會照顧好身子的。」

茹娘在旁好奇地問道：「先才阿姊真的去送將士了嗎？那場面是不是很壯觀？聽說聖主親自護送，而太后、皇后也都到城門上了！」

溫榮笑道：「是的，城裡許多百姓都來了，此次六品以上新晉將士多是貴家親眷，在城裡少不得引起轟動。茹娘怎未去瞧熱鬧？」

茹娘頗為委屈地看了謝氏一眼。「祖母擔心兒惹禍，不肯了。」

溫榮頷首道：「也是，街上人多，難免魚龍混雜，祖母是在替茹娘著想。王爺亦是不肯我去的，無奈他出征，管不住了。」

謝氏看著溫榮，心底的鬱煩淡去了些。軒郎雖是好的，可遠不及榮娘懂事，這些孩子裡，謝氏打心裡最疼、最喜歡溫榮，那些個郎君出征，榮娘可時常回來陪她，尚算因禍得福，想著，謝氏多少有些安慰。

謝氏吩咐汀蘭去準備午膳，特意交代廚房多做兩道暖身子的羹湯，再放些薑米，榮娘一早送軍，難免受到寒氣。

用過午膳不多時，外院忽然通報丹陽長公主過來了。謝氏、溫榮等人頗為詫異，不待細想，先急急忙忙將丹陽請了進來。

一進穆合堂，丹陽便大大剌剌地說道：「本是去南賢王府尋榮娘的，結果小廝言榮娘一早出府看熱鬧去了，一直未回來，我仔細一想，榮娘在盛京除了母家溫府，也無甚地方可去，都在一坊市，不遠，我不過順便繞過來，果然叫我尋到了榮娘。」

今兒丹陽面上打了頗重的傅粉，就算早上送林子琛時沒哭，前幾日也定然沒睡好。溫榮捧了杯熱飲子給丹陽，問：「甚事這般急著尋我？」

「一人悶得慌，琛郎走了，太后那兒又給我添堵，想來想去，只能尋榮娘說話訴苦了。」丹陽嘆口氣，蹙眉靠在軟榻上，顯得很疲憊。

溫榮正想安慰丹陽，謝氏已先嚴肅地問道：「太后針對妳了？」

丹陽說者無心，未想到老祖母會留意上，她知謝氏身子不好，故頗為擔心地看向溫榮，不敢隨便往下說，見溫榮點頭，丹陽才鬱鬱地說道：「太后言國庫空虛，凡事節儉，先降了我的食封戶，現在我的食封戶與衡陽等人一樣，又言要以德陽為戒，後宮封賞也降了規格。」丹陽無奈地搖搖頭。「罷罷，好歹我也不是驕奢淫侈之人，原本就是有餘的，也不差那一些了，只是心裡憋屈，好似刻意打壓我一般。」

溫榮垂首不言，太后就是在打壓丹陽。丹陽是前長孫皇后及睿宗帝最寵的公主，食封戶和賞賜皆獨此一份，無人可比，太后此舉無非是在昭示她的權勢，令世人知曉如今後宮掌權的是她。

謝氏冷笑一聲。「太后這腳跟都還沒站穩呢，就想一手遮天了？」

見祖母面上露出一絲不屑的笑容，溫榮目光微閃。這半年來，祖母時常進宮陪太皇太后說話，既然祖母露出這神情，想來太皇太后是知曉太后做派的。

太皇太后出自弘農楊氏，如果陳留謝氏和弘農楊氏兩大氏族一同對付琅琊王氏，勝算是極大的，只是這般衝突太烈，溫榮擔心會動搖皇室根基。更何況，現在是對外征伐的關鍵時候，絕對不可以發生內亂。不知太皇太后和祖母究竟作何打算，又有甚好法子？

丹陽徑直問道：「祖母可有同老夫人說什麼？祖母真的不肯再管，就任由太后為所欲為嗎？」

謝氏疼愛地瞧著丹陽。「傻孩子，妳祖母捨不得妳受委屈，可也捨不得妳操心。太后那點膽子只敢隔衣搔癢，妳們暫且安心過自己的日子，受的委屈先忍著，咱走著瞧！」

溫榮掩嘴笑，祖母同丹陽說話像哄孩子似的，丹陽卻最吃這套，當即喜笑顏開起來。有了祖母等人給的定心丸，每日除了思念林子琛，她又可以沒心沒肺地過活了。

這一晃眼就過去了半年，果然如謝氏所言，自南賢王等人出征後，太后只敢偶爾折騰點小事，時不時給溫榮添點堵，其餘算安分守己。

正值盛夏，溫榮剛打包好三套羅絲薄衫，又準備了一些剛曬的肉脯果乾，令快馬送去邊疆與李晟。

溫榮執錦帕沾井水拭面，看著書案上滿滿登登的信箋，眼角彎起，抿嘴輕笑。自李晟到了邊疆後，幾乎每日都會與她寫信，信裡除了充滿相思意的文字，還會放上一抔白沙或是一棵白草。

綠佩一邊朝庭院喊著什麼，一邊撩開簾子進來。「主子，去林府的馬車準備好了！」

溫榮面上笑意更盛，這半年裡好事不少，琳娘順利生下白白胖胖的麟兒，據說孩子滿周歲後就會被冊封為太子，而另一驚喜是丹陽已經身懷六甲了！原來林子琛出征時丹陽就懷了，只是她大大咧咧的，直到月信推遲半月才請醫官診脈。

今日就是琳娘約的溫榮一道去林府看望丹陽。

溫榮換了身寬鬆的半臂高腰襦裙，將親手醃的蜜果子裝進食盒。溫榮未料到丹陽懷孕後，反應竟然比當初的琳娘還要大，除了身子發軟，再無法四處亂跑外，食慾也差了許多，原先愛吃的木蜜金毛麵、炙脯等偏油膩的食物是一口都不能碰，否則會反胃一整日。

丹陽現在最饞的就是溫榮醃的蜜果子了，開胃又爽口，廂房的案桌上隨時都放著一碟，消耗極快，隔幾日丹陽就會向溫榮討要，溫榮每日都得抽時間醃蜜果子，生怕丹陽斷了頓。

溫榮乘上馬車，才行至安興坊坊市大門處，就被攔了下來。

綠佩上前探問後匆匆趕回馬車上，溫榮知悉攔下馬車的竟是琳娘，不禁愣了愣。原本琳娘主動邀她前往林府看望丹陽時她就滿心疑惑了，這會兒又在坊市門口等她，此舉更令溫榮不解。溫榮撩開帷幔落馬車，一眼就瞧見過來迎她的春竹和紅尖頂黑檀格窗四輪馬車。

溫榮快步行至馬車旁，剛踩上矮凳，就有隻手伸出來拉她，車廂裡的人迫不及待要見她。若不是溫榮認出那隻手上戴的和闐碧玉鐲確實是琳娘的，怕是就警惕地退下了。

車廂裡，琳娘正搖著團扇搧涼，嘴唇緊抿，眉心深陷。

溫榮在琳娘身邊坐下，詫異地問道：「今日為何出宮？年兒呢？妳前幾日才說恐王氏族人對他不利的，怎放心將他一人留在宮裡？」

李奕與謝琳娘的長子喚作李斯年，是太上皇賜的名。於萬斯年，受天之佑。由此可見太上皇極喜歡李奕的長子，對年兒寄予了極大厚望，美好期望下還蘊含了太上皇對大聖朝的祝福，希望大聖朝隨著年兒的降生和成長，能國運綿長，萬世恆昌。

琳娘握住溫榮的手，解釋道：「一大早我就將年兒送到延慶宮了，由太皇太后、太上皇二人看著，如此不但讓他兩位老人家高興，而且絕無人敢在太上皇的眼皮子底下對年兒下手，我也放心。」說罷，琳娘頓了頓，擔憂地看著溫榮，嚴肅地開口。「榮娘，我是真有要緊事尋妳。昨晚我帶年兒去向太后請安時，廊下宮婢估摸是一時腹痛離開了，我本打算自己撩簾子進去的，不想隱隱約約聽見太后與旁人說起南賢王。」

溫榮心一緊。「琳娘可有聽清他們說什麼？」

琳娘搖搖頭。「只聽得一、兩句，廊下宮婢就回來了。」琳娘聲音略滯，眼底隱見怒氣。「太后讓人傳話到邊疆，要王節度使及王氏將領趁兵荒馬亂之時，了結南賢王……」

「啪嗒」一聲，溫榮手中的團扇一下子落在了地上，驚得面色慘白。晟郎遠在邊疆，縱是身邊有林大郎、軒郎等心腹，但初出茅廬的他們都抗不了身經百戰的王節度使，倘若王節度使著意暗害……大熱天裡，溫榮冷汗涔涔。太后心狠手辣，確實幹得出這等事！

溫榮穩了穩心神，太后昨晚才下的命令，好歹晟郎也是正三品懷化大將軍，真要對付晟郎也不是那般容易的。溫榮算算時間，先才她將包裹交與快馬侍從，似說了讓近午時再送出去，她現在回府，將消息和包裹一併送往邊疆還來得及。

溫榮深吸口氣。「琳娘，妳先陪我回一趟南賢王府，我要寫封信與晟郎，耽誤不了多少時間，一會兒再去林府探望丹陽。」

琳娘頷首道：「好，正好我還有事要與溫榮商量，一邊走一邊說。」

馬車掉頭駛回南賢王府的路上，琳娘又將心底恐懼說了出來，向榮娘求助。「榮娘，昨兒廊下宮婢回來後高喚了一聲，待我進內殿後，發現太后殿裡根本無外人，想來那人悄悄自側門離開了。我對朝堂官員不熟，聽聲音根本猜不出是誰。昨夜太后多番試探我，打量我的眼神亦是明暗莫測，定然是懷疑我偷聽到她說話了。」

琳娘微微吞嚥口水。「榮娘，太后怕是不會放過我，要殺人滅口。我還要保護年兒，不能任其宰割的，可昨兒我想了整整一晚上，也想不出甚對付太后的好法子。榮娘，我是真受不了整日提心弔膽、惶惶不安的生活了！」

溫榮反握住琳娘的手，摁了摁琳娘的手背，以令琳娘心安。「琳娘，妳先冷靜一下。」溫榮能理解琳娘，除了要保護自己，還有一個年幼的孩子，故琳娘確實每日都處在極度緊張恐慌的壓力下。

溫榮本打算先自保，再同太后慢慢耗的，現在看來不行了，一來琳娘隨時會崩潰，二來太后已經對晟郎下手，她絕對不可能作壁上觀。

溫榮低聲問道：「琳娘，我前幾月不是讓妳盯緊太后嗎，可有發現甚異樣？」太后安插了人在她們身邊，她們也一樣不甘示弱。

琳娘的氣息總算順了起來，仔細回憶後頗為惋惜地說道：「皆好，無異樣，只入夏後太后精神不濟，聽說經常失眠，身子憊懶不少，醫官去看過幾次，也開了不少安神定心的補藥，其餘就再無不妥了。」

溫榮柳眉微顰，細細思量琳娘與她說的。精神不濟嗎？夠了。只要找醫官瞧過，就不會引起他人懷疑。這兩日她準備一番，到時候進宮探望探望太后，盡盡孝道。

回到南賢王府時，快馬侍從正準備出府。

溫榮讓琳娘在廂房歇息，她則快快畫了一張圖，吹乾墨汁後摺好塞進信封，同裝了絹服、肉脯的包裹放在一起。信裡沒有一個字，只是一幅她和晟郎才能看得懂、藏了深意的激流落崖圖，就算信落入旁人手中，也無礙。妥當了後，溫榮令晟郎心腹侍從立即前往邊疆。

待溫榮和琳娘到林府時，剛過午時，瑤娘將二人迎進廂房，甄氏也趕過來向琳娘和溫榮請安。

丹陽靠在矮榻上，瞪大了眼睛看她二人，因為妊娠反應大，吃不下東西，故丹陽消瘦了不少，可精神頭卻十足，噘起嘴就開始數落。「妳二人還有良心嗎？妳們捫心自問，我哪次探望妳們不是一早就趕出府，巳時就到的？妳們睜大眼睛瞧瞧，這都甚時辰了？妳們就是過來吃飯的吧！」

甄氏見丹陽對琳娘無禮，臉一陣紅、一陣白，忙在旁道歉。

謝琳娘不以為意地擺擺手，朝丹陽笑道：「我現在出宮一趟著實不容易，妳再這般咋咋呼呼的，我可回宮照顧年兒了。」

丹陽臉一癟。「好琳娘，別走別走，過來陪我說說話，我可是好幾月沒見著妳了！」

年兒滿月時，丹陽挺著肚子進了一趟宮，之後都在府裡安心養胎。溫榮是隔幾日就會來陪丹陽，而琳娘是幾乎不能出宮。

溫榮在旁玩笑道：「丹陽不怎麼吃得下東西，所以一到用膳時辰脾氣就特別差，琳娘別同她一般見識。」

丹陽瞅著自己隆起的肚子，大剌剌地說道：「琳娘，估摸我會生個漂亮的郡主，就許了妳家年兒了，妳不會嫌棄我們吧？」

琳娘掩嘴好笑。「求之不得呢！」琳娘含笑的眼睛瞟了眼在旁訕訕笑的甄氏。「只丹陽這頭胎恐怕是個小郎君，我們年兒沒那福氣了。」

丹陽眉頭皺起，看向溫榮。「那榮娘生個女娃娃給我當兒媳婦！」說罷，不忘瞥一眼笑得正歡暢的琳娘。「年兒和榮娘的娃兒是堂兄妹，妳也打不了甚歪主意！」

琳娘趕忙擺手。「丹陽這話說得嚇人，將來榮娘肯不肯將女兒嫁到妳家當媳婦，我說了不算，妳自個兒討好榮娘去！」

溫榮有些尷尬，她確實不介意生男孩還是女孩，只現在琳娘和丹陽都懷上了，而她呢？漫說要孩子了，晟郎都不知何時才會回來。她乾脆不應這二人，任由她們插科打諢。

過了一會兒，甄氏上前笑道：「午膳早已準備好了，請皇后殿下、王妃、長公主移步花廳。敝舍寒陋，還請殿下、王妃不嫌棄。」

「給她二人熬鍋白粥都夠了！」丹陽嘟嘟囔囔的，忽然哭喪著臉看溫榮。「榮娘，蜜果子醃好了嗎？我的又快吃完了！」

溫榮無奈地端出食盒。「再好吃也不能當飯吃！妳吃得急，我做得趕，所以醃漬時間不夠長，味道恐怕沒以前那般好了。」

丹陽頭搖得博浪鼓似的。「無妨無妨，是榮娘親自醃的就行！」

丹陽的貼身婢子接過食盒後，照丹陽吩咐，立即盛了一小碟出來，丹陽將蜜果子放在食案上，專門供她配飯用。

下午幾人聚在一起說新鮮事兒，溫榮、琳娘聽說瑤娘定了親事，對方是禮部侍郎家大郎君，紛紛向瑤娘祝賀。琳娘是打心底鬆了口氣，溫榮則是真心替瑤娘高興。

琳娘記掛著留在宮裡的小皇子，未時剛過就坐不住了。

丹陽能理解，並不強留，讓府裡備馬車送二人離開。

乘上馬車後，二人收起面上歡顏，琳娘嘆氣道：「榮娘，妳有想出甚好法子嗎？」

溫榮心裡有思量，可還不能打包票。她想了想，除了部分不能讓琳娘知道的事情，其餘大致想法以及需要幫忙的地方，都告訴了琳娘。

琳娘先是十分驚訝，而後眼睛一亮。「好主意！我回宮就請盧醫官，待盧醫官打聽到消息，會立時想辦法將信送出宮與榮娘。」

溫榮叮囑道：「此事急不來，需暗地裡行事，千萬別叫他人知曉。」

盧醫官現在是太上皇的近身御醫，在尚醫局的地位已然不同。太上皇極信任盧醫官，小皇子出生時，太上皇曾命盧醫官替小皇子安了脈，故除了太上皇和太皇太后，其餘人皆不敢隨意使喚盧醫官。外人不知曉盧醫官同溫榮、皇后等人私交頗好，現在琳娘貿然去請盧醫官，難免引人口舌和懷疑，甚至可能令太上皇不滿。

琳娘頷首道：「榮娘放心，許是我懷年兒初期被王玥蘭等人下藥的緣故，年兒總是驚夜睡不好覺，我早想讓盧醫官好好瞧一瞧了。一會兒去接年兒時，我就將緣故告訴太上皇，憑藉太上皇對年兒的寵愛，保准一口答應，絕不會惹人懷疑的。」

「好，這事就拜託琳娘了。」溫榮要知道太后所服的湯藥裡有什麼藥材，而她們不可能直接去尚藥局問，更不可能到太極宮的廚房看藥渣子，唯一的辦法便是趁著尚藥局熬藥時，讓盧瑞娘去那附近走一遭，瑞娘靠鼻子聞，就能辨出藥材及用量。

出了興寧坊，琳娘就同溫榮告別了。

溫榮乘上南賢王府的馬車，靠在軟褥上沈思。知曉太后服食的湯藥藥草只是第一步，倘若太后真只服用一些極其溫和的補藥，她還得冒險。

失眠之人身體虛軟、焦躁不安，長此以往會影響到精神狀態，甚至產生幻覺。

溫榮想要太后回憶起她曾經做的惡事，在太后精神不濟這一病症上推波助瀾一番。

第四十八章

回到南賢王府後，溫榮換上一身素色絹紗，將雙手洗淨，吩咐綠佩和碧荷同她一道前往李晟的書房。

李晟離開前一晚，同她說了許多事情，有關於其生母王賢妃的，也有關於曾經在臨江王府碰到西域番僧的……不論晟郎說什麼，溫榮都只安靜地靠在李晟懷裡聽著。縱是偶然有驚訝，那情緒也如小石落入深海一般，轉瞬便沒入溫榮平和的心境。

李晟曾從睿宗帝那兒拿回一幅畫，就放在府裡。

溫榮到書房後徑直去了一旁的小隔間。李晟曾與她說起，年幼時為他過世母妃畫過人像，畫像得聖主讚賞，又被聖主拿走了。李晟以為不可能再見到此畫像，不想去年聖主病重之時，將這幅保存完好的賢妃像還給了李晟。畫像就存放在書房隔間的楠木箱裡，李晟離開前將這件事告訴溫榮，就是默許溫榮隨時打開看。

溫榮對賢妃一直心懷敬畏，故半年過去，若不是此次晟郎有難，需要賢妃幫忙，溫榮仍不敢獨自一人窺視賢妃仙容，驚擾賢妃安寧的。

碧荷將每盞壁燭都換上了新蠟，仔細點燃燈芯，書房一下子亮堂了起來。

靠近楠木箱，溫榮的心怦怦跳個不停。她曾多次想像賢妃究竟是何模樣，聽聞比之年輕時的太后還要美豔三分。溫榮垂首羞澀一笑，想來也是，若非絕色佳人，怎可能生出晟郎這般俊朗優秀的郎君？溫榮輕跪在楠木箱前，楠木箱的落鎖上沾了幾點灰塵，她執錦帕小心將灰塵擦去。往後她要經常過來，勤加打掃，時時保持明淨，不能叫晟郎的心愛之物染上塵埃。「哐啷」一聲，溫榮打開鎖，楠木箱蓋被抬起放至一旁。一幅用紅綢纏著的畫卷靜躺在錦緞之上，溫榮將畫捧出來，放於書房案桌上，再小心展開。

一位綰九環望仙髻，著寶藍色紗羅長衫、銀白落地長裙的絕美仙子頓時呈現在眼前。

溫榮心一暖，不知是王賢妃與她脾性相仿，還是當年作畫之人尚年幼，不喜鈴鐺環珮之物，畫裡佳人身無珠釵、面無點妝，但素雅裡更呈現出極致美麗，令觀者驚心動魄，甚至忘了呼吸。

綠佩早看直了眼，在旁喃喃自語道：「本以為這世上沒有人比得過主子了，不想王爺的母妃竟然與主子一樣美麗，難怪王爺那般清俊……」

碧荷嫌棄地推了綠佩一下，低聲抱怨道：「哈喇子要滴到我鞋上了，像甚樣子？快讓開一些！」

溫榮雖不至於像綠佩那樣失態，但面上亦是不掩飾的驚豔。怪道當初太后那般嫉妒王賢妃，她二人雖是孿生姊妹，眉眼頗像，可王賢妃的五官比之太后多了幾分靈性。太后精緻面容似一張看不到心的面具，而溫榮眼前的畫中人卻是明明白白的秋水姿、玲瓏心。

溫榮凝神，王賢妃似乎也在看她，二人神態都是一樣的，嘴角微揚，雙眸含語，俱可謂巧笑倩兮、美目盼兮的絕代佳人。

溫榮的笑意在面上慢慢綻放，有王賢妃在的後宮，六宮粉黛皆無顏色。溫榮深吸了口氣，王賢妃是晟郎母妃，賢妃過世前與晟郎是朝夕相處，故此晟郎才能如此瞭解賢妃，才能畫出栩栩如生的賢妃像。當初晟郎在她面前言畫得不好，還真是謙虛呢。

溫榮小心地將畫卷收起。或許不是晟郎謙虛，而是王賢妃真的比畫中還要美麗。更何況，在孩子心目中，阿娘本就是最美的、無人能及的。

碧荷在旁小心問道：「主子，要準備畫筆和宣紙嗎？」

溫榮搖搖頭。「時辰不早了，我們先去歇息，明早我再過來。」溫榮要臨摹王賢妃的畫像，只是要換一種神情、換一個姿態。

溫榮沐浴更衣後躺在了箱床上，本是十分擔心晟郎，故心神不寧的，可不知為何，在看了賢妃的畫像後，溫榮的心就平靜了下來，不消一會兒，溫榮便沈沈睡去，一夜無夢……

第二日辰時已過，溫榮還端著碗白粥，就幾道可口小菜慢慢吃著。今兒她睡遲了，碧荷和綠佩也不肯叫她。

突地，一名小廝趕到廊下，通報有客人過來，未具體說是誰，只言宮裡下來替溫榮診脈的。

溫榮一愣，忽然明白過來，站在廊下說道：「快將醫官請進來，昨兒出了一趟門，許是中了暑氣，渾身不舒服。」

綠佩和碧荷面面相覷，綠佩緊張得就要上前詢問主子哪兒不舒服，卻被碧荷一把拉住。碧荷朝綠佩打了個噤聲的手勢，生怕綠佩壞了主子的事，主子先才分明是嚷嚷給太后的眼線聽的。

很快的，小廝領了名身穿青袍，紮襆頭作郎君扮相的醫官進來，溫榮一眼認出是盧瑞娘，很是驚喜。

溫榮牽著盧瑞娘進廂房，不好意思地命婢子將食案收走，擺上新鮮飲子、水果和點心。

盧瑞娘玩笑道：「榮娘，王爺才離開半年呢，妳就這般憊懶了，到時候王爺回來，妳改不了懶散要如何是好？」

溫榮笑道：「偏生事兒巧，半年來我第一次睡遲就叫妳撞到。瑞娘，昨天皇后找妳了嗎？怎有空親自過來？太上皇可知曉？」

盧瑞娘好笑道：「瞧妳急的，一口氣問幾個問題，要我先回答哪個？」說著，盧瑞娘的語氣就嚴肅了起來。「皇后找過我了，我還以為是小皇子不舒服，可不想她好端端地要我去查太后服用的湯藥，問原因皇后不肯明說，只讓我查到有甚藥草後來問妳。榮娘，我只有半日工夫，午膳要趕回宮裡，故有話直說，長話短說。」

溫榮不繞彎子，直言：「瑞娘，太后要對王爺不利，而且因為琅琊王氏要擴張勢力，打壓另外三大家族，故琳娘在宮裡的日子也是提心弔膽的。我們從未想過要針對太后，實在是太后欺人太甚，我們忍無可忍了。瑞娘放心，我與琳娘皆無意謀太后性命，只是要她無精力再對付我們。」

盧瑞娘垂首沈吟片刻，她對溫榮所言是深信不疑，因為皇后懷孕伊始被王家人下藥，就是她親手診治保住孩子的。盧瑞娘嘆口氣，道：「罷了。太后服食的並非尋常的安神湯藥，大部分藥材不值得一提，但其中有一味金絲鹿銜草卻極罕有，是治療氣虛血虧的奇藥，服用此藥之人不能沾染辛香刺激，尤其是某些西域奇香，輕則損藥性，重則在服藥後兩個時辰內出現血速過急的症狀，由此會導致人口乾舌燥、焦慮難安、精神極度緊張，那時的病人禁不起半點刺激。」盧瑞娘眸光微閃。「若妳們派人盯梢太后，應該會發覺這幾日太后廂房沒有用香料，甚至衫裙都不肯熏香……榮娘，我不想知道妳們究竟作何打算，也無甚追求抱負，只希望每日能安安靜靜地琢磨草藥和醫術。為免他人懷疑，我先回宮了。」

溫榮臉一紅，是她自私地將瑞娘牽扯到此事中。溫榮起身朝盧瑞娘躬身，愧疚地說道：「是我未考慮周全，令瑞娘為難了。」

盧瑞娘趕忙將溫榮扶住。「於禮不合，妳這是要折煞我了。罷了，誰讓我認了妳這朋友，但再多我也幫不上忙了。」

溫榮又感謝了瑞娘一番後，親自送瑞娘上馬車離府。

送走瑞娘後，溫榮未回廂房，而是去了李晟書房，在書案前端坐下來，托腮顰眉思量著，目光落在書案一角的小葉紫檀鎮紙上，拿起端詳，這方鎮紙是哥哥兩年前贈與晟郎的。

細算來，哥哥入京沒兩月便結識了林家大郎、晟郎還有現在的武孝帝李奕。許是道不同不相為謀，後來哥哥與晟郎、林家大郎越走越近，同李奕反而疏遠了。還真是天注定的緣分，原先一起品詩畫、練騎射再又結為至交的三人，竟又一起遠赴邊疆了。

溫榮抬起手，將鎮紙重新擺放，瑞獸首正對西方，銅鈴般雙珠泛閃柔和光芒，纖纖細指順著鎮紙上的瑞獸紋來回摩挲，希望遠方的他們一切安好。

溫榮收回目光，站起身朝外走去，一邊走一邊吩咐道：「備馬車，我們先到溫府，再從溫府轉南郊。」既知曉了太后所服湯藥的大忌，便不用再拖延，以免時間久了節外生枝。她手中無甚異香，但她想到了一人，或許願意幫她忙。

綠佩雖滿頭霧水，但仍照溫榮吩咐安排馬車。

溫榮只帶綠佩、碧荷、侯寧出府，走至院子月洞門處，正巧碰到管家盧嬤嬤來問事。聽是莊子上的事，溫榮溫和地笑道：「多虧盧嬤嬤管得好，今年莊子才能有好收成。對了，盧嬤嬤記得親自挑選幾筐最大、最新鮮的櫻桃、葡萄送到宮裡去，平日我們多得太后、皇后照顧，也該盡盡孝心。」

「是，主子放心，奴婢一定安排妥當。」說著，盧嬤嬤餘光瞥向綠佩等人，小心問道：「快到午膳時辰了，主子可是要出門？」

溫榮好脾氣地回道：「左右無事，我去溫府看看老祖母，陪她老人家用膳。對了，估摸祖母和阿娘會留我用晚膳，所以會晚些回來。」說罷，溫榮坦然地朝盧嬤嬤笑了笑，轉身帶婢子離開。

盧嬤嬤站在原地默默地望著溫榮的背影，忽然嘆了一口氣，又無奈地搖搖頭。她確實是太后安插在南賢王府的眼線，她剛進王府時，王妃還未嫁進來，而她是一開始就做好了勾心鬥角、被陷害、被冤枉，苦苦支撐、永遠無好日子過的心理準備。很快的，王妃嫁進來了，但一切和想像的不一樣，她無論如何都沒想到，在王府當管事嬤嬤竟可以這般輕鬆舒坦。

庫房、廚房還有西院，王妃確實未讓她插手，甚至慢慢調離太后的人，但是王妃溫和善良，調離的僕僮、小廝皆在莊子上接到了肥差，比原先在院子裡聽遣要好上許多倍。

而王妃待她呢……盧嬤嬤眼眶微微濕潤，她的夫郎、孩子都在西郊莊子上做事情，去年大孫子發急症，她急得團團轉，王妃知曉了立即安排人請郎中，又吩咐馬車將她和郎中送往西郊莊子，郎中診治後開完藥方子又留下藥材，接著她才發現，原來王妃連診金都替她付了。而後王妃又送了許多滋補身子的名貴藥材與她，還准她的假，讓她可以隨時回莊上探望照顧孫子……盧嬤嬤忍不住解下帕子擦擦眼角。現在她最不願意見的就是太后派下來問話和打探消息的宮婢了。盧嬤嬤啐了一口，也是個奴婢罷了，何苦在她面前擺出高高在上、頤指氣使的姿態，令她十分厭惡。

王妃是好人，是真正的大好人，這般善良溫和的主子怎可能去害人呢？盧嬤嬤轉而擔心太后要對王妃、王爺不利，可她又什麼都不懂，幫不了王妃。

不知從何時起，太后能得到的、關於南賢王府的消息，都是「一切正常」、「王妃安分守己」……

溫榮到溫府後，才知曉阿娘帶著茹娘去明光寺燒香拜佛，替軒郎他們求平安了，要用過齋飯才會回來。溫榮無奈攤手，自從那些個打小嬌生慣養的貴家郎君出征後，盛京各處寺廟的香火都旺了數倍不止。

穆合堂裡，謝氏合眼坐在蒲團上，手撚菩提子串珠，雙唇翕動。

溫榮不敢驚擾到祖母，遂先去了側房，命汀蘭取幾套郎君袍服過來。

汀蘭見溫榮催得急，也不敢細問耽擱。

很快的，溫榮換上了一身靛青色圓領錦緞袍衫，而碧荷、綠佩亦喜孜孜地穿一身赭色窄袖袍服，皆做郎君扮相。

待溫榮回到穆合堂，謝氏已經站起身，收好蒲團，看到溫榮的俊俏打扮，忍不住笑道：「榮娘可是要扮成軒郎模樣逗我們開心？」

溫榮搖搖頭，在謝氏身邊坐下，摟著謝氏的手臂說道：「祖母，兒一會兒要去南郊。」見謝氏面露疑惑，溫榮小聲將太后要害晟郎，而她也準備對付太后之事告訴祖母。

謝氏驚聞李晟可能有危險，臉一下子黑了，顫抖了聲音罵道：「膽大包天、令人髮指！漫說現在太皇太后、太上皇還坐鎮大明宮，就算他們徹底不管事了，她王冉卉也別妄想將天捅破了去！」

溫榮聽到祖母直呼太后名諱，嚇了一跳，再見祖母聲音急促，擔心祖母身子吃不消，趕忙勸慰道：「祖母莫要激動，要陷害晟郎和對付我們沒那般容易，祖母相信兒，沒事的。」

謝氏喘著氣，頷首道：「榮娘，妳先才說的南郊番僧是王爺的幕僚嗎？」

「是的，晟郎出征之前特意交代我，倘若有甚關於西域的問題，皆可去尋那名番僧，便是閒來無事悶得慌，也能請番僧說各地奇聞軼事。」聽到祖母著意提及番僧，溫榮還是心虛的，畢竟關於番僧的身分她未說實話。稍頓了頓後，溫榮說道：「祖母，兒要去南郊了，今兒過來是為了避開太后的眼線，過兩日兒再專程來探望陪伴祖母。」

謝氏頗為心疼。「快午時了，不若用了午膳再過去？」

溫榮又往謝氏懷裡鑽了鑽。「不妨事，兒才用過早膳的。南郊有一段距離，兒雖帶了夜行令，可還是希望能早些回府。」

謝氏抬起眼睛。「好，榮娘放手去做便是，半年來我這老人家也未閒著，是時候將太后幹的那些齷齪事一件件擺上檯面，讓聖主和眾人說道說道了。榮娘快去吧，別耽擱了。」

溫榮知曉祖母手中也有不利於太后的把柄時，眼睛亮了亮，說不定真能一次扳倒太后，令朝堂和後宮恢復平衡。

謝氏吩咐汀蘭將飯菜裝進食盒，令溫榮帶著婢子，在馬車上多少吃點兒，而後起身送溫榮至穆合堂外。「吃飽了才有精神辦事。累了就別一人扛著，妳若不肯說，就算我們能幫上忙的也都不知道了。」

溫榮銜謝氏撒嬌了兩句，這才離開溫府，乘馬車前往南郊。

番僧原被李晟安置在終南山的臺南峰，後出於某些方面的顧慮，李晟又將番僧從山上接下來，如今番僧住在南郊一處頗為隱蔽的莊子上。

李晟待番僧不薄，吃穿住都是極好的，唯獨不肯放番僧離開。

侯寧知道關番僧的莊子在哪裡，一到南郊，侯寧就將車夫打發了，讓車夫去一旁茶肆吃茶歇息等他們，侯寧親自駕馬車前行。

莊子在一處果園後面，葡萄架子一層一層，葉子密密疊疊擋住了盛夏午後炎熱的日頭。

綠佩扶溫榮落馬車，指著架子上紅得發紫的大葡萄。「主子，這兒的葡萄結得比西郊莊子上更漂亮，一會兒奴婢令他們裝一筐放馬車上，帶回府裡，用井水湃涼了給主子解暑！」

溫榮好笑道：「妳這是沒吃飽呢，心心念念都是些吃的！」謝氏裝在食盒裡的飯菜，她吃了幾口就分給碧荷和綠佩了，碧荷食量小，剩下的全叫綠佩一人吃了，不想綠佩現在還瞅著葡萄流哈喇子。

看守莊子的小廝認識侯寧，小廝見侯侍衛對溫榮畢恭畢敬的，也立即猜到溫榮的身分，將溫榮請進院子，言番僧正在庭院花架子下飲茶，又令婢子將莊子上最新鮮甘甜的水果送過來。

溫榮轉頭調笑綠佩。「一會兒妳能飽口福了！」

侯寧聽了先吃吃笑不停，綠佩臉一紅，抬腳就踹上侯寧的小腿肚，偏偏侯寧是練武之人，渾身上下好不結實，綠佩那一腳似撞上硬邦邦的鐵柱子，痛得齜牙咧嘴的。

宅院不大，穿過內廊就到庭院了。庭院上方亦搭了爬藤架，不如先才莊子上的密實，故有斑斑日光灑下來，明亮光圈與葉影交錯而布，恍若滿是繁星的夜空一般。

溫榮看到番僧就站在其中，形容衣著與在臨江王府時一模一樣。

番僧雙手合十，神態淡然，唸了句佛偈算與溫榮見禮了。

溫榮上前還禮，發現番僧跟前的案几上擺了一匣顧渚紫筍、兩只青釉茶碗，靠近番僧的茶碗裡盛滿清水，另一只茶碗是空的，地上則是齊備的、明顯還未用過的煮茶工具。

溫榮驚訝，心裡不自禁感慨不愧是高僧，微斂唇邊笑容，忍不住問道：「高僧怎知我今日會過來？」

番僧微笑著搖搖頭，雙眸透出的神采越發飄忽莫測，這份睿智讓人覺得深不見底。番僧緩緩說道：「王妃高估貧僧了，貧僧根本不知道王妃何日何時過來，只是一直在等。每日卯時剛過，貧僧就會在花架下擺好茶具，靜待王妃到的那一刻。」

原本也一臉驚訝的綠佩和侯寧登時不屑起來，以為只是守株待兔的把戲。

唯獨溫榮眼中的欽佩更甚，笑道：「令高僧久等了，十分抱歉。」清婉聲調如山中清泉，內裡又自有一股豪傑的爽然之氣。解開前世記憶的困頓和羈絆後，溫榮的心境更加平和了。

風拂過枝葉，光影在溫榮等人面上來回晃動，不過片刻工夫，二人已打了一回機鋒。

番僧垂首，指著簇新的茶具說道：「貧僧走南闖北多年，領略各地民俗風情，大千世界所謂千秋不過過眼雲煙，可貧僧唯獨對茶道情有獨鍾，不能忘懷，每到一地必要與當地茶道大家切磋一番。貧僧孤陋寡聞，才知曉原來王妃極善茶道，更有超乎尋常的點茶技藝，在聖朝可謂數一數二，還請王妃不吝賜教。」

溫榮笑道：「賜教不敢當，若高僧不嫌棄，我願親自煮道茶湯。」

番僧搖搖頭。「王妃請坐，貧僧來煮，王妃品嚐賜教。」說罷，番僧顧自在茶爐旁坐下。

莊上婢子、僕婦這時也送來了時令的新鮮果子。

綠佩將藤蓆扶正，令溫榮坐得更舒服些。

溫榮在旁認真地觀察研習番僧煮茶的姿勢、方法，驚訝地發現番僧竟然將茶具放入滾沸的湯水中煮了片刻，再用竹夾取出，放置一旁用山泉水養著。

似猜出溫榮心中疑惑，番僧一邊手不停歇地碾茶篩粉，一邊慢條斯理地說道：「煮茶之水山水上，江水中，井水下，煮茶具亦是同樣道理。貧僧正將茶具養於石池漫流的山泉水中，如此可保倒入茶碗的茶湯味正香純，不受那等污濁之物侵擾。」

溫榮大受啟發，雙手合十，恭敬地說道：「高僧所言有理。高僧茶道遠勝我等凡夫俗子，今日能親見高僧煮茶，可是受益匪淺。」

番僧神情仍舊寡淡，其身前泉水已三沸，可番僧聲音仍無一絲波瀾。「王妃謬讚，貧僧不敢貪功，此法是從一個喚作狄羅的小島國學來的。貧僧有此愛好，故熟能生巧，但論起天資卻遠不及王妃，待王妃到了貧僧的年紀，單憑茶道一技，就能名滿天下。」番僧的神情語調平緩，好似在說一件再理所當然和尋常不過的事情。

溫榮心潮微動，以她對番僧的瞭解，知曉番僧並非在阿諛奉承她。溫榮也一向以茶道、畫技、棋藝為傲，故不虛偽謙虛，由衷感謝了番僧對她的極高讚譽。溫榮知曉番僧非貪圖名利的俗人，無心亦無意旁人誇讚，因此乾脆不再費神思說話，只安安靜靜地欣賞番僧行雲流水般、令人賞心悅目的煮茶技藝。

很快的，番僧將茶湯煮好了。洗過茶碗後，碧色茶湯勻勻地傾入茶碗之中，茶面微隆起，番僧倒茶湯時竟能不激起一絲波紋。茶藝映照心境，溫榮自嘆弗如，她的茶藝確在巔峰，可亦在瓶頸，她需要做的並非是精益求精，而是突破這層心境。

番僧煮的是溫榮再熟悉不過的禪茶，可溫榮卻是第一次嚐到如此純粹的禪茶湯。

溫榮端起茶碗，小口小口品嚐著，每一小口茶湯皆要在唇齒間停留片刻，待唇齒沾染上禪茶湯的清香，才順著咽喉緩緩滑下。不知怎的，溫榮的胸口忽然酸澀起來，分明是回甘無窮的上品茶湯，可她卻似嗅到了柑橘香氣。

溫榮眼前浮現出李晟的身影，這會兒她在陰涼處品茶湯、吃茶果子，可晟郎呢？該是手握刀戟、騎於馬背，正馳騁在炎炎沙場上吧？或許因為連日疲憊征戰，晟郎原本束白玉冠、打理得一絲不苟的髮髻已經鬆散了，銀白盔甲上滿是塵土和凝結的血污，聲音嘶啞，滿面鬍荏……酸澀的氣息侵入心底，湧上鼻端，溫榮連連眨眼，輕輕咳嗽，掩飾在她血液裡瘋狂肆虐的思念。

番僧將茶碗放至茶案，抬頭問道：「王妃從茶湯中品嚐到了什麼？」

溫榮怔怔地看著冰玉翡翠般清透的茶湯，愣愣地說道：「思念。」

番僧神色仍舊如常。「貧僧煮的是再純粹不過的茶湯，未摻七情六慾，王妃品嚐到的只是自己的心情。」

溫榮苦笑，正因為是一片空白，所以才能隨意渲染各種色彩……

溫榮不捨得再浪費一息時間了，就在她要開口尋求幫助時，番僧卻先說道——

「與王妃已有數面之緣了，能有此相對品茶說話的機會十分難得，貧僧有一物贈王妃。」說罷，番僧自隨身的褡褳裡取出一只厤灰荷囊。「此香料亦來自狄羅國，雖尋常，卻也有些意趣。」說罷，番僧將荷囊放在茶案一角。

溫榮眼睛一亮，她今日求的正是異香！溫榮雙手捧過荷囊，隱約嗅到一股淡雅蘭花香，不禁面露疑色。她擔心此香太淡，起不了作用。

溫榮謙虛地問道：「高僧言此香有意趣，可否詳說一二？」

番僧頷首道：「此香聞著雖淡，卻有極強藥性，並非尋常蘭花所能製。狄羅國方圓不過千里，四面環海，而用於提煉此香的蘭草只生長在海崖之上，此香稱做海蘭香，中原不得見。」

溫榮大喜，迫不及待地問道：「不知此香有何藥性？」

番僧唇齒張合，只吐露二字。「提神。」

溫榮毫不掩飾面上欣喜，怪道她先才猛地覺得神清氣爽，偶爾的睏意也徹底消失不見。溫榮連連道謝，命碧荷將此物仔細收藏好。

番僧對溫榮的誠摯感謝並不以為意，微合眼盤坐在蒲子上歇息。

溫榮略思索後說道：「高僧乃是雲遊四海，如閒雲野鶴般的高人，定然不願被困在這方狹小之地。我代王爺向高僧道歉，原先多有得罪之處，還請高僧見諒，不與我等凡夫俗子計較。」見番僧無開口的意思，溫榮頓了頓又道：「雖有不捨，可若高僧要離開，小女子絕不敢阻攔。」番僧明顯是被李晟困於此地的，溫榮今日敢出此言，也是篤定晟郎出征後，其名下所有莊子僕僮皆由她一人管理，她一人說了算。

番僧面上現出一抹極淡笑意。「王妃不必擔心，到了該走的時候，貧僧自然會走。困住貧僧的並非這一方院子，而是未了心事，今日見到王妃，貧僧這樁心事也算了了。罷了，時辰已晚，王妃也該回府，就此一別。將來王爺、王妃雲遊山水之間，若有緣還能再見。」

溫榮一怔，旋即站起身，朝番僧深深鞠一躬，再抬起頭時，番僧已經揹起褡褳，轉身要回廂房。溫榮趕忙說道：「小女子先才觀高僧煮茶技藝，深感欽佩。小女子也知高僧不屑，但仍希望高僧可以將點茶一技廣傳出去，再發揚光大。高僧定知茶膏，而點茶就是用茶膏一點二勾三劃罷了。」

一點二勾三劃？番僧漸離漸遠，可爽朗笑聲卻傳了過來。「聽似簡單，可這三步間卻藏了萬千變化，非王妃這般玲瓏人不能啊！罷，貧僧便先替王妃開道，若要發揚光大，王妃還是靠了自己吧。」

溫榮離開莊子時特意交代了僕僮和僕婦，若番僧要走，誰都不許為難阻止。

待溫榮回到南賢王府，已經過了酉時。碧荷去廚房簡單煮了幾碗餺飥，溫榮換身窄袖絹袍，又吃了小半碗餺飥填肚子後，不待休息就直接去李晟的書房了。

碧荷掌燈，綠佩碼好排染毛筆，又在書案鋪上宣紙。

溫榮凝神端詳賢妃畫像片刻後，眼底慢慢現出光亮，很快便回到書案前揮筆而作。

一個時辰過去後，一幅栩栩如生的仕女圖躍然紙上，綠佩和碧荷湊上前，連連驚嘆。溫榮所作與李晟畫的賢妃像幾乎一模一樣，只是一些細微的神情和姿態變了。溫榮所作的賢妃像，眼睛要更加靈動，似乎就在直視你，甚至隱隱透著股涼意，不知為何，看久了，綠佩和碧荷的脊背都有些發涼。

「綠佩，妳到隔間將古磷粉拿來。」溫榮吩咐道。

那古磷粉也是李晟告訴溫榮的，道士和戲班子常會用到此物，古磷在夜裡會發出幽藍冷光，不小心觸碰過急還會燃燒，將人灼傷。

溫榮命碧荷將燈火離得遠些，再取冰放在案桌四周，直到周身開始發涼了，溫榮才執錦帕捂住鼻唇，提軟毫沾古磷粉，先將她畫的賢妃像背面抹上古磷粉，又在畫像正面的少部分地方塗一些。

一切妥當，溫榮便將畫像仔細收進匣子，只待明日進宮交與謝琳娘。

將畫像交到琳娘手中後，溫榮就回府靜等謝琳娘的消息了，不想也就在等消息的這兩日，坊間開始瘋傳關於太后的流言，甚後宮干政、二國雙帝、聖主軟弱無能……溫榮靠在軟榻上，滿眼興味地聽綠佩繪聲繪影地模仿坊間嬤嬤的腔調，忍不住捧腹大笑起來。

碧荷打起簾子進廂房。「王妃，有兩封信，一封是王爺的，還有一封是皇后殿下的。」

溫榮趕忙將手中葡萄放回果碟，拿錦帕擦擦手就去接信。有四、五日未收到晟郎的書信了，她正擔心呢！至於琳娘那封，多半是告訴她準備好了……

晟郎一如既往的報喜不報憂，道大聖朝將士大勝，突厥不但被趕出都護邊線，還不得已退守了十里。李晟要她放心，筆間笑言溫榮見不到他在沙場策馬奔騰的英姿，見不到他揮刀退敵的英勇，一切好似稀鬆尋常、輕鬆容易，可信中字跡分明急促。李晟定是連日征戰奔波，恐怕連休息的時間都沒有。也不知這封信，是在多麼惡劣的境況下寫的？溫榮嘴角微彎，但雙眸卻似將要下雨的天空，層雲疊布，越發濕潤起來。溫榮摁了摁心臟的位置，逼自己安心，她要相信李晟不會食言，會照書信裡說的，再過不久，他會徹底大敗突厥，令突厥連逃跑的力氣都沒有，他會衣錦榮歸，會帶著她遠行，從此寄情於山水之間。

溫榮輕嘆一聲，將李晟的書信小心收起，半晌後拆開了另一封信。

琳娘果然都準備好了，琳娘是迫不及待要整垮太后，以期安心的。琳娘在信中言，太后這幾日比之前更加心急火旺，昨日她帶年兒向太后請安時，發現太后生了口瘡。琳娘認為現在是最好的時機，太后夜間廊下的伺候宮婢她都安排好了，問溫榮今日可否進宮一趟？

將畫像送進宮交給琳娘後，宮裡的一切都靠琳娘佈置籌劃，她只需在琳娘安排妥當後，進宮探望太后一次便可。溫榮命碧荷伺候筆墨，速速寫了一封拜帖。擇日不如撞日，她今日就進宮向太后請安，盡孝心。

溫榮帶了一匣罕見的、安神靜心的禪丸，要送與太后做伴手禮。溫榮擔心太后不肯見她，還特意在拜帖裡提了幾句禪丸的妙用。

溫榮的拜帖送到了太后手中。

太后正靠在廂榻上，蓋一層薄薄的錦衾，床邊放著三盆冰甕，冰甕源源不斷地騰起白霜冷氣，如此太后仍覺得心煩意亂。

看到南賢王府溫榮的請帖時，太后恨不能直接扔到地上，可樣子還是要裝的，大不了不論溫榮有什麼請求，她都拒絕了便是。

太后捺住性子將拜帖拆開，不想溫榮竟要送禪丸與她，登時眉毛就揚了起來。

這禪丸太后知曉，是溫老夫人和太皇太后慣用的好東西，那兩個老不死的本來也是每夜睡不好覺，後來謝氏天天裝神弄鬼、撚珠說禪，結識了不少西域高僧，不想竟有機緣，被她得到了喚作禪丸的異域佳品，聽說睡不著時，用禪丸輕揉額角雙穴，使用者便能很快入睡。

謝氏是個不知好歹的，得到好東西後，先分了太皇太后一對，自留一對，最後剩下一對分她那寶貝孫女了，也不知道拿來孝敬她！本來也不是甚名貴東西，只是可遇不可求罷了。太后想到這裡，就恨不能下道慈諭，將謝氏那老不死的綁至西市街頭，用酷暑正午的烈日活活烤死。

太后睜開眼睛，掀起錦衾要起來，美豔嘴角翹起，帶一絲倦懶之意。她的寶貝兒子還是不夠聽話，令她不能為所欲為，是為不孝。

宮女史撩開九層幔帳，太后面上現出溫暖的笑容。「快請南賢王妃進宮，好幾日沒見到那孩子了，實是很想念。」溫家總算還有個人識相，懂得拿好東西孝敬她！

與此同時，琳娘也收到溫榮的回信，知曉溫榮過午時就會進宮探望太后，琳娘一整顆心都落了下來。母家陳留謝氏同王氏明爭暗鬥，自顧不暇，非但幫不上她忙，甚至開始埋怨她貴為皇后，對家族卻無一絲助益，時時處處都被太后壓一頭。

謝琳娘走到小床邊，將年兒摟進懷裡，本來睡得正熟的年兒被琳娘抱起後一下子驚醒，鼓起臉哇哇大哭起來，小臉脹得通紅。

聽到兒子哭了，嚇得琳娘又是親、又是道歉，可怎麼哄都不頂用，只得無奈地交給奶娘，待嗅到熟悉奶香，年兒才漸漸安靜下來。

琳娘緩緩吐出一口濁氣，真真是擔心死她了。年兒會這般容易受驚，也是拜王家人所賜！除了母家，琳娘現在能毫不遲疑地去相信、去依靠的只有溫榮了，除了閨中就帶著的割不斷的交情，更因為太后是她們一致的敵人。溫榮的恩德，她還不知如何報答，總之先將太后扳倒，往後一切都好說。

琳娘打起精神，照溫榮之前的交代仔細安排，她雖不若溫榮聰明，但也是極其謹慎小心的。確保萬無一失後，琳娘才回內殿靜待消息。

溫榮算準了時間，大約未時進宮，到太后寢殿剛好未時中刻，太后內殿果然如瑞娘所言，無一絲熏香香料的味道。

溫榮端端地朝太后施禮，面露擔憂之色，吩咐婢子將一匣禪丸捧上前，聲音軟軟地說道：「兒聽聞太后這幾日睡不安穩，精神不濟，是心急如焚，今日特意帶一匣禪丸獻與太后，盡點微薄之力，只不知是否中用？」說罷，溫榮從婢子手中接過雕福壽紋的紅木匣打開，卷草白瓷托盞上有兩顆泛著光、鴿子蛋般大小的檀色禪丸。

太后頷首笑道：「還是榮娘懂事孝順！既是榮娘一份心意，我也就不推託了。」

太后身旁的宮女史聽言，立即上前，向溫榮行禮後，小心翼翼地接過紅木匣子，生怕有甚閃失。最近太后脾氣反常，對她們是動不動就掌嘴、杖責，她們這些做奴婢的是每日裡擔驚受怕。

太后今日對溫榮頗為滿意，朝溫榮招了招手。「好孩子，過來。」

溫榮乖巧聽話地走到太后身旁，挨著太后坐下。

太后正要開口說話，忽然嗅到溫榮身上極淡的蘭花香，味道淡到幾乎聞不出來，可太后還是厭惡地蹙緊眉頭，語調也不如先才親善了。「榮娘用的甚香？」

溫榮故作歡喜地說道：「是春蘭，若太后喜歡，兒明日就送一只新的香囊與太后，只請太后莫要嫌棄兒的女紅粗糙。」

太后的身子往一旁挪了挪，連連擺手。「不用了，我早不用這等香薰俗物，聞多了叫人忍不住倒胃口。」

溫榮臉一紅，裝著沒聽懂太后話裡深意，只垂首巴巴兒地坐在太后身邊，似沾在矮榻上，一動也不肯動，神色倒有些侷促不安。

太后的臉色越發陰暗，然溫榮不知曉她忌熏香，故不好發作。好在那蘭香味道不重，應該不會影響到藥性。

聞了一會兒後，太后終於忍無可忍了。本來她想問問溫榮是否有收到李晟的書信，是否知曉李晟近況的，現在直接便下了逐客令。「榮娘，我有些睏倦，改日得空了再召榮娘進宮陪我說話，到時候早些過來，喚上琳娘來陪妳一道用午膳。」

溫榮趕忙起身，雙眼滿是擔憂，似乎十分捨不得離開，柔聲道：「既如此，兒就不打擾太后了，太后多休息，有甚事直接喚兒便是。」

太后勉強扯嘴角笑了笑。「好、好，我知道榮娘是好孩子。時辰不早，宮車已經備好了，榮娘快回去吧。」

溫榮離開太后寢殿，臨出宮前本想去看看琳娘和年兒的，可為避免太后懷疑，只令宮婢與琳娘打聲招呼，言她有事先回府了。

夜幕降臨，華燈初上。清寧宮與南賢王府皆一片寧靜，溫榮在庭院裡歇息，賞月納涼；琳娘則在哄小皇子，用笑鬧掩蓋她內心的緊張。

比之溫榮等人，太后卻氣得扭曲了一張臉。原來溫榮離開後，其族人王升寬又來尋了她，言坊間流言已經傳到朝廷，引起朝臣譁然。琅琊王氏的族長擔心事態過激，遂命王升寬傳話，請太后這段時日莫要有甚舉動，尤其是不許傷害遠在邊疆的南賢王李晟。

太后將茶盞狠狠擲在地上，碰起一地碎片和水花。她確實是瞞著族人對付李晟，可不知為何竟會被族長知曉，還讓王升寬那無用的牆頭草來警告她！太后靠在矮榻上，頭疼得厲害。許是因為發怒的緣故，她分明十分疲累，但精神卻很好，無一絲睡意。

轉眼到了戌時末刻，宮女史端了安神湯藥進來，小心翼翼地說道：「湯藥已經溫涼，太后可是服用了早些休息？」

太后瞥了湯碗一眼，本以為當上太后她就可為所欲為，進而無所求的，不想還有許多事令她煩心。李晟一日不死，她一日不得安寧，一直擔心奕兒的帝位坐不安穩。

想到這裡，太后越發氣憤，接過湯碗，將湯藥一飲而盡。她不知替王氏一族做了多少事情，那族長非但不感激她，反而要保護王賢妃那個賤人的兒子！族裡的老頑固有夠愚蠢，竟然以為李晟會乖乖聽話，能成為他們用得上，或者說是牽制她和奕兒的棋子！

太后的心跳得很厲害，她知道不能再生氣下去了，否則又將一夜難眠。好在有溫榮送來的禪丸，她一會兒就試試禪丸是否真有那般神奇。

太后梳洗後躺在床榻上，宮女史照太后吩咐，取來禪丸，左右各一，在太后額角穴位處輕輕揉著。

太后仍心神不寧，她甚至可以明顯感覺到自己的血液在飛速地流動著，與往常不同的是，睏意一陣陣襲來，沒多久，太后便沈沈睡去……

宮女史退了出來，一層層白紗帷幔放下來，靜謐內殿裡隱約有太后重重的心跳聲。

溫榮也回到廂房歇息，綠佩替溫榮放幔帳時小聲嘀咕道：「老夫人給主子的寶貝，就這麼白白糟蹋了！」綠佩看到溫榮安寢，就想起那對禪丸，漫說用禪丸摁揉穴位了，單是放在枕邊就能安眠的。

謝氏是擔心溫榮思念李晟過度，無法入睡，才將稀有罕見的禪丸贈與溫榮。

壁燈熄了，廂房暗下來，溫榮躺在床榻上無奈地笑了笑。禪丸確實是叫她糟蹋了，辜負了祖母的好意。進宮前她還在禪丸上塗了一點點迷香，迷香再加上禪丸原本就有的安神功效，能令使用者很快昏睡。尋常人或許會昏睡五、六個時辰，而太后那極亢奮的身體狀態，恐怕一、兩個時辰就會清醒了。因為禪丸上的迷香極少，揉在人的皮膚上會很快被吸收或是揮發，就算之後被太后、聖主、醫官懷疑，他們也不可能在禪丸上找到證據了。

夜深人靜，丑時剛過，大明宮積善殿九重紗幔裡，尚在昏睡的太后眉頭越皺越緊，額頭上顯出清晰可見的橫紋。強行昏睡令太后肝火更旺，其嗓子忽然就火燒火燎了起來。

太后的表情漸漸猙獰，身體上的極大痛苦逼著她清醒。

安放在床榻四周的冰甕不知何時已經化得一乾二淨，眾宮婢都以為太后睡熟了，照往常慣例，也未再加新的冰進去。

不知過了多久，太后猛地睜開眼睛，大口喘著氣，還未待她完全清醒，一團幽藍螢光就闖入視線，幽藍在昏暗寬大的廂床裡忽明忽暗。太后視線模糊，狠狠搖搖頭，努力想看清前方究竟是何物，不看還好，看清時，太后一下子對上一雙眼睛，那被她害死的胞妹王賢妃正直直地瞪著她！太后被驚得心臟幾乎驟停了去。

王賢妃正一點點地向她飄來，太后嘴唇顫抖，她想喊，可嗓子痛得她發不出一絲聲音。

在太后的記憶裡，賢妃是從來淡妝相宜，不做濃豔扮相的，可此時出現在黑暗中的女人嘴唇猩紅如血，泛著藍光的雙眼滿是詭魅，眼底現出一絲冷笑，嘴唇也一張一合。

太后清晰地聽到王賢妃說的話，王賢妃要她還命，王賢妃是取命來了！

陰笑聲陣陣響起。「阿姊，妳都貴為太后了，可我死得好慘啊！還有奕兒，他榮登大寶了，可我的孩兒呢？遠在邊疆，生死未卜！阿姊，妳可會覺得對不起我？可會同情、可憐我們母子？阿姊，妳恨不能令我灰飛煙滅，可我卻時不時地想起妳，今日終於再見到妳了……」說話間，王賢妃已飄至太后身邊，森森利爪朝太后抓去。

太后嚇得渾身發顫，冰涼五指扣在她臉上，抓得她火辣辣的痛！

就在王賢妃張開血口，要一口咬上她脖頸時，太后終於拚盡全力嘶喊出聲，沙啞如破鑼的嗓音淒厲瘆人。太后不顧滿臉鮮血和渾身火燎般的劇痛，朝床邊爬去，不斷拉扯幔帳。

不知太后用了多少力氣，整個床榻都窸窸窣窣作響，藍色光團忽然大作，剎那間就變成了漫天火光，太后眼睜睜地看著火舌向其撲來！本以為此生將了時，忽地出現了幾雙手，慌慌張張地將她拖了出去，不至於被活活燒死。

「走水啦、走水啦……」

「救火啊、救火啊！」

「快快，快救太后——」

宮婢的喊叫聲像一道道閃雷，狠狠劈在太后身上。

太后一陣痙攣，渾身抽搐，猛地就暈了過去。

宮婢見狀被嚇到，哭叫得更大聲了。

很快的，消息傳出宮了。

溫榮卯時不到就起身更換袍衫，趕往大明宮。

由於積善殿著火，太后被臨時移往附近的興慶宮。

溫榮到興慶宮時，太上皇、太皇太后也剛剛到。太皇太后打了個哈欠，面上神情淡淡的，而太上皇終究念著夫妻情分，立即命宮女史帶他去探望太后。

溫榮上前向太皇太后請安。

太皇太后讓溫榮在身邊坐下，握住溫榮的手，輕輕拍撫溫榮的手背，未說話便先嘆一聲，再慈祥地問道：「榮娘，可有晟兒的消息？晟兒在邊疆一切可好？有說何時能回京嗎？」

溫榮笑容清淺安靜，能令人一下子安心。「老祖母放心，晟郎一切都好，我們聖朝軍是節節勝利，估摸著很快就能回來了。」

太皇太后心疼地看著溫榮。「妳和丹陽真真是兩個苦命的孩子，想起這些，我心裡就不是滋味。丹陽那孩子也真是，早不懷晚不懷，偏偏在五駙馬出征時懷上孩子，也不知是該喜還是該憂？沒有夫郎在身邊陪著和照顧，一人過日子、帶孩子都要更累、更心酸的。」

溫榮調皮地說道：「當然是好事了，這可是大吉的徵兆。晟郎在信裡都說了，五駙馬知曉丹陽懷孕後，不知多高興，在戰場上是如有神助，殺退了不知多少突厥，立了不知多少軍功呢！」

太皇太后聽言很是歡喜，臉上皺紋都舒展了，連連點頭。「那可不是，他要是敢不高興、敢待丹陽不好，我非打斷他的腿不可！榮娘也是，若是晟兒委屈了妳，我也第一個不饒他，比妳祖母還要在前頭。」

「有老祖母這麼寵著，誰敢對丹陽和我不好啊？」溫榮靠在太皇太后懷裡。

溫榮頗希望像太皇太后一般，展顏笑得再開心些，可畢竟太后才出事，現在身子狀況究竟如何她也不知曉，為免落人口舌，溫榮還是打算收斂一點。

很快的，琳娘從內殿出來，匆匆忙忙走到太皇太后和溫榮面前，先與太皇太后見禮，再暗地裡朝溫榮使了個眼色。

溫榮了然，隱約一笑。琳娘讓她放心，如此說明太后情況不妙，而且沒人懷疑她二人。

太皇太后問道：「琳娘，妳阿家怎樣了？妳不用在裡面照顧嗎？還有年兒，他年紀小，不能帶過來，以免沾惹到晦氣。」

琳娘垂首回道：「老祖母說的是，兒不敢將年兒帶來，出清寧宮前，兒特意吩咐奶娘仔細看顧，老祖母不用擔心。」說著，琳娘轉頭看了眼內殿，面上現出擔憂，欲言又止，半晌後壓低了聲音說道：「昨夜太后所睡的床榻幔帳忽然著火，太后被嚇暈過去，這會兒醒是醒了，可是一直胡言亂語的，說……說……」

「說什麼？妳不必擔心，從實說來便是。」太皇太后皺眉嚴肅地說道。

琳娘看了溫榮一眼，聲音更加小了下去，小到只有太皇太后和溫榮能聽清。「太后口口聲聲說賢妃來尋她報仇了，言賢妃變成厲鬼……太后抓住聖主的手不讓走，一定要聖主去請高僧作法，將賢妃的鬼魂趕出去。」

「毒婦！」太皇太后咬牙暗罵。「我早就懷疑賢妃的死因了，當初若不是看在晟兒年幼，而她又肯悉心照顧的分上，故不予追究……唉，果然是她下的毒手，我也對不起賢妃啊……算了，賢妃在天有靈，也算惡有惡報了。」太皇太后明顯不想多談論此事，又問道：「太上皇還在內殿裡？有說什麼嗎？既然太后醒了，他也該準備用藥了，現在身體才好一些，不能勞神動氣的。」

琳娘小心回道：「太上皇被太后纏著，估摸要一會兒才能出來。太上皇言太后瘋了，胡言亂語不可信，命旁人不得外傳。太上皇還說，太后要靜養，所以兒才會提前出來的。」

「哼，世上沒有不透風的牆！什麼不能外傳？賢妃一事還不就是她自己說出來的！」太皇太后朝其身後的宮女史說道：「妳送了消息出宮，告訴丹陽，她挺著肚子，就別特意進宮探望了。我們也回去吧！」

宮女史應聲退下。

太皇太后詢問琳娘和溫榮是否要去她的延慶宮休息？二人想了想，皆打算先去看看年兒，遂說時辰尚早，讓太皇太后再睡個回籠覺，一會兒她們帶年兒去延慶宮用午膳。

與太皇太后分開後，琳娘和溫榮乘上前往清寧宮的宮車。

琳娘挽住溫榮的胳膊，整個人癱軟在溫榮身上，輕聲道：「噯喲，榮娘，真真是嚇死我了！總算沒白費功夫，太后真的瘋了。先才太上皇聽到太后說賢妃來尋她報仇時，整張臉都是黑的，過了好久才變成滿面哀容。太上皇不允許外傳，並非袒護太后，只是單純地不想奕郎為難，不想皇宮之事成外人笑柄罷了，畢竟現在坊間傳言已經夠多了……」坊間傳言皆是太后干政。

溫榮頷首道：「太后瘋了，現在廣傳的坊間流言就會不了了之。琳娘，聖主還有說什麼嗎？」

琳娘仔細回憶後，茫然地搖搖頭。「守夜的宮婢全被關起來了，奕郎擔心太后，似還沒來得及說什麼。」

溫榮鬆口氣。「那就好。琳娘，現在是一把火將任何證據都燒得一乾二淨了，可聖主是極聰明的人，不可能完全猜不到其中因果。如果聖主真尋妳問話，妳就一口咬定，說什麼都不知道。」頓了頓後，溫榮又道：「更何況，這些事也確實與妳無關，昨日進宮探望太后的是我，送禪丸的也是我。」

琳娘心裡說不清是什麼滋味，感激的話她說過不止一次，可無法報答，說得越多只會越顯蒼白。半晌後，琳娘擔憂地問道：「榮娘，如果真叫奕郎或王氏族人發現甚端倪，來找榮娘麻煩該怎麼辦？」

溫榮笑著搖頭，讓琳娘放心。「王氏族人不可能懷疑我，就算懷疑，沒有證據也不能拿我怎樣，畢竟我身後還有陳留謝氏和弘農楊氏。現在只擔心聖主會為難琳娘，但只要琳娘咬定一概不知，將事情推到我頭上，就無事了。南賢王手握兵權，王氏族人對南賢王都另眼相待，在南賢王回京交還兵權之前，誰都不會動我。」

琳娘舒口氣，原本緊張蒼白的臉這才放鬆下來。

溫榮朝琳娘安然一笑，閉上眼睛靠在軟凳上，將紛亂的思緒和苦澀都深藏在了眼底……

第四十九章

到了清寧宮，小皇子剛好醒來。溋榮看到粉雕玉琢的孩子，心情登時舒暢了許多。

奶娘抱著年兒走到琳娘和溋榮跟前，恭敬地說道：「小皇子今兒可乖了，不哭不鬧的，這會兒吃飽了看到殿下，笑個不停呢！」

「我的乖兒！」琳娘張開雙臂將年兒接過來抱在懷裡，一臉遮不住的滿足和幸福。

年兒的小腦袋趴在琳娘肩頭，烏溜溜的大眼睛靈活地打著轉兒，很快就直愣愣地盯住溋榮，嘟嘟的小嘴含著圓圓小小的指頭，忽然咧嘴笑起，口水順著嘴角就滑落下來。

奶娘看到了，在旁笑道：「小皇子喜歡王妃呢！平常小皇子只有看到皇后才會笑的，今兒看到王妃也笑了。」

琳娘笑著看溋榮。「榮娘也抱抱年兒，他都跟著轉過來瞧妳了。」

溋榮連連點頭，又緊張又期待，小心地抱過年兒。孩子看著小小的、弱不禁風的，可抱在手裡卻沈甸甸的，令溋榮的心也跟著充實起來，吻了下年兒的小鼻子。

年兒打著小手臂，呼呼笑出了個鼻涕泡兒，逗得溋榮和琳娘笑個不停。

琳娘將年兒綴巴巴的袖子稍微別了別，露出肉嘟嘟的小拳頭，笑道：「年兒只肯戴榮娘送的平安小玉鐲，漫說其他人，就是他太祖母送的，一戴上都得哭鬧。可見這裡有緣分，年兒就是喜歡榮娘妳！」

溫榮掩嘴笑。「哪有琳娘說的那般玄乎！年兒之所以肯戴我送的鐲子，是因我特意挑了暖玉，而且只鐲面有些刻紋好寓意，年兒戴在手腕上又暖又滑，再舒服不過，怎可能鬧呢？琳娘瞧瞧太皇太后或別人送的，不是太冰就是雕文太過，磕著年兒細嫩的手腕了。」

被溫榮這麼一提醒，琳娘才發現太皇太后送的是冰玉鐲，冰玉鐲晶瑩剔透，再好看和高貴不過了，而榮娘選的暖玉看似不及冰玉，卻是最適合年兒的。

琳娘恍然大悟，連連頷首。「還是榮娘心細，我竟未留意到！可年兒還是喜歡榮娘，平日旁人要抱，年兒都是又哭又鬧抗拒的。」琳娘又說道：「榮娘抓緊養好身子，待南賢王凱旋歸來了，你們也快些生個小郎君，同年兒一起玩，如此孩子也能有個伴。」

溫榮笑了笑，低下頭不再說話，只專心地逗年兒開心。

很快的，延慶宮的宮婢過來請溫榮和琳娘過去用膳。

琳娘笑道：「太皇太后迫不及待要見年兒了，我們快些過去吧，順道看看太上皇是否回來了。」

延慶宮裡只有太皇太后。溫榮還以為太上皇留在興慶宮陪太后，問了才知曉是去了含元殿，而李奕見他阿娘又瘋又胡言亂語的，是大氣不敢出，一直跟隨著太上皇。

幾人正用午膳時，有宮婢打聽了消息回來，言太后不肯吃藥也不肯用午膳，將食案和碗碟都掀了，直嚷嚷著要聖主過去陪她。

太皇太后拉長了臉，乜眼撇嘴不悅。「掀了就掀了，也犯不著再準備新的。奕兒現在貴為聖主，哪有那許多時間陪她這瘋婦？倘若真要做孝子，那朝政之事可還想管了？」

琳娘和溫榮在旁聽得是心驚肉跳，太皇太后話說得再明白不過了，李奕的聖主之位並不穩，真不想當了，或者哪日將她與太上皇惹惱了，是會被逼著退位的。

琳娘戰戰兢兢地說道：「老祖母息怒，聖主斷然不敢因為太后的事耽誤朝政的，倘若太后真有甚事做得不對，聖主也不會包庇，定能秉公處理。」

「秉公處理？」太皇太后冷笑一聲。「我倒還真想看看聖主如何秉公處理？坊間盛傳的外戚干政一事，聖主可不能再裝聾作啞了！」太皇太后面色不善，她與溫榮的祖母謝氏手中都有太后干政的證據，太后擅用其王氏族人在朝中任重職，楊氏、謝氏族人則被打壓，對此太皇太后早已不滿。想當初她身為皇后與太后之時，哪件事情不是考慮再三、如履薄冰？

為了避嫌，避免睿宗帝為難，她甚至主動限制弘農楊氏族裡每年參加進士試的人數，楊氏族裡分明有極優秀的人才，可她卻刻意打壓，正因為如此，在朝為官的楊氏族人才會如此稀少，楊氏一族也一直難以壯大。太皇太后越想越氣，將烏木箸「啪」的一聲拍在案上。她煞費苦心做的一切，竟然便宜了太后和王氏一族！如此她可不是愧對族人？

溫榮和琳娘見太皇太后放臉，嚇得不敢吱聲，倒是身後被奶娘抱著的年兒忽然「哇」一聲哭出來，太皇太后的表情才一下子鬆開了，心疼地站起身，丟下溫榮和琳娘，一邊道歉一邊去哄年兒。

好不容易捱到申時，溫榮這才向太皇太后、琳娘告辭出宮。

回府的馬車上，綠佩和碧荷仰著臉，笑得跟朵花似的。

溫榮好笑道：「妳們可是從哪裡打聽到甚消息了？一個個像撿著了寶。」

綠佩毫不避諱地說道：「能不開心嗎？那太后一見就不是好人，現在瘋了，往後就不能為難主子和王爺，也不能在暗地裡使絆子了！」

溫榮瞪了綠佩一眼。「此話大不敬，亂說小心腦袋——」溫榮抬手一抹脖子，嚇得綠佩直往碧荷身邊挪，溫榮見狀噗哧一聲，笑道：「膽小！」

溫榮知道，太后這事還沒了，因為李奕還未吭聲。面上看著她是幫李奕解決了個大麻煩，可太后畢竟是李奕生母，李奕定會借此事作文章，再為難她一次。事已至此，實在不成她只能與李奕撕破臉皮了，總好過李奕不死心，一直糾纏她，將來說不定還會拖累了晟郎。

本以為李奕既要照顧太后，又要安撫太上皇和太皇太后的情緒，至少十天半個月不會來尋她的，不想還沒五日，溫榮就收到了一封信。

溫榮抖開信紙，寥寥數筆——

明日未時，東市石廩，僅此一見，若不見人，莫談悔言。

落款焦客。

溫榮將信放至一旁，摁揉眉心，覺得十分頭痛。

李奕一直在試探她，試探她究竟是否有前世記憶？石稟、焦客。溫榮苦笑，這兩樣東西皆與他們前世有關，承載著他們前世的太多回憶。

原本李奕是不喜衡山石稟這味茶的，認為衡山石稟清不過蒙頂石花，香不過峨眉雪芽，只是因為溫榮喜歡。似與李奕較勁一般，每每李奕到紫宸殿，溫榮一定會用衡山石稟煮茶湯，久而久之，李奕不但習慣了衡山石稟的苦澀，還迷上衡山石稟苦澀裡的那股子堅忍。

至於焦客呢，溫榮更加無奈了。若說衡山石稟僅是一個巧合，那「焦客」二字的落款還真真只有溫榮知曉是何意思。聖主不好當，李奕時常因為朝政之事煩惱焦慮，在溫榮面前唉聲嘆氣的，抱怨多了，訴苦多了，溫榮便打趣李奕是「芭蕉下客，落雨聲聲煩」。李奕聽了覺得有趣，乾脆戲稱自己為焦客。之後陪溫榮寫字作畫，所有落款皆用「焦客」二字。

李奕還威脅她「若不見人，莫談悔言」，意思是她若不出現，他一定會有甚舉動令今後的她後悔嗎？難不成李奕失了良心，要對付晟郎？溫榮煩躁地拂過案桌，本是想將那封書信掃到地上，卻不慎打翻茶盞，茶湯一下子潑在書信上。

綠佩「唉喲」一聲，趕緊過來詢問溫榮是否被燙著？還想撿起書信，可書信已經被茶湯浸透了。

溫榮看著被水化開的字跡，眉頭越擰越緊。

盛京鮮少有人知道衡山石麋，放眼整個盛京，也只有東市仙客來一家茶肆能尋到此茶湯。這事李奕是知曉的，所以才約她在東市見，偏偏又不說明是哪家茶樓。

她不能裝作不知道地點，也不能裝著不知道焦客是何人，不能避而不見，故意不赴約。明日她若出現，也就證明了她有前世記憶……罷了，快刀斬亂麻。

溫榮站起身，茶湯灑到她的衫裙上，染了一片茶漬。

綠佩趕忙取來一套乾淨衫裙，看到溫榮眉心緊鎖，擔憂地問道：「主子，那信都濕透了，可是甚重要的？」

溫榮搖搖頭。「不妨事，明日妳們陪我去一趟東市。」

次日，溫榮準時到了李奕指定的東市茶肆。

走進茶樓，一名掌櫃模樣的人便躬身迎上前。「主子等候客人多時了，還請貴客隨小的去二樓雅間。」一邊說，那掌櫃還邊用眼睛瞟溫榮身後的婢子和侯寧。

侯寧警惕地打量了那掌櫃，他一眼便瞧出對方是習武之人，只是十分眼生。

溫榮將侯寧和綠佩留在一樓等候，只帶碧荷上二樓雅間。

侯寧擔心溫榮有甚好歹，還想跟著隨往。

溫榮笑說道：「不妨事，是宮中貴人尋我有要事相商，人多了，恐怕惹宮裡貴人不滿。」

侯寧和綠佩聽了，連連點頭。他們知道自家主子就圖安穩日子過，那可千萬不能得罪了宮中貴人。

溋榮帶碧荷拐上二樓階梯後，低聲說道：「碧荷，妳應該猜到了，我將要見何人吧？」

碧荷驚訝地看了眼溋榮，垂首回道：「主子要見的人是聖主。」

溋榮是一臉讚許。「侯寧和綠佩是死心眼的，和他們說什麼就是什麼，從來不知道懷疑，也不知道用腦子思考。侯寧是替王爺保護我的，倘若讓他知曉聖主私下約我，恐怕會生氣憤怒。」

碧荷一臉難堪，能令王妃如此小心的宮中貴人有幾人？主子與太皇太后、皇后的關係極好，有事相商進宮便是了；而太上皇身子虧損嚴重，漫說出宮，平日連延慶宮都不輕易出；最後的太后也瘋了。所以，能寫信約溋榮出來相見的，只有當今聖主。哪裡是她聰明，是那兩人太笨，就那兩顆榆木腦袋想不通這般簡單的道理。碧荷臉色不好看，陰晴變幻，絲毫不掩飾內心想法。

溋榮嚴肅起來，沈臉說道：「事關王爺安危，我不得不來。碧荷，妳在雅間門口等我，倘若有何事，我摔杯為信，妳再喚侯寧上來幫忙。」

碧荷緊張地答應下。主子終歸不會做出對不起王爺的事情，思及此，碧荷就覺得十分安心。聖主是極儒雅的一人，想來也不會用強。

李奕也只在雅間外留一名僕僮。

溫榮一進雅間就看見負手站在窗前、靜觀坊市風景的李奕。金白色陽光映照在李奕柔美的側臉上，十分漂亮。

聽到聲音，李奕轉過身。

看到李奕落寞的神情和滿是哀傷的雙眼，溫榮的心忍不住咯噔一下。其實不論前世今生，他們皆兩不相欠。出於對失落者的同情，溫榮會心酸，但萬千情緒終究化成心底深處的一聲嘆息。

「妳還是來了。不管榮娘是出於何原因肯來赴約，我都很高興。」李奕的笑容清淺。生怕唐突了溫榮，他一直站在窗前，不敢走上前。

李奕看著案桌上的茶湯，用微滯的聲音說道：「我點了榮娘最喜歡的衡山石廩，雖然不若榮娘的煮茶技藝，好歹給了面子嚐一嚐。」

溫榮坦然地笑了笑，蓮步走到案桌旁，與李奕一桌一壺之隔。溫榮不請自沿蓆而坐，看到三彩茶壺，緩緩說道：「衡山石廩是過去的事情了，現在我最喜歡的是顧渚紫筍。」溫榮抬頭看李奕，道：「李三郎，這套三彩茶壺茶碗金貴不凡，不是茶樓該有的，想來是李三郎自宮中帶出的佳品。可我好像說過不止一次，衡山石廩要用長沙窯或者汝窯，素色勝過豔色，如此才能不損衡山石廩新陳四時雪的清骨。」

李奕也沿蓆在溫榮對面坐下，親自替溫榮斟一碗茶湯，苦笑道：「對不起，我還以為榮娘仍舊喜歡衡山石廩，下次我一定注意，換上榮娘喜歡的顧渚紫筍。」語氣語調哀順謙卑，哪裡有半分帝王之氣。

溫榮勉強笑笑，端起茶碗嚐了口茶湯，不及她的煮茶技藝，衡山石廩的風骨只煮出三分，換她至少七分。

「至於三彩茶壺……」李奕沈默半晌，又道：「我沒忘，是榮娘忘了。」李奕摩挲著三彩茶碗上的錦鯉戲夏蓮陽紋，特意將紋案一面擺正，讓溫榮能看得更清楚些。

溫榮愣怔，這會兒她才發覺紋樣熟悉，一下子想起來了，是她前世畫的。那世畫完後，她拿著畫卷要求李奕將那組「嬉夏圖」燒製成瓷器，現在三彩茶碗上的「錦鯉戲蓮」就是其中一幅。

李奕笑道：「還有老翁納涼、孩童戲水……忽然記起，就趕忙燒製成各種瓷器，還未尋到機會與榮娘看。」

溫榮心頭百般滋味，張了張嘴。「聖主有心，臣妾惶恐。」

李奕的眼睛越發亮。「榮娘終於肯在面對我的時候，承認記起我們的過去了。」溫榮顰眉不語，李奕也不氣不惱。「我以為只有我記不清，現在看來，榮娘也未完全想起。前世確實是我未保護好妳，我向榮娘道歉，可榮娘知曉是因為什麼才失去了性命嗎？」

溫榮放下茶盞，抬頭碰上李奕的目光，李奕的焦灼正對上溫榮的波瀾不驚。溫榮頷首鎮定地說道：「我知道，阿爺與南賢王勾結，企圖謀反，後溫府被抄家滅門，我被囚禁冷宮，最終我了無活著的希望和念想，在你趕到冷宮之時，跳井身亡。」溫榮面無表情地準確說起那段不堪回首之事。

李奕的笑容一下子僵在了臉上。「榮娘，既然妳知道溫府是因為五弟才被抄家滅門的，而妳亦是因此受到的牽連，那妳為何還能容忍五弟，還能與他生活在一起？榮娘，妳面對五弟時，難道不會想起前世深仇嗎？既然榮娘會恨我沒能保護好妳，為何不會去恨令我們如此淒涼的李晟呢？」李奕的聲音忽然激動起來。

他以為溫榮未想起，是以對他的愛有多深，恨便有多深。他不想逼迫溫榮，他一直等、一直忍，等到了溫榮嫁作人婦，忍到了他的天空整個變成灰色。那時是爭儲的重要時候，他不得已，必須一忍再忍，聽他阿娘的話，想著將來得到天下，有什麼不是他的？不到一年，他終於遂心意登上帝位。然後李晟要出征了，他以為時機成熟了，可不想溫榮寧死不從，明知道他捨不得傷害她，還用自己的性命做要脅！李奕每每思及此，就痛心不已。

溫榮從容地說道：「我承認一開始未全部記起，所以對聖主有誤解，可待我全部想起時，李晟已是我夫郎。人不能沈浸於過去，止步不前，否則重活一世還有甚意義呢？聰明如聖主，定也能明白此道理。」

李奕沈聲說道：「榮娘，我不如妳的記憶那般清晰完全，但我卻知道，李晟有謀反之心，他要奪我帝位、奪我江山！」

溫榮蹙眉不悅。「聖主此言差矣，如果李晟要江山，當初就不會費盡心思求娶我這無用、落魄的貴家女娘，他會去巴結王氏，會娶能助他成就大業的王氏嫡女。」溫榮的眸光堅定認真。「李晟在江山與我之間選擇了我，而在你心目中呢？江山永遠排在第一位。聖主可以放心，李晟沒有能力，也沒有心思謀你的江山。」

李奕的笑聲很輕。「榮娘認定我更愛江山，所以吃醋，生我氣了？榮娘，在我心裡，江山根本不能同妳比，否則前世我也不會丟了江山。」

溫榮目光不動。「如果現在讓你放棄帝位，隨我歸隱田園，可願？」

李奕一愣，怔怔地看著溫榮，半晌未出聲。

溫榮將茶湯一飲而盡，手撐案几站起身。「聖主定然知道，李晟答應我了，他大勝歸來後會交還兵權，辭官遠離盛京，再無機會威脅聖主。」溫榮站起身向外走去。「李三郎，你有帝王之才，又愛民如子，本就不該為我這種自私自利的女人放棄江山。其實你無法忘懷的是前世深深迷戀你、視你為全天下的溫榮娘，而非現在對你心硬如鐵、毫無眷戀的他人婦。李三郎，若你一意孤行，你將對不起李氏的列祖列宗，對不起萬千黎民百姓……對了，」溫榮停下腳步。「倘若李晟真有反心，我會親手殺了他，我也不能容忍天下亂，生靈塗炭。」

「榮娘且慢！」李奕站起來，看著快走到門扇處的溫榮。「那我阿娘一事，妳要如何交代？那日只有妳進宮探望，又送了甚安神禪丸，晚上她就夢到了王賢妃，受到驚嚇，得了失心瘋。」

溫榮背對李奕，低頭抿嘴笑。這件事她再滿意不過了，因為她替晟郎報了仇。想來不出幾日，晟郎就會收到京中消息，定能安慰的。溫榮緩了緩情緒，說道：「你可知晟郎的母妃是如何死的？是太后下的慢性毒藥，令賢妃的身體日漸衰弱，最終五臟六腑俱虧損，破敗而亡。太后人尚在，你貴為聖主，定能盡孝道，更何況今後太后不能再干政，民間沒有了流言，太上皇和太皇太后跟前你也有交代。王賢妃已然仙逝，但李晟早言他既往不咎。」溫榮回過頭看李奕。「李三郎，我說太后一事與我無關，你斷然不肯相信，可是你們沒證據，所以莫要冤枉我。」

「王賢妃一事你們也沒有證據，都是口說無憑，有甚意思……」李奕頹然無力地靠在木牆上。

溫榮推門離開，「嘎吱」聲響過後，雅室內一片死寂。

李奕撩開帷幔，溫榮已經下到一樓，帶著婢子和侍從離開了。隱約聽見溫榮在與婢子說笑，那名喚作綠佩的婢子知曉溫榮會帶她去挑首飾時，整個人歡呼雀躍起來。

再簡單不過的幸福和喜悅，李奕卻覺得離他很遙遠。溫榮的笑容並非勉強偽裝的，先才的事情未在溫榮心裡留下一絲半點的不悅和陰影，李奕濃墨般的俊眉擰作一團。這小婢子他有些記憶，似是為了溫榮觸柱而亡的。李奕嘆氣，這一世的他，還不如一名小婢子來得重要，他似能聽見心血一滴一滴落在地上的「滴答」聲。

溫榮問他是否肯立即放棄江山隨她歸隱？李奕想笑，他是真覺得可笑。溫榮不懂他，江山於他而言，哪有心儀女子來得重要？那一刻他是沈默了，可他的沈默並非因為思考和猶豫，而是他明白，倘若在此時放棄帝位，會惹來殺身之禍，跟在他身邊的溫榮亦不能倖免。

李晟之所以求他，願以出征同他談條件，就是因為李晟心如明鏡。李晟知道，沒有他這一國之君的承諾和保護，他和溫榮將寸步難行，不論何時何地，皆無法避免殺身之禍。

就算他還能在溫榮心中留一絲回憶，也是溫榮在嘲笑他是滿口謊言的偽君子……罷了，李奕頭很痛。溫榮不懂他，可他懂溫榮，溫榮看似柔弱沒有脾性，實際性子倔強，做事對人都是認的死理。於溫榮而言，重生這一世，他的江山將穩固，無人威脅他的帝位；而她則是嫁如意郎君，護了一府平安。重生是雙贏兩全，溫榮不會認為他有何損失，只會心疼李晟為她的放棄和犧牲……李奕覺得不公平，猛地握住案几上的茶碗，手臂微微發顫，茶碗在李奕手心噼啪作響，登時就成了碎片，茶湯和血水混雜而下。

溫榮對他冷硬如冰，可他卻無法狠下心待溫榮。

李奕扯過錦帕將手掌隨意一紮，渾渾噩噩地離開茶樓。

案几上的「錦鯉戲蓮」茶具被遺忘了，溫榮和李奕離開前皆未回頭去看一眼。李奕冷笑，時過境遷之物，不值一文，連回憶都算不上。

東市街坊。溫榮正走進一家首飾鋪。

其實溫榮離開雅間時有看到李奕眼底的絕望。溫榮鬆一口氣的同時，也揪起了心。

溫榮亦無奈，並非她要狠心絕情地傷害李奕，只是她明白，她和晟郎若要解脫，李奕就必須對她絕望。溫榮本想回頭看一眼茶具的，但轉念一想，既已不屬於她，就不該再存留戀，以免被誤解。

溫榮拋去紛繁雜亂的思緒，與正午烈陽一般，情緒高漲地挑了好幾支珠釵花勝贈碧荷和綠佩，又領著幾人在東市一家頗為出名的酒樓吃席面。

回到王府剛過酉時，甘嬤嬤到廂房與溫榮說起南郊莊子。

南郊莊子有小廝過來送話，言客人走了。

溫榮目光微閃，頷首道：「我知道了。」甘嬤嬤正要離開，溫榮又忽然想起一事，將甘嬤嬤喚住。「甘嬤嬤，小廝有言客人離開時，是否有留話或帶走了什麼嗎？」

甘嬤嬤笑道：「主子不提，奴婢倒忘了！小廝有說，主子留下的錢帛、玉器，那客人皆不肯收，只討要了一包葡萄籽和幾兜葡萄苗，那客人還誇南郊莊上的果子再好吃不過，他都快流連忘返了！」

溫榮掩嘴好笑，她以為高僧還有事未解決，所以不肯走呢，不想是因為喜歡莊上的水果！看來不但是高僧，還是個頑僧。溫榮笑道：「既如此，南郊莊子送客人離開時，可有多包些果子與客人？」

甘嬤嬤頗為為難。「這……奴婢可就真不知道了。小廝沒說，奴婢也想不起問，不若明日奴婢將南郊小廝再喚來問一問？」

溫榮擺擺手，滿面笑意。「不必麻煩，我也就是隨口一問。」溫榮越想越好笑，高僧口口聲聲無七情六慾，不叫凡俗之事牽絆，結果轉頭就看上葡萄不肯走了。高僧再如何深不可測，也都脫不開人間煙火，是塵世中人，只不過更加睿智慧黠罷了啊！

清寧宮裡，琳娘抱著年兒在長廊納涼，琳娘見年兒睡熟了，擔心孩子被風吹著，親了親年兒的小臉，便讓奶娘抱回內殿。

琳娘向內侍問道：「聖主何時回宮？有說晚上會過來看年兒嗎？」

內侍想起他先才打聽到的消息，心驚膽戰地說：「奴才不知聖主何時回的宮，但是申時中刻不到，聖主就在含元殿批奏摺了……」內侍忽然支支吾吾起來，不敢再往下說。

琳娘和善地笑道：「有甚事，但說無妨。」

琳娘其實猜到李奕出宮是為何事，她不急不惱，很是輕鬆。或許聖主不值得她相信，但溫榮的為人她絕不懷疑。更何況，她現在有了年兒……琳娘眉心微陷，如果不是溫榮，年兒早在她肚子裡時就被王家人害死了。她欠溫榮一命，如果溫榮真要皇后之位，她也無二話。

內侍惶恐地說道：「回稟殿下，聖主的手好像受傷了。」

琳娘眉一挑，頗為驚訝。「可嚴重？用過晚膳，我去探望聖主。」

內侍搖搖頭。「醫官說了只是皮外傷。聖主有言，一會兒要去興慶宮陪太后用晚膳，因為聖主的緣故，太后已經一整天沒吃東西了。」

聽到內侍提起太后，琳娘厭惡地皺了皺眉頭，轉身回內殿。「傷不重就好，待聖主有空，我再帶年兒過去吧。」

本膚如凝脂、頗為豐腴的太后，不過五日工夫，便眼窩深陷，滿面皺紋，猶如被斬斷根鬚的大樹，迅速蒼老萎靡。

太后靠在床榻上，散亂的髮髻裡夾雜著灰白銀絲，怔怔地盯著床頂的卷草福紋，不論宮女史在旁邊說什麼，她都置若罔聞，一語不發。直到宮女史言，一會兒聖主會來陪她用晚膳，晦暗的雙眸才閃出一點光。

太后從床上跳下來，也不肯穿鞋。

宮婢想著現在暑天正熱，就隨太后去了。

太后跑到殿門處，巴巴兒地盼著李奕過來。好不容易看到李奕身影，太后掙開扶著她的宮婢，衝到李奕面前，也未留意李奕手上的傷，一下子抓了上去。

李奕抽痛，倒吸一口涼氣，捺住性子扶太后回內殿。發現太后光著腳時，李奕皺起眉頭，正要責問宮婢，太后忽然就鬆開手，將靠近他們的宮婢推開。那宮婢手上提著太后的緞鞋，被太后推倒摔在地上，鞋子也滾得老遠。李奕抿嘴，將欲脫口而出的責備全部嚥下。

太后盯住李奕訕笑。

不一會兒，宮婢端了食案和碗碟上來，太后看到那碟紅炙脯，臉猛地沈下來，就要開口罵人，一個白色身影忽就晃在太后眼前。太后雙唇打顫，眼裡流露出驚懼之色，迫不及待地往李奕身後躲，重重掐住李奕的手臂，生怕李奕丟下她也走了。

太后語無倫次地說道：「王賢妃來了！她又來了……奕兒，你是天子，是真龍之身，是能壓制鬼魂的，只有你能保護我……」太后忽尖叫一聲後，抬手指向一片虛無處。「奕兒，你看到那處血淋淋的骨肉嗎？是王賢妃從我身上一片一片割下來的，我好痛、好痛啊！奕兒，你快去尋高僧，讓他們過來作法，將王賢妃這妖孽收了！對了，還有她的孽子，我真後悔，當初沒直接掐死——」

「阿娘，夠了！」李奕的聲音陡然升高，打斷太后的亂語。

太后嚇一跳，掐住李奕臂膀的手慢慢鬆開。太后光著腳，小心翼翼地挪回床榻，目光漸漸渙散，直到徹底失去神采，似再不可能恢復清明了。太后叨叨咕咕的，旁人也聽不清。

李奕走到太后身邊，擺擺手命宮婢全部退下，輕聲問道：「阿娘，李晟生母賢妃真是妳害死的嗎？」

太后理也不理李奕，顧自地喃喃低語。李奕蹲下身子，湊近太后耳邊，聽了許久才聽清他阿娘在說些什麼——

太后說她兒子好，說她兒子不會凶她……

李奕的心狠命揪起，喉嚨堵了一口氣，不上不下，憋得他無法呼吸，眼睛不知不覺就濕了。李奕握住太后的手，一滴淚落在太后手背上。

太后茫然轉過頭，無神地看了眼李奕，自李奕掌心抽出手，嘟囔道：「這麼大一個郎君了，居然會掉眼淚，還是我家奕兒堅強……」
李奕再也撐不住了，失聲痛哭起來，不斷地說著「對不起、對不起」。
今日被溫榮徹底拒絕，他是絕望但不會愧疚悔恨；可現在疼他、照顧他數十年的阿娘徹底瘋了，而且是被他最愛的女人害瘋的，李奕心痛到窒息，癱坐在地上不能動彈。他這輩子是無法做出傷害溫榮的事情的，可他也真的不想再見到將他阿娘害得如此淒慘的女人了……還是讓溫榮走吧，走得遠遠的。既然李晟的母妃是他阿娘害死的，那麼從此他們兩不相見、兩不相欠……

又到了一年的寒冬臘月，屋外大雪紛飛。
印著簇簇繁錦重瓣大牡丹的油染窗紙上，結出一朵朵晶瑩剔透的冰花。
溫榮托腮凝視冰花萬千變幻，冰渣子時不時剝落下，發出「噼哩啪啦」的聲響。
許是盧瑞娘開的補身子藥方頂用，溫榮不似往年那般畏寒了，這會兒就算不用手爐，手腳也不會冰涼麻木。溫榮雙手交握，抵唇呼出一團白氣，又搓了搓手，拍拍臉，打起精神，起身將放在床頭的紅木匣子抱到案桌上。匣子裡小心收存著李晟從邊疆寄回來的每一封信，溫榮一封一封打開，一字一字地看，然後又一封一封小心地摺好放回去。
碧荷進廂房添炭爐子時，見主子又在一個人傻愣愣地看信了，無奈地搖搖頭，心裡忍不住嘆氣。主子和王爺分開整整一年了，原先主子是隔三差五才把信翻出來，現在是每天都要看上三兩遍。碧荷知道主子很想念王爺，主子心裡有苦但不能說，半夜不知哭濕了幾次錦衾。王爺到底什麼時候才能回來呢？機靈的碧荷也開始盯住一處發怔，這望穿秋水、度日如年的日子，於主子而言實在太難熬了。

外院小廝進園子送信，廊下婢子喊了一聲，碧荷正要出去，溫榮已經蹭蹭蹭地越過她，跑出廂房了。碧荷眨眨眼，掐指算了下日子，王妃已有半月未收到王爺的來信了，往常都是兩到三天一封的。不過那些貴人都說是因為寒冬到了，山路被雪封堵，所以信才送不出來。

碧荷思忖間，溫榮已捏著一封信，一臉失落地回到廂房，幽幽嘆息。

溫榮心不在焉地將信揭開。

綠佩正好撩簾子進屋，兩眼放光，根本未注意到碧荷和她打的眼色，巴巴兒地問道：「主子，是王爺的信嗎？」

溫榮將信放在一旁，搖搖頭，鬱鬱寡歡地說道：「是丹陽長公主的，明日丹陽要帶郡主進宮探望太皇太后，問我是否一起去？」

丹陽前兩月生了小郡主。聽說丹陽的阿家甄氏頗為失望，丹陽本人倒是不以為意，而太皇太后、太上皇更是將小郡主視若珍寶。

丹陽身子恢復極好，出了月子後，就常帶小郡主進宮尋琳娘和年兒玩，兩個孩子也放在一處帶。若不是小郡主的阿爺林子琛還在千里外的邊疆，丹陽恐怕已咋咋呼呼地替年兒和小郡主定娃娃親了。

守在溫榮身旁的綠佩知曉不是王爺來信，整個人耷拉下來，嘴一噘，就要開始抱怨，被碧荷撓了一下。

碧荷在旁笑道：「聽說宮裡梅花開得正好，主子不若進宮賞梅散心。」

溫榮目光飄忽起來，怔怔地說道：「才結好兩條梅花絲條，可送不去邊疆了。」溫榮低下頭，雙手擺弄著李晟送她的瑩玉簪子，嘟囔道：「宮裡有甚可去的？論起梅花，還不如溫府碧雲居開得漂亮……」

溫榮向來覺得梅花襯晟郎，四年前在宮中見到了李晟，那時亭臺四周的梅花開得正好，李晟自曲折幽徑朝她緩步而來。

冰雪林中著此身，不同桃李混芳塵——這是溫榮腦海中對李晟的霎時印象。

再後來就是溫府碧雲居，李晟為了養傷在碧雲居住了一段時日，記憶裡，李晟肩上箭傷還未好完全就開始練武了。劍刃揮起散了滿院劍氣，開得正興的梅花被片片斬落，梅花瓣在寒風中紛揚飄散，繞著一襲精白袍衫的李晟翩躚飛舞。那時溫榮雙手遮目，不屑欣賞，只不斷在祖母面前抱怨，抱怨李晟糟蹋了滿院盛開的寒梅，恨不能將他趕了出去……

溫榮向碧荷和綠佩吩咐道：「宮裡就不去了，收拾收拾，我們一會兒去溫府，問問祖母和阿娘這幾日是否有收到軒郎的消息。」

二人應聲退下，綠佩低聲嘆道：「主子越來越不喜歡同皇后、長公主在一起了。碧荷，妳說皇后、長公主她們也真是的，明知道主子在王爺回京前不可能懷孕生孩子，為何她們二人碰在一起就只討論與孩子有關的事情呢？什麼小皇子又長個子、前兒新做還未穿的小衫不能用了、什麼小郡主又得了太皇太后的賞賜，還有呢，」綠佩走下長廊，環視一周，見只有侯寧能聽見她們說話，遂大膽起來。「長公主太可惡了，竟然將小皇子穿過的肚兜討走了，皇后之前才說了要將肚兜送給主子的！」

「好了好了，叫人聽見，仔細妳的長舌頭！」碧荷停下來，撇嘴道：「妳快去同侯侍衛說，我們主子要趕去溫府用午膳。」

到了溫府，問了祖母和阿娘才知道，她們已經有數月不曾收到軒郎家信。

謝氏合眼靠在矮榻上，手中把玩幾顆文玩核桃，不悅地說道：「妳這哥哥是個靠不住的，若不是妳夫郎信裡會時不時地提他兩句，我們真連他是死是活都不知曉。」

林氏一聽這狠話，眼圈馬上就紅了。「阿家，軒郎也是沒得法子，南賢王是三品大將軍，有單獨的營帳，可軒郎呢，只一床褥子，去哪裡尋筆墨紙硯寫信呢？」說著說著，林氏就哽咽起來。

溫榮趕忙執錦帕替阿娘拭淚。「祖母也是太想念軒郎，才會說那些氣話的，阿娘莫要往心裡去。」

林氏連連點頭，握住溫榮的手擔憂道：「榮娘，不想王爺也十幾日沒送消息進京了，宮裡有甚消息嗎？我又擔心得每晚睡不著覺了。」

溫榮拍拍林氏的手背。「那些老將軍都說了，這兩月大雪封路，漫說晟郎、軒郎他們的家書，就連宮裡的捷報都被耽擱，不能準時送到。」

謝氏頷首道：「我知曉的。對了，榮娘，這幾日是否有人去尋妳？」

溫榮疑惑地搖搖頭。「除了丹陽和琳娘時常送帖子過來，邀請相聚，其餘人都鮮少往來了，畢竟天寒地凍的，大家都寧願在房裡窩著，不願意出門了。不知祖母指的是誰？」

謝氏面色沈了沈。「就是妳哥哥在平康坊惹的風流債，尋上門了。」

溫榮一愣，腦海裡浮現出鄭大娘子明亮清麗的面容。雖只見過一面，只說過幾句話，可溫榮對鄭大娘子的印象不差，鄭大娘子不該是那般死皮賴臉上門攪擾平靜的人。

「若不是看在她還算識趣的分上，我早叫人將她趕出盛京了。」謝氏眉頭一皺。「也不知是誰在背後幫的忙，將那鄭大娘子從平康坊裡贖出來，又給安置了宅子。軒郎我是知道的，沒那本事和能力……」說著，謝氏狐疑地看向林氏，懷疑是林氏耳根子軟，偷偷給軒郎錢帛。

這一眼嚇得林氏收了眼淚，連連擺手。「阿家，府裡的帳可清楚了，兒絕不敢私下裡幫軒郎的，否則漫說阿家不喜，就是讓珩郎知道，也定要數落和責備兒的！」

「是了，怎可能是阿娘呢，祖母多心了。軒郎這幾年在外頭結識了不少朋友，就是當今聖主，不也是軒郎好友嗎？」溫榮替阿娘說了兩句，就連忙岔開話題，坐在錦杌上替謝氏揉腳。「對了，前幾日祖母說腿腳不利索，現在可好些了？宮裡醫官如何說的？」

「年紀大了，腿腳自然不利索，有甚好請醫官的？」謝氏點了下溫榮的額頭，語氣輕緩不少。「妳和妳阿娘一唱一和，我倒像是個惡人了。那人沒來尋妳就好，我開始時擔心那女娘有了軒郎的孩子，現在終於可以放心了。」

幾人用過午膳後，聊了些宮裡和坊間的趣事，由於冬日天色暗得早，溫榮又安慰祖母和林氏一番後，便告辭回府了。

回了南賢王府，溫榮一下馬車就看到一個頗為眼熟的身影，那身影正在南賢王府大門處徘徊。溫榮定睛一看，不就是先才祖母提到的鄭大娘子嗎？溫榮擔心祖母懷疑到她頭上，故先前未敢詳問鄭大娘子何故去溫府。想來鄭大娘子是遇到困難了，否則不會在至溫府吃了閉門羹後，又焦急地過來尋她。溫榮朝鄭大娘子走去。

鄭大娘子朝溫榮行禮，臉一紅，頗不自在地道：「貿然過府尋王妃，還請見諒。」

溫榮笑道：「有甚見諒不見諒的，左右我也是一人在府裡，還盼著有人過來陪我說話呢！外頭風大，我們進府去花廳。」

鄭大娘子驚訝地看著溫榮，趕忙搖頭。「不敢打擾王妃！」

溫榮也不與鄭大娘子多言，牽了鄭大娘子就往府裡走去，小廝準備了肩輿，將二人徑直送往花廳。

碧荷送上熱騰騰的茶湯，鄭大娘子端著茶碗，頗為不自在。

溫榮親切地問道：「不知鄭大娘子過來尋我是為何事？」

鄭大娘子抬起頭，一臉焦慮。「民女只是想問問軒郎的近況，軒郎離開盛京一年了，這一年裡，民女只收到一封報平安的信，所以……」

溫榮嘆了一口氣。「之前我去了溫府，祖母和阿娘也在抱怨……」溫榮大致說了些關於哥哥的消息，也都是李晟告訴她的。

鄭大娘子知曉溫榮也有十來日未收到信時，沈默半晌後，似下了極大決心，堅定地說道：「王妃，民女打算去邊疆。」

溫榮聽到鄭大娘子要去邊疆，嚇了一跳，幾乎不敢相信自己的耳朵，瞪大了眼睛訝異道：「妳一個弱女子，如何去邊疆？漫說現在邊疆戰事緊張，天氣惡劣，就是尋常太平時候，商隊沒有護衛亦是寸步不敢行的。鄭大娘子莫要與我開這等玩笑了，若是平日一人太過無趣，就過來尋我，提前使人送帖子來，我便不會出府，鄭大娘子亦不會像今日這般在外頭等了。」

鄭大娘子莞爾一笑。「王妃放心，民女心裡有數。民女之前在平康坊做樂伎，雖上不得檯面，叫貴家女娘鄙夷，卻也因此打聽、瞭解到不少關於聖朝邊疆的事情。商隊容易被盯上，是因其運載了大量財物精貨，而尋常逃難避世的村民，山寇是不會截攔的。」鄭大娘子頓了頓，又說道：「而且民女也不會隨處亂竄，只打算尋個村落安頓下來，再看看能否為聖朝軍隊做些事。」

溫榮毫不猶豫地搖搖頭。「既然這事讓我知道了，就絕不能放妳去，否則我內心不安。還有，將來軒郎回來妳卻不見了，我無法向他交代。」

溫榮的平易令鄭大娘子少了幾分顧忌，為了說服溫榮，鄭大娘子認真地說道：「王妃此言差矣，王妃怎麼看得住我？今日若是未見到王妃，民女不聲不響也就走了。民女此行去邊疆，除了思念軒郎，想過去尋他，還希望能讓溫老夫人對民女改觀，不至於見著民女就生氣。」

溫榮顰眉不語，她仍舊不放心。比之性命，改變他人對自己的印象哪裡有那般重要。只是鄭大娘子言她看不住也是真的，她不可能強將鄭大娘子留在南賢王府，更不可能遣僕僮小廝去看守鄭大娘子的院子。

鄭大娘子轉頭看向花廳外，門框處的珐瑯寶石簾被風吹得叮噹作響。

綠佩上前將寶石簾束了起來，正好可以看到侯寧在庭院來回踱步。

鄭大娘子收回目光，朝溫榮笑道：「那侍衛一見就知武功高強，王妃身邊有高人保護，民女也能放心。」

溫榮想起鄭大娘子有說過自己會拳腳功夫，但在溫榮眼裡，這所謂的拳腳功夫恐不過是花拳繡腿，真遇上危險，半分用都沒有。

鄭大娘子似猜到溫榮的心思，道：「民女有一事相求，還請王妃莫怪民女唐突。」

溫榮頷首道：「鄭大娘子有甚事？但說無妨。」

「民女自幼習武，自道不凡，後流落至風塵，無奈將這些都收斂了去，只偶爾小心地做防身之用。」鄭大娘子不自禁地揉著手腕。「民女想與那名侍衛切磋一番，不知王妃可准允？」

溫榮不敢置信地看著鄭大娘子。

原本安安靜靜在旁伺候的碧荷和綠佩也開始一臉詫異地打量鄭大娘子，綠佩更是心中不悅，暗叱鄭大娘子好厚的臉皮，實是不自量力！

溫榮本想反對，可鄭大娘子滿眼期待，已是躍躍欲試，且鄭大娘子今日穿一身窄袖小襖褲，比試功夫也確實方便。溫榮轉念一想，考量鄭大娘子功夫確也不是壞事，她讓侯寧注意一點，莫要使出全身力氣，莫要傷到鄭大娘子便是了。

溫榮點點頭。「既然鄭大娘子有此想法，試試也無甚不可，我去問問侯侍衛是否方便。」說罷，溫榮站起身，帶鄭大娘子去庭院。

綠佩跟在後頭嘀嘀咕咕，頗為不情願，她還指著主子拒絕鄭大娘子呢！平日裡她自己是對侯寧打打罵罵的，可其餘女娘哪裡有資格同侯寧過招呢！

到了庭院，同侯寧說明來意，侯寧本就憨厚，當即支支吾吾地脹紅了臉。「王妃，小、小的擔心出手太重，傷了這位娘子……」

溫榮還未開口，鄭大娘子已先說道：「侯侍衛不必擔心，民女打算去邊疆尋溫家大郎，所以請侯侍衛莫要手下留情，王妃未見著民女的真功夫，是一定不會放心民女獨自前往邊疆的。」

侯寧驚訝之餘更多了敬佩，拱手示意願同鄭大娘子比試一番。

溫榮交代，過二十招後，不論輸贏都必須停手，不允許下殺招，點到為止。不過是相互切磋，並非要爭你死我活。說罷，溫榮帶碧荷、綠佩一起退至小亭。

鄭大娘子出招的一瞬，溫榮的眼睛便亮了，極有架勢，招招果斷狠絕，絕對不是甚花拳繡腿可比擬的。若不是溫榮說了點到為止，鄭大娘子先才那幾下就可以扼上對方喉嚨了。好在侯寧亦不是省油的燈，認真起來絲毫不落下風。

溫榮投向鄭大娘子的目光越來越複雜，鄭大娘子絕非尋常人家出身，不知究竟是何過往，竟然被迫流落風塵。每個人都有不欲為外人道的過往，鄭大娘子不願說，她就不問，只要能真心待她哥哥便好。

二十招後，二人立即乾脆俐落地停手，互表承讓。

鄭大娘子回到溫榮身邊，不好意思地笑了笑。「讓王妃見笑了。民女功夫不遜侯侍衛，倘若只在盛京裡乾等，心焦煩悶不說，也平白浪費了一身好功夫，不若去戰場，說不定能為聖朝將士出分力。」鄭大娘子見溫榮尚在猶豫，便坦言了自己的出身與成長經歷。

溫榮這才知曉鄭大娘子原來是出自滎陽鄭氏一族的旁支。

鄭氏亦是大族之一，鄭大娘子的父輩、祖輩皆是武將。在鄭大娘子十二歲時，族中支系內鬥，鄭大娘子的阿爺因此被陷害流放，並於流放途中被族人害死了。鄭大娘子府裡的女眷皆沒入賤籍，而鄭大娘子因姿色過人又擅長詩樂，被帶到盛京平康坊，成為京中頗為出名的樂伎。

「阿爺言民女骨骼清奇，雖是女身，卻是練武的好苗子，故民女從學步起，便跟著阿爺學了一身上陣殺敵的本事。」鄭大娘子看著溫榮，認真地說道：「阿爺最大的遺憾是膝下無男丁，不論民女武功多好，都無機會繼承他的衣缽。後來府裡出事，民女也跟著心灰意冷，是遇見了軒郎，才重又起了念想。說沒有私心是假的，若此行能立下功勞，就能換得良籍，往後也能名正言順陪著軒郎，不叫他為難。」

鄭大娘子話已至此，且確實有保護自己的能力，溫榮也不好再勸阻，遂說道：「既然鄭大娘子心意已決，我也不強留了。此行路途遙遠，府裡有良駒白蹄烏，便贈與鄭大娘子為坐騎。」一見鄭大娘子就要拒絕，溫榮擺手將鄭大娘子的話壓下。

很快的有小廝牽來一匹高頭駿馬，四肢粗健、鬃毛黑亮，一眼便知是千里良駒。

溫榮又拿過一只褡褳塞進鄭大娘子懷裡。「裡面不過是一些散錢和我的信物，到邊疆看到將士後，可用我的信物見到軒郎。」

鄭大娘子很是感激，接過褡褳深深鞠了一躬。「王妃大恩大德，民女沒齒難忘！今日同王妃就此別過，再見時聖朝一定已大勝突厥，凱旋而歸！」

溫榮握住鄭大娘子的手，她不知該交代或祝福什麼，萬千思量，最後只說了聲保重。

距離鄭大娘子離開京城過去了二十日，溫榮仍未收到李晟的信。四處打聽才知曉，府裡有郎君在邊疆的，也都沒了消息。整個盛京一瞬間安靜了下來，家家戶戶都陷入緊張壓抑的氣氛中，牽掛著遠在邊疆的孩子。

溫榮這幾日更是茶飯不思，整個人又清瘦了不少。

丹陽帶小郡主去宮裡的次數少了，到南賢王府尋溫榮的次數多了。丹陽和溫榮彼此互相安慰，言沒有消息就是好消息，相信不論是誰，只要是聖朝子民，就一定吉人自有天相。

這日，丹陽又抱小郡主過來尋溫榮，溫榮在府門處接她，二人往回才走到二進院子的月洞門處，閣室小廝就急急忙忙追了過來，上氣不接下氣地說道——

「宮裡來消息了！有邊疆戰事的最新消息了！」

「贏了嗎？可有南賢王的消息？」

「贏了嗎？可有五駙馬的消息？」

溫榮和丹陽幾乎是異口同聲發問。

小廝為難地搖搖頭。「宮裡送信的只說有消息，其餘的，皇后請王妃和長公主進宮詳說。」

溫榮點點頭，迫不及待地吩咐馬車，拉著丹陽就往宮裡奔去。

清寧宮裡，琳娘正煩躁地來回踱步，今日送到的並非好消息。冬季嚴寒，兩方是暫時歇戰了，之前沒有信件也確實是因為大雪封山導致，至於南賢王他們……

很快的，溫榮和丹陽都到了清寧宮，琳娘先讓二人坐下吃茶。

琳娘一對上溫榮滿是期待的目光，就心虛地瞥開眼去看丹陽。

溫榮的心登時一沈，蹙眉道：「琳娘，是不是南賢王出事了？」

琳娘擰緊帕子，抿抿唇說道：「榮娘，邊疆送來的信裡說……王節度使、南賢王、溫軒郎，還有幾名跟隨南賢王的武將，因為追擊突厥大將頡利西而深入吐谷渾，結果深山突降大雪……他們……失蹤了……」

溫榮一陣眩暈，差點昏過去。

琳娘趕忙將搖搖欲墜的溫榮扶住，急聲道：「榮娘，妳先別急，五駙馬已經領了一隊人馬去雪山深處尋他們了，說不定這會兒已經尋到，只是信尚在途中，未送進京……」

疆北深冬，大雪封山之時，積雪達數尺，可沒小兒圓髻。疆北住民都知曉，這時候千萬不能進山林深處，雪之厚可令人馬寸步難行，且白茫茫一片，也極容易迷失方向。不惜性命進山深處之人，多半在來年的化雪春日，被遊牧民撿回早已僵化的屍骨……琳娘言信在路上堵了大半月，如此耽擱的時間加上路途時間，晟郎和哥哥已經失蹤近兩月了。

溫榮隱約聽見身旁有人在安慰她，言南賢王並非尋常人，言聖主已命更多兵士去尋人了，言進山的牧民還是有許多平安出來的……溫榮恍惚輕笑，進山後安然無恙出來的人有多幸運？晟郎、軒郎那些個不怕死的，竟是騎馬追進雪山，縱是名馬皎雪驄、飛霞驃又如何？

噠噠馬蹄聲易引發雪崩，待到馬蹄陷入深雪之中，他們如何逃開？許是太悲觀了些，溫榮剛要強令自己往好了的想，那宮婢就不知為何忽然打開隔門，冷不丁一股寒風灌進溫榮胸腔，凍得溫榮面色青白、牙齒打顫，垂首間，兩行清淚悄然滑落……

溫榮也不知是如何回到南賢王府的，人軟軟地躺在箱床上，淚水不知不覺地順著綾胎圓枕百福如意紋滑下，濡濕一片軟褥。

「榮娘，廚裡做了水晶糕，多少吃點兒。」林瑤娘沿著床榻坐下，擰了條乾淨的帕子，將溫榮眼角、臉頰上的淚水輕輕擦去。「皇后都說了，王爺、表哥可能已經平安無事，只報平安的信還堵在路上未進京。」

在皇宮裡，溫榮聽到晟郎和哥哥一起失蹤、至今生死未卜的消息後，一瞬間就垮了。琳娘和丹陽著實擔心，本想讓溫榮留在宮裡休息，無奈溫榮執意回府。現在她二人都必須帶孩子，不可能十二個時辰陪著溫榮，琳娘原先打算命內侍去溫府接茹娘到南賢王府的，可李晟、溫景軒的消息送至溫府後，溫府上上下下都大亂起來，平日遇事冷靜的謝氏、溫世珩等人也都陷入恐慌和不安當中，丹陽乾脆送了封信到中書令府。

林瑤娘接到信後立即冒雪趕到南賢王府，在大門處頂著寒風，巴巴兒地等溫榮回來，自溫榮下馬車，便寸步不離地守在溫榮身邊。

溫榮屈肘撐起身子，朝瑤娘感激地笑了笑。「瑤娘放心，不過心口一下子堵得慌，也吃不下東西罷了，其實無事的。丹陽還小題大做請妳過來陪我，實是過意不去。現在時辰晚了，瑤娘便在府裡將就著歇一晚吧。」

瑤娘見溫榮面色越發青白，整個人無半分神采、憔悴不堪，很是難過。她平日大大剌剌慣了，這會兒也不知該說甚安慰的話。溫榮口中言無事，卻又不吃東西，任由溫榮這般耗下去，沒兩日身子就要撐不住的！瑤娘愁眉不解，氣餒地將碗碟放至一旁。

溫榮令碧荷替瑤娘準備房間，瑤娘卻執意不肯離開，要在溫榮廂房的矮榻上對付一晚。

溫榮本就沒有精神，疲累不堪，見拗不過瑤娘，也就隨瑤娘了，只讓多墊層褥子，千萬別著涼了。

二進院子廂房裡的燈火亮了一晚上。

靠在床榻上、一整夜水米未進的溫榮好不容易熬到卯時，硬睜開了又紅又腫的眼睛，瘆脹的眼皮子動一動就能落下淚來。

溫榮出神地盯住格窗，迷糊間她似乎看見了北疆，看到茫茫無盡的雪原，雪山與天際線連成一片，隨著箭刻流沙逝去，皚皚積雪逐漸將漆黑的天際線染上了陰沈的灰白色……

睡夢中的瑤娘迷迷糊糊地醒過來，揉揉眼睛朝床榻望去，就見床榻上整整齊齊疊放著錦衾，哪裡還有溫榮的身影？瑤娘打了一個激靈，暗道聲不好，整個人都清醒了過來！

第五十章

廂房裡的炭爐子燒得正旺，瑤娘的圓臉紅彤彤的，她緊張地穿上繡鞋，就要衝出去尋溫榮時，聽到廂房的寶石簾被人撩了起來。瑤娘回頭，看到溫榮正帶著碧荷走進來，瞬間鬆了一口氣，人一歪，又靠回矮榻上。剛才起得太急，她氣都還未喘過來呢！

溫榮的眼睛很難受，正吩咐碧荷去準備菊花水，好用來敷眼睛，看到瑤娘醒了，抿唇勉強笑問：「瑤娘醒了？昨夜在矮榻上定沒睡好，瑤娘有甚想吃的，我吩咐廚房去做。」

瑤娘怔怔地搖搖頭，雖然可以看出溫榮是強打的精神，可這狀態仍舊轉變得太快了，難道在她熟睡時，又有新消息進京，言已經找到南賢王和溫軒郎了，而且他們皆平安無事嗎？

見瑤娘一臉驚訝，溫榮又說道：「現在哥哥一起失蹤了，祖母、阿爺、阿娘他們一定十分擔心難過，茹娘還小，府裡的事情指不上她，我要去一趟溫府，祖母他們好歹還肯聽我的話。一會兒瑤娘可要一起去？或者我令馬車送瑤娘回中書令府？」軒郎是溫家長房的獨苗，長輩本就不同意他從武，自從軒郎出征後，阿娘都是跟著祖母修佛茹素，就是為了替軒郎、南賢王積福，現在突聞噩耗……溫榮明白，如果她垮了，整個溫府可能也就跟著一起垮了。

綠佩幫瑤娘換好衫裙小襖後，瑤娘在妝鏡前坐定，一邊擼著手腕上的玉珠串，一邊焦急地說道：「我也去，說不定能幫上忙！如果幫不上，我就在一旁安靜地站著，絕不會給榮娘添麻煩的！」

溫榮走上前，拿起篦子親自替瑤娘篦髮，看到瑤娘眼圈下的黑影子，心疼地說道：「哪裡是擔心瑤娘添麻煩，就是怕妳累著。」

按照溫榮的交代，廚房為瑤娘準備了熱羹湯、一小碗添了精製鹿鬆和魚鬆的餺飥湯，再便是瑤娘喜歡的水晶芙蓉糕和荷月酥。

梳好髮髻後，瑤娘看到食案上擺的精緻吃食，直嚥口水，她在府裡都不曾吃到如此合胃口的早膳。本以為溫榮會與她一同吃，可溫榮已經閉上眼睛靠回箱床。

碧荷將泡過水的菊花用小銀漏勺撈起，菊花上的水稍稍瀝乾後，裹在素白絹帕裡，敷在溫榮的眼睛上。

瑤娘巴巴地說道：「我等榮娘敷好眼睛，一塊兒用早膳。」

綠佩在旁替瑤娘擺好碗箸，道：「王妃一早用過早膳的，這些都是為娘子準備的，一會兒娘子吃完就能陪王妃去溫府了。」

溫榮眼睛上敷著菊花包，只小心地點點頭。

瑤娘鬆了一口氣，她先才還擔心溫榮不肯吃飯，現在安心了，一個人在食案前大快朵頤了起來。

溫榮還未到穆合堂就聽說祖母昨日一口氣喘不過來，暈倒了，太皇太后派了宮裡最好的幾名醫官下來。溫榮面色凝重，腳下步子更加快了起來。

溫老夫人廂房裡燃著淡淡禪香，溫榮一進廂房就看到盧瑞娘坐在面如金紙的祖母身邊，手撚銀針，一臉嚴肅地摁準了穴位，小心扎下。

阿爺、阿娘、茹娘皆守著祖母，阿娘和茹娘的雙眼也哭腫了。

盧瑞娘將銀針抽起，很快的，祖母重重咳嗽起來，喉嚨裡有隆隆痰音。溫榮快步到祖母床前，紅了眼睛問道：「瑞娘，我祖母她怎樣了？」

盧瑞娘見到溫榮，眼裡不免閃過一絲心痛之色，安慰溫榮道：「老夫人是一時急火攻心導致痰壅，好在平日養身得當，不至傷及根本，施過針後就會緩過來的。」

溫榮接過痰盒侍奉祖母。

謝氏雙眼佈滿紅血絲，艱難地握住溫榮的手，喘著氣說道：「南賢王和妳哥哥都會沒事的，榮娘不必擔心。我這是年紀大了，身體不由人嘍……」

溫榮本已做好安慰家人的準備，不想祖母在如此虛弱時還是想著她。一股酸澀上湧，溫榮再也忍不住，摟著祖母哭了出來。

為了更妥善地陪家人，並且令丹陽她們放心，溫榮暫且住回了溫府。逢初一、十五，林氏會帶溫榮和溫茹到南郊的明光寺求平安。

不過十日，又有邊疆消息進京，可惜仍未尋到李晟等人。

這日逢初一，溫榮一大早隨阿娘去明光寺。上香又捐了經書後，溫榮扶林氏前往供香客休息的雅間。剛到雅間門口，溫榮就聽見有女香客在討論邊疆戰事，聽著聽著，溫榮忍不住蹙緊眉頭。女香客中有一人是中書省官員羅舍人的夫人，其嫡長子同林子琛和李晟關係頗好，是坦蕩的人，在前次校習場後被定為正六品武將，一直跟隨李晟。此次羅大郎同李晟一道出征，又一同追逐突厥大將，失蹤在了茫茫雪山中。

羅夫人今日亦是進香為其子求福的，這會兒在雅間安安靜靜地休息時，不想平白惹到了晦氣，就聽見一個尖酸刻薄的聲音正在妄言邊疆將士生死——

「唉喲，妳們是不知道那雪山有多凶險，隨時雪崩落石不說，還有比人都高的雪狼呢！化雪之後，牧民能撿到的不過是辨不出的零碎屍骨，整個人都叫雪狼吃了七七八八了……」

這邊聲音未停，就有人跟著起鬨——

「喲，這不是羅夫人嗎？羅夫人是個有福氣的！妳家羅大郎跟對了主子，五皇子升為南賢王後，羅大郎一下子就得了正六品官職，比我家那孩子辛辛苦苦考進士試容易多了——」

「吱呀」一聲，門被推開，正說話的女眷轉頭看到溫榮，幸災樂禍的笑一下子僵在臉上。

眾人起身，向溫榮見禮道好。

溫榮朝羅夫人微微一笑後，目光落在先前冷嘲熱諷的兩位女眷身上。其中一位是門下省給事中府的廖夫人，廖家依附王氏，背後沒少嚼謝氏一族的口舌；另一位是御史臺郭中丞正妻，郭中丞在御史臺的資歷遠甚溫世珩，可溫世珩被提拔為御史臺大夫，年紀更長的郭中丞卻無升遷希望，郭家人少不得有怨言，常在背後說些關於溫府的不中聽的話。

溫榮意興缺缺，不屑與她們爭辯，不陰不陽地說道：「喲，廖家二郎要準備考進士試了？我先在此恭喜廖二郎金榜題名，一舉中的。」

廖夫人連連稱謝，二郎是甚貨色，她這當母親的心裡最清楚，但當了眾夫人的面被王妃稱讚，而且那南賢王妃還是剛被她打了臉的，思及此，廖夫人面上的得意之色更甚了。

溫榮頷首笑道：「廖二郎有本事，將來定能光宗耀祖。」小沙彌上前為溫榮斟茶，溫榮抬手笑請了眾夫人茶湯，淺吃口茶湯後，溫榮又緩緩說道：「廖給事中是正五品上官員，照聖朝大律，府內一子可蔭補，想來要參加進士試的廖二郎定不屑蔭補的八品下官職。」溫榮眉眼一抬。「我聽說廖二郎有個哥哥，今年滿二十了，約莫是考不上進士試的，蔭補名額空著也可惜，不若就給了廖大郎吧？想來廖夫人也會同意的。」

廖夫人一口茶都噴出來了，坐在她旁邊的夫人趕忙躲避，生怕沾到茶水和晦氣。

廖夫人的臉早黑了下來，狠狠摑了替她擦裙衫的小婢子一巴掌，惡聲罵道：「妳這小賤蹄子，擦個水，手也那麼重，想痛死我嗎？」

原來廖大郎並非廖夫人所出，是府中姬妾的庶子，蔭補資格給了庶子，廖夫人自然心痛難忍。

溫榮根本無所謂廖夫人的指桑罵槐。廖二郎在國子監唸書，溫榮早聽哥哥提過此人，就是個不學無術的紈袴子弟，他若能考上進士，今年六月都要飛雪了！相反的，那廖大郎是個勤勉的，只可惜天資所限又是庶出。今兒除了奪廖二郎的蔭補資格，她還要命人交代禮部官員，這幾年進士試不允許貪贓枉法，一定要公平。

溫榮又冷冷地看向郭夫人，直言道：「郭夫人可別忘了妳的獨子亦是習武的，此次出征，郭大郎是躲了過去，可若前線需要增援，或者需要加派人手去尋王節度使、南賢王等，京裡就少不得要加派兵士。」溫榮見郭夫人的臉色越來越蒼白，輕笑道：「到時候，去邊疆、進雪山的名單裡，一定會有郭大郎的名字。」

郭夫人立即哭喪著臉哀求道：「還請王妃高抬貴手！府裡就大郎一個孩子，倘若他在邊疆上有甚意外，臣妾和他老子爺都活不下去了！」郭大郎能在出征名單中被除名，是郭夫人四處求來的。

溫榮神色不動，冷哼一聲。「誰家孩子出事父母不悲痛？既然郭夫人捨不得郭大郎，就該少說兩句風涼話。有那嚼口舌的閒工夫，不若多求佛、多抄經書，誠心祈禱聖朝軍大勝，祈禱王節度使、南賢王、羅大郎他們安然無恙地平安歸來，否則郭家大郎上戰場，最遲就是下個月的事！」

郭夫人一下子癱軟在蓆上，求溫榮原諒的話堵在喉嚨口說不出來。

原先在一旁瞧熱鬧的女眷們三三兩兩地竊竊私語起來，多是嘲笑譏諷。先才被溫榮擺了一道的廖夫人，此時也一臉幸災樂禍地看郭夫人。

之前領溫榮進門的小沙彌回到雅間，雙手合十同溫榮說道：「方丈準備了禪茶和素點，特請溫夫人、王妃、羅夫人往禪房說話。」

溫榮連忙回身謝禮，也不再理會那些長舌婦，自領阿娘和羅夫人隨小沙彌去禪房。

到明光寺燒香次數多了，與方丈也就熟稔，但被請往禪房吃茶說話，卻還是頭一回。

方丈蓄一尺白鬚，合眼端坐蒲團打坐，陽光從窗透入，為方丈鍍一層金身，現顯仙氣。

溫榮心下不自禁感慨，不愧是盛京最被推崇的大師，明光寺自不愧為最具靈性的寺廟。

方丈聽見聲音，緩緩起身與溫榮打個佛偈，請溫榮等人坐下。

溫榮恭敬道：「叨擾方丈了。」

一旁的小沙彌打開檀木匣子，取出一餅顧渚紫筍，溫榮請示方丈後，自小沙彌手中接過茶碾子，駕輕就熟地煮起茶湯。

方丈看著溫榮的煮茶手法，目光微閃，拈佛印笑道：「王妃認識貧僧的師弟空明？」

溫榮一愣，又低下頭，手不停地提盞注水。「弟子煮茶手法是從一名來自西域的高僧手中學得，只習得皮毛，實在慚愧。」

方丈笑道：「貧僧師弟便來自西域，師弟是開天眼之人，與貧僧坐井觀天不同，師弟依靠行走世間修行大佛法，貧僧遠不如師弟。」

溫榮笑而不語，將煮好的禪茶奉與方丈、阿娘、羅夫人。

羅夫人嚇一跳，她非溫榮族中長輩，連稱不敢，哪裡有讓王妃奉茶的道理。

溫榮搖搖頭笑道：「在佛祖面前，妳我皆為弟子，有甚不敢的？」

方丈緩緩點頭。「幾位施主俱是為家中夫郎、孩子求平安的。」接而嘆氣道：「戰事無非殺戮，戰場素來血流成河，白骨成塚。」

林氏和羅夫人紅了眼睛，一心想求方丈算卦，借此知曉她們孩子在邊疆吉凶。

林氏正要開口，被溫榮阻攔了，溫榮抿嘴道：「高僧所言有理，戰場上不論聖朝將士抑或突厥人，皆是人生父母養。觸目雖淒涼，橫豎一條命，只苦了家中白髮蒼蒼、苦心牽掛的老人。」

方丈看著溫榮，捋鬚道：「既然師弟無聲息離開，王妃便不必擔心。」

溫榮蹙眉沈思片刻。「高僧與弟子是品茶論道，未談及戰事與邊疆將士生死，想來是弟子愚鈍，未能領悟高僧的話中深意。」

方丈神情淡然，卻帶悲天憫人之相，朝林氏和羅夫人說道：「溫大郎與羅大郎跟了一個好將軍。」說罷，方丈站起身，先朝溫榮微微頷首，答謝了溫榮親自煮的茶湯後，說道：「時辰不早，貧僧需領弟子做午課了，施主請便。」

在離開明光寺的馬車上，羅夫人緊張地詢問溫榮，先才方丈所言何意？

無奈溫榮亦是一頭霧水，可為了安慰羅夫人，勉強笑道：「羅夫人放心，照高僧所言，羅大郎一定平安無事。」

日子一天一天過去，溫榮的思念雖越來越盛，可心卻一點點平靜了下來。許是因為方丈的寬慰，溫榮如今堅信李晟會回到她身邊。

這日，溫榮終於收到來自邊疆的消息，信封上署鄭大娘子的名字，溫榮鬆了口氣。鄭大娘子抵達邊疆了，雖比她預計的時間多了半月，可人平安就好。

溫榮揭開信封後，目光霎時變了，待看完信裡內容，溫榮猛地站起來，將在她身邊伺候的綠佩都嚇了一跳。

「王妃怎麼了？」

溫榮不知是該哭還是該笑，淚水湧在臉頰，嘴角又忍不住揚起。鄭大娘子在信中說，晟郎和哥哥已在回京途中，皆重傷……可活著……就好……

溫榮不明白為何鄭大娘子的消息會先於朝廷，也不願多想，只迫不及待地做好接迎晟郎和哥哥的準備。不知晟郎和軒郎受了什麼傷，縱是傷了手臂或腿骨也無甚要緊的，好生將養便是。溫榮自信一定會照顧好晟郎，只要晟郎陪在她身邊，每天能聽到晟郎的聲音，她就滿足了！

等待李晟、溫景軒的日子裡，溫榮不再抄寫經書和拜佛，而是進宮向盧瑞娘討要藥方子，回府又翻看了許多藥典醫籍，嘗試做一些強身健體的藥膳。

又過了一月，朝廷也收到戰報，除了南賢王等人先行回京的消息，還有一封捷報，言突厥終於投降，同意退三十里地，並且年年朝貢。唯一的噩耗，是王節度使犧牲在雪山中，兵符交給了南賢王李晟。除了琅琊王氏族人外，盛京上下都歡騰了起來。

溫榮亦是滿心歡喜，唯一遺憾是不論鄭大娘子的信，還是朝中戰報，均未詳細言明晟郎和軒郎究竟受了何傷？因為俱是傷兵，李晟他們雖提前一月回京，但路上走走停停，溫榮估摸他們要花三、五月時間。

轉眼到了仲夏五月，溫府和南賢王府石榴花火紅一片，開得比往年還要繁盛。謝氏和林氏都高興地說是好兆頭，一激動就摟著溫榮又哭又笑。

端陽節後兩日，有消息言李晟等人已近京郊，約莫五月初九自西處開平門入京。

李晟等人進京當日，溫榮寅時起身，守在坊市門旁，等坊市門開啟，第一時間趕往西郊。

到了巳時末刻，溫榮看到遠處緩緩行來一隊人馬，僅有的兩架馬車因遠行千里已破敗不堪，焦黃沙土被車輪拖了數道長長的、望不見頭的轍印子。

溫榮看到了哥哥，溫景軒手臂和腦袋上纏著層層紗布，騎在大馬上，精神還不錯。

溫榮朝哥哥揮手，溫景軒也看到溫榮了，激動地舉起手來。

人馬越行越近，溫榮同哥哥打過招呼後，便開始焦急地尋找李晟，可不論溫榮找得多麼仔細，都沒有看到李晟的身影。

難不成是腿受傷了，所以在馬車裡嗎？可就算如此，晟郎也該掀開簾子看看她啊……

南賢王府二進院子的北面庭院，有一處用靈璧石搭建的曲水流觴。溫榮特意吩咐工匠，將一塊六尺見方的靈璧石打磨成「百啼林」，放置在曲水流觴的泉眼處。靈璧石黑處如墨玉，白處如飄雲。「百啼林」中栩栩如生的鳥兒或黑或白，皆有各自姿態，而正中間的五隻鳥兒，喙尖被鑿空，與另一端的某處喙尖貫通相連，泉水自靈璧石的喙尖洞眼緩緩流出，五處洞眼正對宮商角徵羽五音，泉水聲叮叮咚咚，沒有刻意的彈奏，也沒有既定的樂譜，只是渾然天成，自成天籟之音。

許是南賢王府太大，府裡人丁又單薄的緣故，這處曲水流觴一度成為被溫榮遺忘的角落。忽然有一日，溫榮注意到了曲水流觴，注意到靈璧石「百啼林」的靈動和熱鬧，亦是從那一日起，不管李晟喜不喜歡，溫榮每日巳時初刻，定要帶他過來聽聽泉水聲，曬曬晨時的太陽。

曲水流觴旁的小亭子裡，擺了張青竹搭的矮榻。這日，溫榮扶李晟在矮榻坐定，轉過頭看李晟如玉雕琢般精緻的臉龐，抿嘴笑道：「晟郎會不會厭煩？可就算煩了也得來，因為這裡最涼快呢！」說著，溫榮抬起手，小心將李晟素絹斜襟袍衫領子上的第一顆紐襻解開。

「府裡無外人，不需這般一板一眼的，解開了舒服。」

李晟仍舊不搭理溫榮，只靠在矮榻上，面無表情地合眼休息。

溫榮也不氣不惱，站起身朝站在樹蔭處的綠佩招招手。

綠佩趕忙提一籃子黑紫黑紫的葡萄跑到溫榮跟前。

溫榮笑咪咪地從綠佩手裡接過籃子，回身與李晟說道：「這葡萄是南郊莊子的小廝一大早送來的，送到時葡萄上的朝露還未消去。對了，晟郎還記得南郊莊子嗎？」

李晟分明一動也不動，可溫榮卻看到李晟幾不可見地皺了皺眉，於是溫榮笑得越發歡喜。「晟郎笨笨的，就是晟郎去年關西域高僧的莊子呀！莊子上的管事很是用心，栽的葡萄是又大又甜，剝了皮，整顆丟進嘴裡，再一口咬下去，滿嘴香甜香甜的汁水，偶爾有極微的一絲酸，那滋味淌在唇齒間，真真是千金不換的人間美味呢！過幾日晟郎一定要提醒我打賞南郊莊子的管事和小廝，實是不容易啊！」溫榮挽著籃子走下亭子竹階，顧自地抿嘴笑。

「晟郎一定饞了，待我用泉水將葡萄洗乾淨湃涼，就剝給晟郎吃。」

綠佩朝竹亭外的侯寧瞪了一眼，小聲道：「王妃去洗葡萄呢，你還不趕緊去亭子裡陪王爺說話，杵得像根木頭，礙人眼！」

侯寧連連點頭，三步併作兩步地進竹亭，不知是站是坐，最後乾脆蹲在矮榻旁邊。

綠佩則緊緊跟隨溫榮到靈璧石泉眼旁，緊著嗓子說道：「要不王妃回亭子歇息吧，奴婢麻利兒地洗好葡萄後，就送到竹亭裡去。」

溫榮搖搖頭，挽起袖子，捻著裙襬，斜坐在泉眼旁，將盛滿葡萄的籃子放在靈璧石下，冷涼的泉水剛好沒過竹籃，一顆顆本就黑得發亮的葡萄浸到清澈泉水中，再被枝葉縫隙裡的陽光照著，是越發晶瑩剔透起來。

溫榮一邊仔細洗葡萄，一邊與綠佩說道：「妳啊，對侯侍衛別總是大呼小叫的，過兩月就要成親全大禮的人，還像個孩子似的。侯侍衛是個老實人，妳可不能欺負他，否則王爺和我都會站出來替他打抱不平的。」

溫榮抬起頭呼口氣，用手背將額角的薄汗擦去，又接著洗葡萄，邊交代道：「夫妻之間呢，就應該相互照顧、相濡以沫，既然妳心甘情願與他共度一生，那便不管生老病死，都要不離不棄……」

綠佩眼圈一紅，緊緊揪著袖子，可還是忍不住開始抹眼淚。

溫榮沒注意到綠佩哭了，仍語重心長地說道：「這過日子呢，無非是算算柴米油鹽、道道他家長短，過久了不免麻木，所以千萬不能忘記十五賞月，初春賞花。綠佩妳要記著，日子可以平凡，但不能平庸。」

綠佩摳著青石板縫裡的新泥，手指黑乎乎的，又去擦眼淚，一張臉頓時像花貓似的。綠佩終於扛不住，哭著說道：「王妃，妳真的不要綠佩了嗎？綠佩哪裡做得不好，王妃說了，綠佩一定改，只是千萬別將綠佩丟下不管啊！」

溫榮抬頭，見綠佩滿臉泥巴，哭得正傷心，趕忙取了泉水替綠佩擦臉，心疼地說道：「哪裡是丟下妳不管？只是過些日子，替妳和侯寧辦完親事後，我就要與晟郎去遊山玩水了，到時候還指著妳管整個王府呢！好了，別哭了，我和晟郎會時不時回來看你們的。」

綠佩哽咽得越發厲害。「婢子什麼德行，王妃還能不曉得嗎？哪裡是當管家的料啊，偌大府邸非得叫奴婢管得雜草叢生不可！叫碧荷去管吧，王妃就讓奴婢跟著，奴婢保證每日乖乖聽話的，絕不會打擾了王爺和王妃……」

葡萄洗好了，溫榮回過頭將籃子從泉水中提出來，忽然幾片尖尖的竹葉飄落在了竹籃裡。

竹葉很新，青綠青綠的，溫榮拈起竹葉放在鼻端輕嗅，浸了清涼泉水的竹葉泛著銀色光圈，暗自清香。溫榮將竹葉放回曲水流觴，竹葉搖搖晃晃浮在水面上，隨泉水緩緩流下。溫榮抱著籃子起身，竹籃的邊緣處有些扎人，但溫榮不以為意，笑道：「綠佩不用擔心，碧荷也留在府裡，她會與妳一起打理的。」

綠佩一下子急了，就差沒跳腳。「主子，那更不成了！王爺現在這副模樣，王妃一個人怎可能照顧得過來！」

溫榮腳步一滯。

本安心在竹亭陪李晟的侯寧也發覺不對勁，緊張地往這處張望。

綠佩心知說錯了話，一下子跪下來，滿面淚痕。「王妃，對不起，婢子沒有不敬王爺的意思，只是求王妃不論去哪裡都帶上婢子，王妃照顧王爺，婢子照顧王妃……」

溫榮仍舊在笑，笑容好似凝在冰雪中的盛放寒梅，陽光下格外美麗耀眼。「綠佩胡說什麼呢？我先才才說要相互照顧的，我照顧晟郎，晟郎照顧我……」淚水已湧在腮邊，聲音仍如瑤琴低音，優婉動聽。「盧醫官說了，晟郎的身子恢復得極好，不幾日就會醒的。」

溫榮目光悠遠如遠天白雲，恍惚間李晟一如曾經，將她攬在胸懷，目光如星，氣息微顫……

「儂既剪雲鬟，郎亦分絲髮，綰做了同心結，終結秦晉。榮娘以後是再不能離開我了……」

「榮娘，以後我為妳畫眉，妳為我更衣可好？」

「榮娘可喜歡？我都將寶貝取出來了，榮娘也不能藏著、掖著。」

「榮娘不肯唱曲兒，便與為夫合一首詩也行的，否則為夫不肯榮娘起來。」

……

那時她因為嬌羞，要麼將頭埋在李晟懷裡，要麼扭頭離開，總是一句都不肯答應，至多敷衍一二。現在她後悔了，她不會離開他，願意每日為他更衣，會將閨中的畫都取出來，也肯為他唱曲兒……現在，還來得及嗎？

溫榮的目光終究落回竹亭，滿是期許。

綠佩在背後一直搖頭，泣不成聲。那盧醫官雖言王爺的身子恢復得極好，卻也說了，王爺頭部受重創，可能一輩子都不會醒的！王妃到底怎麼了？既然王爺不會醒，又何必堅持去遊山玩水？

溫榮將面上淚痕擦淨，回到竹亭後，細心地將一顆顆葡萄榨成汁，再一點點小心地餵到晟郎嘴裡。

溫榮隨手遞幾串葡萄給侯寧，笑道：「瞧王爺吃得多開心，眉眼都帶了笑意。他一個大男人，竟也愛甜的，可是丟人？這兩串葡萄新鮮，侯寧拿了與綠佩一起嚐嚐。」

侯寧接過葡萄，轉過頭就想狠狠捶自己的腦袋。王爺是大男人，愛吃甜不丟人，他一個五大三粗的大男人哭得唏哩嘩啦的才丟人呢！

溫榮陪李晟在曲水流觴旁坐了會兒，便由侯寧幫忙，將李晟抬回廂房了。

其實溫榮心裡明白，晟郎可能一輩子都醒不過來，可她相信有奇蹟，她不能喪失希望，否則真的會徹底陷入絕望當中。

剛回到廂房，溫榮就收到了溫軒郎和鄭大娘子的拜帖。

溫景軒因為負傷，所以陪同李晟提早數月回京。

鄭大娘子同其他將士在確定突厥投降後，仍留在邊疆善後，一來鞏固邊防，收繳突厥所有精良馬匹，防止突厥在短時內休養生息反撲；二來幫助當地百姓恢復生產，清剿山匪，肅清絲綢之路。要做好這兩件事，少說得數月，只是漸漸無須太多人手了。

將士們陸陸續續撤離，鄭大娘子就是跟隨六月初的那批將士回京的。鄭大娘子一回京就被召進宮，在含元殿得聖主冊封，封為從三品雲霄大將軍，並賞賜了良田宅院與數箱錢帛。

碧荷端水替溫榮洗手。「主子，溫大郎和鄭大娘子送來拜帖，只問王妃下午是否得空，他們想過來看看王妃和王爺。」

溫榮點點頭。「鄭大娘子可算女中豪傑、巾幗英雄，昨日還想著準備賀禮送去，可一轉頭又忘了。」鄭大娘子是聖朝開國以來的第三位女將軍，著實叫人敬佩。可溫榮對鄭大娘子在戰場上立了何功勞並無興趣，只想當面與鄭大娘子說聲謝謝。

綠佩出廂房吩咐午膳，碧荷則又去打乾淨的水。

溫榮聽見她二人在廊下小聲嘀咕，不禁苦笑。綠佩還說什麼都會改，可長舌這一點，怕就改不了。綠佩在問碧荷，桐禮不是跟著主子去邊疆嗎，可為何甚功勞都未立下？言外之意，是在嘲笑桐禮不如女娘。碧荷啐了綠佩一口，一聲不吭地同綠佩分道而行。

桐禮從邊疆回京沒多久，就同碧荷好上了。綠佩口無遮攔，溫榮才知曉桐禮因為晟郎重傷的緣故，情緒低落，每日鬱鬱寡歡的。碧荷不忍心，常會寬慰一二，一來二去的，他二人就成了綠佩打趣的對象。

看到綠佩和碧荷都有依靠，且對方皆是極可靠的，溫榮亦放下心來。

溫榮坐在床邊，擰了乾淨的帕子替李晟拭面，無奈地說道：「碧荷、綠佩她們都在怪你呢！桐禮跟著晟郎去邊疆，亦是出生入死，十分艱辛的，可是一樣獎勵都沒有拿到。沒有晟郎，漫說聖主，就是所有將士都將桐禮忘了……不論為了誰，晟郎都要醒過來喔……」

李晟面上神情安靜祥和，就像是睡著了。

未時中刻，溫榮在李晟唇上輕輕落下一吻，又端詳了李晟一會兒，才滿臉笑意地揭開薄錦衾，起身由綠佩伺候著更衣。

聽到聲響，碧荷打簾子輕步走進來，悄聲道：「主子，溫大郎和鄭大娘子到了，在院門處的閣室候著呢！」

原來溫景軒和鄭大娘子午時末刻就到了，知曉溫榮還在歇息，怎麼都不肯小廝過來傳話吵醒溫榮，只安安靜靜地在閣室等著。

溫榮趕忙說道：「快請他們進來，碧荷記得去花廳準備茶點。」

碧荷連連點頭，一臉緊張地輕手輕腳退下。自從李晟昏迷不醒後，所有人靠近李晟時，聲音、動作都會不自覺放輕，除了溫榮。溫榮只在午休和夜裡會細聲細氣地與李晟說悄悄話，其他時間一切如常，偶爾還會大呼小叫一番。

溫榮在花廳見的軒郎和鄭大娘子，鄭大娘子一看到溫榮就要跪下，被溫榮和軒郎一起攔住了。

溫景軒尷尬地說道：「榮娘雖貴為王妃，可也是我妹妹，箏娘行此大禮不合規矩。」

溫榮頷首笑道：「可不是？我只幫了些小忙，鄭大娘子行大禮就是見外了。更何況，該說謝謝的是我，若非鄭大娘子，晟郎、軒郎他們怎還有命回來？」軒郎回京後與溫榮說起深陷雪山一事，是鄭大娘子帶兵馬進山找到了他們，又將他們救下，急送回兵營療傷的。至於鄭大娘子為何知道他們的下落，軒郎也支支吾吾，說不明白。

鄭大娘子知溫榮是最不在意虛禮，並且行善不求報答之人，既然溫榮已開口，縱是於她有天大恩德，她也不能再勉強答謝。

三人圍茶案坐下，溫景軒詢問了李晟的情況，大家知曉李晟還未醒來時，花廳一時陷入靜默。

半晌後，溫景軒才想起來出門前祖母、阿娘吩咐他帶的名貴補藥。軒郎將補藥交給溫榮，嘆了一口氣。「唉，其實就是雪蓮、老參罷了，但祖母將這些藥材放在佛前供了許久……」

溫榮接過匣子，歡喜地說道：「祖母有心了，想來晟郎吃了這些補藥，很快就會好起來的。」

送完東西後，溫景軒和鄭大娘子又不知該說什麼了。這般境況，他們細問不是，寬慰也不是，深怕一不慎就會觸到溫榮的傷心處。

為了打破沈悶的氣氛，溫榮直接向鄭大娘子詢問她是如何在雪山中找到失蹤兵士的。

鄭大娘子一臉認真地說：「能尋到王爺他們，還是託了王妃的福……」

溫榮本以為鄭大娘子在說客氣話，聽下去才知曉尋到人的真不是鄭大娘子，而是她贈與鄭大娘子的那匹白蹄烏！原先白蹄烏和李晟的皎雪驄是做一處餵養的，兩匹名馬極具靈性，一處餵養久了，倒像是兄弟一般。白蹄烏到了雪山中，敏銳地感覺到皎雪驄在何處，就這麼帶了人一步一步地尋了過去。

溫榮神情恍惚，贈馬只是她的一念之間。溫榮長舒口氣，還好她非吝嗇之人，否則晟郎和哥哥都回不來了，真可謂冥冥中自有天注定。

鄭大娘子愧疚地說道：「若能再早些尋到王爺就好了……」

三人又說了會兒話，溫景軒知曉溫榮一心掛念著李晟，也不敢久擾，只請求隔著簾子看一看王爺，以期安心。

溫榮無二話，帶著溫景軒和鄭大娘子到廂房外間。寶石簾子微微搖晃，床榻上再熟悉不過的郎君一動也不動。

內廂很是靜謐，只幾許陽光透進去，落在溫榮繪的「寒梅」圖上。

溫景軒壓低了聲音。「記得榮娘做女兒時畫得最好的是牡丹……現在看到這寒梅，一枝能醉萬千牡丹，寒梅像妳，又像晟郎。」

溫榮垂首輕笑不語。

送軒郎和鄭大娘子離開時，溫榮趁著鄭大娘子不注意，小心問了軒郎打算怎麼辦？

怎麼辦？鄭大娘子已被封為從三品將軍，怎可能到溫府做妾？可陳歆娘是下了聘的，且從無過錯，怎能辜負？

軒郎寵溺地看著溫榮笑道：「我都這麼大了，可還要妹妹操心，實是慚愧。榮娘放心，我早已經想好，府裡也說好了的，明年開春我便迎娶陳家娘子。至於箏娘，從此就是知交，如此誰都不負。」溫景軒笑帶苦澀，但他也別無選擇。

溫榮不打算再多過問和干涉，只像小時候那般，牽住哥哥的手，又重重地捏了捏。不知為何，這般一捏，兄妹倆都能安心。

夏去秋來，今年第一場霜降。

一大早，溫榮從暖暖的被窩裡探出個腦袋後，又趕忙縮回去，摟著晟郎打了幾個哆嗦。好不容易掙扎地起來了，溫榮顧不上用早膳，忙著將李晟深秋的厚實袍服整出來。

許是忽然降溫的緣故，在溫榮轉身出廂房的一瞬，李晟不慎露在錦衾外的修長手指微微瑟縮了下……

天氣漸冷，掛在廂房隔門上的寶石珐瑯珠簾一早就被綠佩撤下來，換成秋香色厚重襖簾。

溫榮坐在錦杌上，專注地為李晟揉手揉腳，以活絡筋骨。

外頭寒風呼號，窗戶被吹開了一絲縫，風擠進來，將廂床幔帳撩得呼啦啦作響。溫榮看著胡亂飄動的幔帳，犯了難。天氣暖和時，她還能帶李晟到院子裡散心，便是不能走路，歇在綠蔭底下也是極舒服的，可現在天寒地凍的，帶晟郎出廂房怕是會凍壞了。

這般想著，溫榮不自禁地握住李晟的大手，放在唇邊，呼呼吹著暖氣。

溫榮看了眼時辰後，起身將窗子關緊實，又吩咐綠佩和碧荷在廂房裡多生幾個炭爐子，她打算替李晟擦擦身子，再按照盧瑞娘吩咐，用艾灸熏晟郎身上的幾個穴位。盧瑞娘言，如此可使晟郎血脈通暢，有利於晟郎恢復意識。

溫榮替李晟擦身時，婢子並未在旁伺候，折騰完後足足用了一個時辰，她跟著出了一身悶汗，遂隨手將身上的牡丹紋小夾襖襟扣解開。

實在太累了，四肢發軟，不願動彈。溫榮揉了揉疲澀的額角，索性靠在李晟身邊，眼皮子幾乎睜不開，似乎就要這樣睡過去。迷糊了一盞茶工夫，溫榮卻恍如隔世。

上一世她渾渾噩噩，狼狽自殺，在生命的最後幾日，她活在幾乎能將人撕碎的悲憤和悔恨裡。周圍最親、最愛的人都沒了，漫說生前盡孝，就連慘死後她都不能安葬家人，她的家人連墳塚都不會有……

重重壓力下，溫榮已喘不過氣，渾身血液凝結成深深絕望。或許就是因為那份深入骨髓的不甘和悔恨，所以上天又給了她重活一次的機會。

這一世呢？溫榮嘴角彎起一泓笑意，雖然不圓滿，可她內心卻有說不出的滿足。

祖母、阿爺、阿娘、哥哥、妹妹，他們都很好呢，而且還會越來越好。琳娘、丹陽、嬋娘、瑤娘她們要麼逗娃為樂，要麼急吼吼地籌備全大禮之事……想到這裡，溫榮有些慚愧，她辦大婚時瑤娘可是鞍前馬後地陪她，可現在她卻天天躲在府裡……罷罷，真的朋友哪會在意這些？瑤娘一定能理解並原諒她的。

綠佩和碧荷也很好，周圍人都很好，就連大聖朝的江山也格外好。

晟郎就在她身邊呢，這一世他們是彼此的全世界，如此就夠了。

倘若生命就此終結，她也了無遺憾了。再有下一世，她仍要與李晟一生一世一雙人……

啪嗒！玉器碰地的脆響一下子將溫榮驚醒了。

溫榮的神智已經開始渙散，目視所及皆是重影疊疊，似要扭曲飛起又化去。她可勁兒地甩甩頭，定睛發現炭爐子裡火光明明暗暗，偶爾迸出幾許灰來，熄了一片。

溫榮暗道不好，紅了眼轉頭看李晟，暗罵自己愚蠢，一邊喃喃自語祈盼晟郎千萬別有事，一邊撐著身子挪到窗邊。溫榮的手軟綿綿的，幾乎抬不起來，整個人哆嗦得厲害，用盡全身力氣，窗戶猛地被推開，寒風一下子灌了進來。

溫榮趴在風口上，重重喘氣，炭爐子被吹熄，一縷青煙還未飄起，就被徹底捲散而去。

聽到動靜，在外間打絡子的綠佩跑進來，看到溫榮頭髮散亂、一副狼狽的模樣，嚇得絡子撒滿一地，趕緊上前將溫榮扶至矮榻歇息。

溫榮的呼吸漸漸順暢，見綠佩在旁一臉的不解和擔憂，也不打算怪她。溫榮吃了口茶，思及先才的驚險，忍不住拍撫胸口。她怔怔地看著錦杌旁斷成兩截的白玉簪，簪子是晟郎送她的，現在她在府裡，每日皆綰矮髻，單簪這支白玉簪。

溫榮柳眉越擰越緊，再看到李晟原本被她包進被褥的手臂搭垂在床邊，眉眼猛地舒展，是晟郎救的她！

冬雪落盡，逢著桃花與梅花一起開的時節，府裡就特別忙碌。

梅林和桃園皆是如煙如霧，粉白一片，十分美麗不說，而且溫榮最喜歡用這時的白桃花窨桃花水，粉梅花做梅花膏。

已嫁作人婦的碧荷和綠佩，分別領府裡的小婢子，往兩園收採最新鮮、開得最漂亮的梅花和桃花。

二人走至分岔路，碧荷疑惑道：「綠佩，今兒主子怎這般早就進宮了？還是帶了王爺一起去的。」

也難怪碧荷要疑惑了，自去年李晟從邊疆負傷回來後，頭幾月，漫說進宮，溫榮連府門也不肯出，皆是旁人過府看她。再後來李晟醒了，因為臥床太久，手腳不是很靈便，二人天天膩在廂房裡，下下棋、鬥鬥詩、說說情話。

綠佩和碧荷都受不了他二人的膩歪了，每次見他二人頭碰一起，就躲得老遠，反正王爺和王妃皆自力更生，不需要伺候。

溫榮唯一一次進宮是丹陽長公主的女兒滿周歲宴，太皇太后親自下的帖子，便連溫老夫人也去了。溫榮推託不過，萬般無奈地拋下還無法走路的李晟，狠下心不去看李晟哀怨的眼神，獨自進宮了。

綠佩歪著腦袋想了一會兒。「今兒早上王妃扶王爺在庭院裡練習走路時，我似乎聽見主子小聲地說著什麼交還、什麼請辭……」

碧荷一愣，垂下頭，滿眼失落。

綠佩倒十分愉悅。「快快快，我去摘桃花，妳去摘梅花，今年花開得比往年要好，可得多窨點，否則被皇后、長公主她們輪番討要一遍，主子一點都留不下了！」

含元殿御書房外的青石板路。

李晟從肩輿下來，復又靠在輪椅上歇息，溫榮不肯內侍宮婢伺候，一人推著輪椅，緩緩向大殿行去。

不遠處，三三兩兩聚在一處說話的官員看到溫榮一副孱弱身軀，推著輪椅微微喘氣，皆不忍心地搖頭嘆氣，目光又落在不能行走的李晟身上，俱是惋惜和同情。

曾經鮮衣怒馬的風華少年將軍，現竟半身不遂。

溫榮俯下身與李晟附耳說道：「晟郎若不喜歡，便合眼歇息。」

李晟搖搖頭，坦然道：「從一開始我便不在意旁人目光，只是辛苦榮娘了。」李晟心下嘆氣，其實他腿腳已恢復一二，只是榮娘為以防萬一，令他儘量示弱。

李奕站在殿階上，遠看朝他緩緩而來的兩人，面上帶著淡淡笑容，眼底卻是化不開、理不清的複雜愁緒。就如他身上的黃袍九金龍，於天地間呼風喚雨、威風凜凜，卻始終舒展不開勾尖撓心的五鱗爪。

溫榮和李晟越走越近，李奕一甩袍襬，負手朝他二人走來。

溫榮停下步子，朝李奕躬身見禮。

面對溫榮，李奕不自禁地收起笑容，端的一副嚴肅冰冷的模樣，倒與李晟頗為相像。

李奕自溫榮手中接過輪椅，推著李晟繼續向御書房行去，周圍大臣見狀，更竊竊私語起來……

御書房的擺設與睿宗帝在位時幾乎一模一樣。

劍蘭松柏比原先要更加旺盛，牆上除了「快雪時晴帖」與「中秋帖」外，又多了一幅「伯遠帖」。李晟瞇眼欣賞那筆力遒勁、態至蕭散的「伯遠帖」，忍不住頷首讚好字，緊接著不待李奕開口，李晟先抬手阻攔。「三哥不必因為我的一句誇讚而相贈，我與榮娘就要離開盛京了，這字畫丟在書房箱子裡，不過一件死物。對了，三哥這兩日有空可以到我書房看看，有喜歡的字畫皆可一併拿走。」

李奕朗聲大笑。「晟郎放心，這幅我還真真捨不得給你！」說罷，李奕雙眸微合，看了站在李晟身後的溫榮一眼。「難得晟郎大方，我只知弟妹書畫一流，不知晟郎肯否相贈一二？」

李晟連連搖頭，滿眼痛心。「拙荊不才，不敢叫貽笑大方！」

李奕將近侍全部遣下，書房靜謐了片刻後，李奕認真道：「你們真的要走？」

李晟點頭。

溫榮從李晟背後走出來，恭敬地將兩方兵符奉與李奕。

其中一方兵符可調動昆山道和安西四鎮兵馬，自王節度使手中而來；另一方能調遣京中驍騎衛，是李晟請辭。

李晟的目光聚起，漸漸深沈起來。「三哥，我得了王節度使兵權，並且交還，還請三哥信守承諾。這一役我幾乎丟了性命，撿回一條命又險些成為活死人，縱是恢復神智，我也是不能自如行走的廢物……」李晟抬頭深深看了溫榮一眼。「如今我最對不起的就是一直不離不棄陪著我的妻子。榮娘不願久居這一方天地，不能動彈，故我希望滿足榮娘的心願，陪她遊遍聖朝的大好河山，望三哥首肯。」

李奕轉身坐至書案前，垂首沈吟，面上神情未動，心底卻已翻湧百般情緒。

溫榮欠他的、欠他阿娘的，就這麼算了嗎？他欠李晟的、他阿娘欠李晟生母的，也這麼算了吧……既如此，冤冤相報不若此時了。

半晌後，李奕起身至櫥架旁，自一暗處取出一瓦丹書鐵券，隨手丟給李晟。

李晟敏捷地將鐵券接下，眉頭忍不住皺了皺。

李奕嚴肅地說道：「此次退突厥你是最大功臣，可惜你一睡半年，慶功宴也未參加。這瓦丹書鐵券該你的，襲三代子孫，不及妻。好了，你們走吧，玩累了記得回來，阿爺、祖母的年紀都大了，你自己掂量。」

李晟接下丹書鐵券，抱拳謝過李奕。

溫榮則在背後暗咬銀牙，李奕這是在故意擠兌她！所謂丹書鐵券就是免死金牌，襲三代子孫卻不及妻？罷罷，能免晟郎和她的孩子就好，不能與那些小肚雞腸的人一般見識！

十載西湖，傍柳戲馬，就該趁嬌煙軟霧。

溫榮此刻卻沒心思欣賞甚煙雨江南，她才被廚房裡的煙嗆了，正可勁兒地咳嗽。

碧荷扶住溫榮，憤憤地朝廚房裡喝了一聲。

綠佩滿臉火灰地跑出來，她也被熏得直流眼淚，委屈地說道：「奴婢想著給主子燉隻雞補補的，誰知道那柴火是濕的，怎也點不著……」

溫榮無奈地搖頭。江南比之北方要潮濕許多，現在又逢開春返潮，那柴禾撿起來是能滴水的。院裡請來幫忙生火做飯的村婦，今兒因為大媳婦產子告了假，那綠佩也是從沒下過廚房的，哪裡會這些？

因為溫榮被嗆著的緣故，碧荷一句一句地數落起綠佩來。

溫榮懶得理那兩人，當初就是她耳根太軟了，忍受不住綠佩和碧荷一人抱一個馬車軲轆，在那裡放聲痛哭，無奈之下，她和晟郎商量，將這四人帶上，可惜皆是不頂用的。

如今他們住在江南水鄉的一處白牆灰瓦院落裡，從小門樓出來走不出五步就能到濛濛河邊。

溫榮扶著大大的肚子，走下小迴廊，小心踩在濕漉漉的石板路上，顰眉噘嘴不悅。讓晟郎帶侯寧去附近酒樓買飯菜，怎去了小半時辰還不回來？她和肚子裡的孩子都要餓壞了，一會兒晟郎回來，定要仔細說說他……

此時，紮黑襆頭、一身灰麻短衫的李晟正蹲在不遠處的河道口，連連打了兩個噴嚏。他揉揉鼻子，就納悶了，一天比一天熱，他怎還著涼了？

李晟看到蓑衣翁將烏篷船靠過來，一下子跳起來，幫著蓑衣翁將橋下繩繫好，又給了蓑衣翁一吊錢。蓑衣翁面上笑開了花，將櫓槳全扔在烏篷船上，連蓑衣也解下，單人抱著一吊錢，歡喜跑開。李晟搓搓手，很是得意。

昨日榮娘與他說「春水碧於天，畫船聽雨眠」，眼下畫船弄不到，勉強用烏篷船，一會兒給她驚喜，想來榮娘會喜歡。能與榮娘日日把酒桑麻，可比戎馬征戰苦相思幸福太多了。

這裡妥當了，李晟便焦急地眺望遠方。他在這兒辦事，令侯寧一人去打飯菜的，這都半晌了怎還不回來？

又過了一會兒，侯寧兩手空空、一臉沮喪地跑到李晟跟前。

李晟怒問：「飯呢？」

侯寧很是委屈。「郎君你還未給小的錢帛，小的到了酒樓才發現……」

李晟怒其不爭。「往日月銀沒少給，這會兒你就不能先拿出來用了？」

「都叫綠佩收走了，綠佩言是王妃教的……」

「……」

李晟摸摸荷囊，空空如也，買飯錢全叫他給蓑衣翁了。

摸遍身上，無一件值錢物，登時洩氣，兩個大男人灰溜溜地跑回小院。

李晟開口討錢，溫榮還未張嘴數落，面色忽就一變，「噯喲」一聲，受不了就要蹲下去……

李晟趕忙一把抱住溫榮，緊張地高聲喊道：「榮娘要生了，快請產婆！」

嬰孩的一聲啼哭，令整個水鄉都喧譁起來。

白牆院落裡，李晟緊緊摟著溫榮，彼此目光相接。

溫榮突然委屈地落下淚來。

李晟本就十分緊張，這會兒更嚇壞了。「榮娘怎麼了？是不是哪裡不舒服？」

溫榮虛弱地搖搖頭。「晟郎，我沒吃午飯，餓……」

李晟無奈一笑，眼底是訴不盡的柔情。

脈脈此情，無關風月，只二人早成情癡……

——全書完

番外一 此去今年好

隱約記得五歲那年初秋，書房外庭院紛紛揚揚下了一場梧桐雨。

我照祖父要求，在庭院一邊紮馬步，一邊練習書法。

祖父有言，聖朝男兒必須文武雙全。

因為聖朝的開國皇帝，就是一位文能提筆安天下，武能上馬定乾坤，心存大謀略、古今英雄皆俯首的偉男兒。

我凝神垂首，寫字講究心神專一，手腕靈活，身體穩如山。

這時恰好幾片梧桐葉落在我的髮髻圓頂上。若無風，身體不動，枯葉自然不會落，我暗自竊喜。不想才寫兩個大字，梧桐葉便搖搖晃晃地飄在宣紙上。

晚上又要被祖父訓了。練了數十日，無一絲長進，我忍不住洩氣。

「琛兒，別一直半蹲著，會累壞的！」不遠處傳來阿娘關切的聲音。

我直起身子，麻透了的雙腿緩過來後，藏在寬袍下直打顫。

阿娘身後，奶娘抱著剛滿百天的么妹。府裡老人都說么妹是個鬧性子，將來定是愛玩的。

當時我認為老人是在故弄玄虛，現在看來，老人家果然有慧眼。

我朝阿娘笑道：「兒在紮馬步呢，阿娘可有事？」

阿娘心疼地將我髮髻和肩上的碎葉枝椏掃去。「你祖父要帶你進宮，快隨阿娘去換身衣衫，這是你第一次進宮面見聖主，不能大意了。」

進宮？我只遠遠地站在朱雀大街仰望過玄武門，那份巍峨大氣，叫人攏不開眼去……

祖父在光順門外等我，進宮門便乘上了宮車。

本以為祖父會像阿娘那般，交代我許多繁複禮節，不想祖父在宮車上都不忘考問我功課，臨下馬車時，祖父才說了句。「你還小，一些小事做錯了聖主不會怪你，但少說話。」

我認真地點頭，跟在祖父身後一路小跑。

將行至芳萼苑時，祖父忽然將我抱在臂彎裡，我被嚇到了，正想喊叫，祖父在我耳邊低聲說道：「少說話，更不許大聲叫囂！」

我趕緊閉上嘴，趴在祖父肩頭，猛地就緊張了起來。

到了芳萼苑的青石道口，祖父才將我放下來。此處已經能隱約瞧見一座白玉亭，亭子裡端坐著一襲明黃龍袍的聖人。

這次進宮，我不但見到聖主，還見到了五位皇子。

那時太子腿腳康健，踞坐在聖主身邊，眉眼不怒自威，與聖主十分相像；二皇子則喜歡仰著腦袋瞧人，見我唯唯諾諾，一副膽小怕事、不敢說話的模樣，先嗤笑了兩聲；三皇子、四皇子、五皇子還是一副幼弱的孩童模樣。

四皇子、五皇子皆是冷面，小小年紀就似苦大仇深；三皇子與我的印象最為深刻，他一直朝我笑，笑得很是溫和親切，好似一見如故，又如照顧你多年的兄長。可分明他的年紀比我還要小，因此我有些著惱。

我中規中矩地跪下去，舉著短短小小的手向聖主、皇子見禮。

聖主朗聲笑起，年輕時的睿宗帝開口說話聲如洪鐘。「愛卿教得好，一看就是有出息的！」睿宗帝朝我招招手。「過來某瞧瞧。」

我很緊張，緊張到忘記看祖父的眼色，爬起來，刺溜一下就跑到了聖主身前，將太子的視線也擋了一半。太子許是在那一刻就對我不滿了，所以瘸腿之前就不肯用正眼瞧我。

聖主吩咐我將手抬起來。

因為每日練字數時辰，右手執筆處已結一層厚厚老繭，與稚嫩白皙的左手對比鮮明。

聖主頷首道：「是個好苗子。」說罷看向祖父。「可有替小兒請武功師傅？」

「不以為祖父會誇我每日練功勤勉，正要驕傲地伸直脖子時，不想祖父竟遺憾地搖頭。「不曾，便是西席也未請，平日他阿爺與微臣偶爾指導。」

我欲反駁，可一想到祖父交代的少說話，我便又垂下頭，噤聲不言。

睿宗帝劍眉蹙起，搖搖頭連說幾聲不妥。「先才某瞧見愛卿抱著孫兒，棍棒之下出孝子，愛卿太寵孫兒了，教習定嚴格不了。某看愛卿孫兒與奕兒他們三人年歲相當，往後琛郎便是奕兒他們的伴讀，每日進宮與他們一處學習練武，愛卿可覺得妥當？」

祖父拍拍我的腦袋，我趕忙跪下叩謝聖主。

回到府裡，阿爺和阿娘知曉我成為三位皇子的伴讀，是又驚又喜。

阿娘取了一套上等筆墨紙硯與我，言在宮裡吃穿用度必須精緻些，不能叫皇子他們瞧不起。

可第二日進宮前，筆墨紙硯就叫祖父全換了，尤其是那支岫岩玉通管銀燒藍雕麒麟紋羊毫，祖父一瞧就擰緊眉頭。「琛兒年幼力弱，怎拿得起玉通管？用尋常湘妃竹毫，其餘一切從簡。」

於是，我穿一身再尋常不過的藏青絹袍，提了個褡褳，晃晃悠悠地隨祖父進宮前往弘文館。當時聖主極重視弘文館，弘文館學習風氣極盛，後來約莫是被太子帶的，弘文館一日不如一日，越漸腐朽。

三皇子為人極好相與，四皇子和五皇子雖然總板著張臉，卻是真好人。

在弘文館偶爾還會見到睿宗帝最寵愛的五公主，五公主三歲不足，走路踉蹌，但已十分搗蛋，太傅不知被她揪斷了幾根鬍子。

五公主是太子和二皇子的嫡親妹妹，其生母長孫皇后走得早，我隱約聽見太傅在背後說她就是被寵壞的可憐孩子。

我自詡是個極沈穩的，故不喜旁人太鬧，偏偏五公主喜歡黏著三皇子和五皇子，我早打定主意不去招惹五公主這位祖宗，一見到她便小心翼翼地躲得老遠。

皇宮很平靜，平靜得像風和日麗的天氣裡的太華池，五光十色又難見一絲波瀾。

我以為這份平靜是理所當然，會一直持續的，故幾乎要將長輩的叮囑都忘記，直到有一天，四皇子突然死了。

四皇子的屍體漂浮在平靜的太華池上，被發現時已被泡得發腫發白，面上七竅滲血，四皇子的生母陳貴嬪一下子就瘋了。

這些駭人場面我並未親眼見著，不過是聽宮中內侍說的。那天眾皇子皆未到弘文館，弘文館還未開課就提前下學了。

我與四皇子相處大半年，彼此間是有孩童交情的，可惜無人肯領我去見四皇子最後一面。

畢竟年幼，我光聽就被嚇得不輕，慘白著臉回到府裡，見到阿娘後忍不住放聲大哭起來。嚴厲的祖父竟然沒有訓我懦弱，而是沈默地坐在案几旁，端在手裡的茶湯涼透了也未吃一口。半晌後，祖父將茶碗頓在案几上，重重地嘆了口氣。

那時我不懂後宮，更不懂後宮可以決定朝堂風向。

我被關在府裡，足足關了一月餘。再見到三皇子和五皇子時，三皇子深沈且成熟了不少，五皇子則更加沈默寡言。不知為何，我們三人的交情竟因此而更加深刻，甚至隱約開始明白何謂惺惺相惜。

經由此事，我認定皇宮乃是非之地，我每日打起十分精神，可偏偏後宮就此太平了。

十數年過去，我與三皇子、五皇子早成至交，我亦成為口口相傳、所謂全盛京最優秀的郎君之一。

有一天，我聽見阿娘在與阿爺商議我的親事，心裡忽然就不自在起來。不過是極尋常的一件事，畢竟男大當婚、女大當嫁，可為何我就那般抗拒？之後阿娘每每與我暗示哪家女娘，我都擰緊眉頭，以未考上進士、無法立業談何成家為由，嚴詞拒絕。

這種僵持，直到杭州郡的表妹回到盛京。

準確說，當時我並不知那春意桃花般的女娘就是我的表妹。

自在街坊口遇見，我便想辦法尋找，可越是刻意越尋不到，反而常在不經意或毫無準備的情況下遇見她，哪怕只是一個背影，也能令我魂牽夢縈許久。

至於阿娘、妹妹她們口中三句不離、才華橫溢，我卻「素未謀面」的表妹，我是敬佩但不欽慕。甚至於那日前往趙家赴瓊臺宴，五皇子與我說「若是溫四娘子，趁早訂了這門親事」，我都不置可否、嗤之以鼻。

後來我才明白，若我不要，多的是人搶，就連三皇子和五皇子都在等著。而覬覦我家表妹的眾人裡，五皇子尚算君子，所以他與表妹成了眷屬。

趙家宴後我就知曉，原來杭州郡的表妹就是我心心念念的女娘。

我的心登時如被一夜春分浸染的桃花苞，爭相綻放。那幾日我幾乎高興瘋了，我感念上天眷顧，我得意地在三皇子和五皇子面前吟詩作畫，我認定近水樓臺先得月，向陽花木自然就該逢春了。

我欣喜地前往溫家長房做客，悉心準備了一份禮物，在清香浮動的涼秋裡，風景大好的碧雲亭中只有我與她。

碧雲亭旁的湖岸開滿美不勝收的秋海棠，可她比秋海棠還要美麗，她能令四時風景皆失顏色。

我在她眼裡看到了不悅，也知自己唐突了，為不使她反感，我決定只簡單說兩句話，表達謝意，送了禮物就離開，或者說放她離開。

表妹匆匆接過禮物，果然倉皇離去，我還以為她就這般將我丟下，不想她不忘吩咐婢子為我送來茶湯和點心。

絕非自戀，那一刻我堅信表妹心裡是有我的，縱是與我品行、容貌無關，表妹也因為長輩間的聯姻想法而開始心動了。

溫老夫人認同我，姑父、姑母對我更是滿意，如此遂心意的事，我這輩子還是第一次遇見。可沒想到，晴空萬里忽然就電閃雷鳴，我的祖父和阿爺竟然不滿意表妹，準確說是不滿意溫家。

那可是他的外孫女啊！我幾乎要去找他理論，可臨敲祖父書房大門前，我才意識到自己被祖父威嚴壓了十幾年，在祖父面前，我是個不折不扣的懦夫。

仔細想來，祖父是聖主身邊近臣，是位高權重的林中書令。

我不得不承認，祖父是極有遠見，對朝廷之事看得格外透澈的。祖父言黎國公府危在旦夕，那國公爵就是架在溫家人脖子上的利刃。

我一下子懵了，三皇子、五皇子邀我騎馬散心，我竟摔下馬匹，摔傷了腿，也摔醒了腦袋。

愛了就是愛了，怎能輕言放棄？何況表妹嫁過來就非溫家人，再有，姑父非愚人，若祖父肯提點一二，那把利刃也將不復存在。

我與長輩言，我將一舉中第，奪得狀元。祖父沈默片刻，他言，只要我是殿試第一名，雁塔題名和月燈打毬後，他親自上溫府提親。

我如願中了狀元，我以為月燈打毬後，我的人生將從此不一樣。而事實證明了，我的人生確實從此不一樣。

半路出現的五公主令我措手不及，幼時我就不喜歡她，對她敬而遠之，年齡漸長更如陌路人。仔細想來，除了見禮，我與她甚至未說過一句話，為何她會去向聖主請賜婚？難道只因為她想嫁一個狀元郎？

我徹底瘋了。我甚至想到與表妹私奔，可她卻對我避而不見，只為我點了一盞茶——還將憐舊意，惜取眼前人。什麼意思？

我根本不想懂，可我卻意識到，表妹她只聽父母、媒妁之言，她不會跟我走的。

我自己沈淪，終究自己一人絕望。

那段時間我心裡極度扭曲，甚至希望溫府破敗，我便能娶表妹做妾室，我被自己卑劣齷齪的想法嚇到，惶恐到不能自已。

我渾渾噩噩、無所作為，整個人憔悴不堪。

什麼也改變不了，我全大禮了，新婚當夜我看著身下人兒，厭憎無比。她是高貴的五公主，想迎娶她的大有人在，怎會下賤到自己到聖主跟前求賜婚？換做表妹那般矜持優秀的女娘，定然做不出這等事。

躺在新床上，我輾轉難眠，一想到這如鯁在喉的親事，再看到旁邊陌生的丹陽公主，我渾身便似針扎一般痛，索性搬至書房去睡。

聖朝公主多跋扈，我做好了丹陽對我打罵、對長輩不孝的準備，甚至盼著她主動和離，還我一個自由身。

在接下來的日子裡，我清楚地看到丹陽公主眼底的錯愕、慌亂甚至哀求，她孝順長輩，寬容我的胡鬧，我想像的一切皆未發生。可我仍舊看她不順眼，她除了身分尊貴便一無是處，處處不如表妹。

後來我聽瑤娘說，丹陽窩在表妹懷裡哭了許多次，我在瑤娘眼裡看到與丹陽一樣的神情。身邊親人一個個都叫她收買了，我越加煩躁。

沒過多久，溫家還國公爵，勝戰歸來的五皇子求娶表妹。表妹有了更好的姻緣，貴為王妃怎樣都比嫁我這七品小文官強上百倍。

五皇子每日紅光滿面，不苟言笑的冰臉竟然有融化跡象，而我卻越漸消沈。許是打小這日子就太過順坦，未經挫折，我竟覺得自己無法走出感情失意的漩渦。所以儘管我察覺三皇子待五皇子的態度在變化，從原先的親密無間，到懷疑甚至監視紀王府，我也無動於衷。

時局變化，我卻行屍走肉般不願細想，只順應形勢和計劃，盡力替三皇子謀皇位。在杭州郡暗查二皇子、德陽公主勢力時，我接到盛京軒郎送來的消息，言他去參選武將了。

過了一年暗無天日生活的我似乎看到一絲曙光，我也毫不猶豫地參加甄選。苦練十幾年的功夫，好歹有用武之地。

我盼望出征，欲借此逃離令人窒息的盛京。本以為丹陽會與阿娘一樣，哭哭啼啼地阻攔我，不想她主動替我去勸服和安慰阿娘。

那日我走至內堂外，聽見丹陽抱著阿娘哭，言是她無用，沒半分本事，配不上我，對不起阿娘，更對不起林府，千錯萬錯在她，只請阿娘莫要阻攔我參選武將。

丹陽還言，我是個極有骨氣的人，不肯憑祖父和她的關係升遷，七品文官著實委屈我了，理應給我更廣闊的天地，不該再用親情束縛我。

聽到丹陽軟弱的哭聲，我的心似被錘子狠狠砸了一下，會痛，心上的堅冰一點點破碎，碎入血液裡，扎入四肢形骸。

內堂裡真的是太后和聖主最寵愛的五公主嗎？我開始茫然了。

我忽然意識到，丹陽愛我，比我愛榮娘要更深。當年我連要求盡快提親的勇氣都沒有，只知道妥協與談條件，可丹陽卻能為我放下十數年的尊嚴。

我開始意識到自己是混蛋，丹陽為了我卑微到塵埃裡，可我卻不知珍惜。

我捫心自問，自己還算是個人吧？縱是不愛，可也會被感動……

真的出征了，聖朝軍勢如破竹，突厥連連敗退，雖然很艱苦，可我們每日都沈浸在勝利的喜悅中。

我立了無數功勞，我肆意呼喊宣洩，在沙場之上我終於可以大展拳腳。

我們終於將突厥第一勇士頡利西逼入絕境，頡利西往雪山深處逃，王節度使認為頡利西不除，突厥就能迅速恢復，東山再起。南賢王李晟亦堅持追擊，可我卻認為不妥。深入雪山太過危險，這一追擊，極有可能有去無回。

王節度使和南賢王擔心錯過擊殺頡利西的最佳時機，不肯理會我，命我守營，他們則領數百人馬衝入雪山。表弟軒郎一路跟著李晟，緊要關頭他不肯聽我一句勸，毫不猶豫地進入雪山……

我在原地等了五天五夜，幾乎要被雪封凍了，可他們仍舊沒出來。

頡利西約莫是死了，因為突厥投降了。

李晟、軒郎他們沒回來，我根本高興不起來。我就納悶想不通了，追頡利西有王節度使一人也夠，偏偏晟郎他們跟去湊什麼熱鬧呢？

現在好了，晟郎、軒郎他們不活著出來，我根本就不敢回京，我無法面對哭泣的姑母，無法面對溫家，無法面對懦弱的自己。

我一邊計算著晟郎他們帶的乾糧，一邊小心翼翼地進雪山尋找。數度入雪山，皆無功而返，就在我要放棄時，有一名盛京來的女娘，說要入我朝軍隊，那女娘性子十分剛毅，拳腳功夫比我好，關鍵她手上有南賢王妃的信物。晟郎生死未卜，我無法拒絕所有關於南賢王妃的事物。

她說要再進一次雪山，我不置可否，只帶了些人馬隨她去。

不想，她竟然真的在茫茫雪山中找到了失蹤的兵士，只可惜倖存者寥寥無幾。晟郎昏迷不醒，軒郎尚有一絲氣息，而王節度使竟然死了。王節度使是被抹的脖子，噴薄的血一下子被凍住，死狀猙獰。我有懷疑過王節度使的死因，可這不重要吧？剛好削弱琅琊王氏的勢力。

我乾脆以進雪山人馬不足為由，只帶了晟郎、軒郎等尚有生息的將士離開，離開前我朝王節度使鞠了一躬，不論如何，我敬他是英雄。

晟郎沒有醒來，隨軍醫官無能為力，只言邊疆氣候太惡劣，不利於南賢王恢復，我急了，趕緊吩咐五十兵士，先行護送傷兵回京。

晟郎這一昏迷就是大半年，我回京後發現聖主每每提及南賢王，眼底雖有痛色，可眉頭卻會不自覺舒展。

晟郎昏迷時，表妹對他悉心照顧，如此情比金堅、不離不棄，再度成為坊間美談。

而我已有自己的孩子，小郡主十分可愛，眉眼像我，鼻子和小嘴巴像她嬤嬤，所以每次聽到關於表妹的消息，我皆一笑了之，心裡只盼晟郎能快些醒來，不要辜負了表妹，不要辜負了我們這些親朋。

上天一定是眷顧表妹的，晟郎真的醒了，可惜他醒後我只見過他一次，沒多久他就帶著表妹離開盛京，離開得很徹底，除了偶爾幾封寄回溫府的書信，他們整整六年不肯踏入盛京一步。

也不知他們在外是如何遊山玩水、瀟灑自在的，丹陽每每提及表妹，除了想念就是羨慕。她也想走，可我實在放不下盛京、朝堂，還有麾下的萬千將士。

我答應丹陽，半生戎馬後，定也與她四海為家，把酒桑麻……

「琛郎。」

思緒忽然被打斷，我嚇了一跳，握著玉通管羊毫的手微顫，一團墨汁滴在剛畫好的「大漠風煙圖」上。

我嘆了口氣，白晝了，辛苦了兩日。還想著明日帶去溫府，同久未謀面的至交把玩呢，畢竟這邊疆沙場，是我們幾人的共同回憶。

我順聲音看去，丹陽都是兩個孩子的娘了，可還這麼咋咋呼呼、大大剌剌的。

丹陽欣喜地推開槅門。「琛郎，五哥和榮娘兩個沒良心的一走六年，終於肯回京了！他們帶了小世子和小郡主回來，我聽說小郡主很是漂亮可愛，這會兒剛滿兩周歲，比我們家皓兒整整小半年呢！明兒咱們得多帶些伴手禮去，尤其是與小郡主的，說不得將來就是我們家媳婦兒！」

我笑著點頭應和，既然「大漠風煙圖」來不及重畫了，我乾脆擱下羊毫筆，起身上前將丹陽攬在懷裡，一道走出書房。

皓兒在書房外的庭院玩鬧，庭院散滿金線般的陽光，落在皓兒可愛的臉龐上。

我忍不住瞇起雙眼，此情此景，大概就是不負人生的大好時光吧……

——全篇完

番外二　霏霏今來思

穆合堂的矮榻上窩了一個胖乎乎的奶娃娃，粉嘟嘟的包子臉上生了一對極清澈純淨的大眼睛。

奶娃娃一會兒癟嘴，一會揚嘴角做怪臉，可發現眾人皆不理她，奶娃娃不高興了，板著臉收起兩頰上深深的酒窩，一個鯉魚打滾，擠到了謝氏懷裡。

正在詢問溫榮事情的謝氏低下頭，看到奶娃娃黑葡萄般的大眼睛噙了點點水光，立即撇下溫榮，心疼地說道：「噯喲，我的心肝寶貝兒，怎麼不開心了？是不是有人欺負寶貝？與祖奶奶說，祖奶奶罰他！」

奶娃娃一翻一縮，整個趴在謝氏身上。

恰好今日奶娃娃穿一身銀鼠灰小夾襖，旁人沒仔細看，還以為溫老夫人腿上放了一顆碩大的玉露團子。

奶娃娃軟綿綿的聲音哼哼唧唧。

「祖奶奶壞，祖奶奶不陪霏兒玩！」

溫榮在旁頗為嚴厲地說道：「平日阿娘是如何教妳的？長輩之間說話不得插嘴，快向祖奶奶道歉！」

「祖奶奶，阿娘凶凶……」奶娃娃本就水光盈盈的大眼睛，一下子湧起淚珠。

謝氏趕緊將奶娃娃摟到懷裡。「霏兒乖，祖奶奶沒有陪霏兒玩是祖奶奶不對！」說著，謝氏不忘瞪溫榮一眼。

「妳十二歲還窩在我懷裡撒嬌，霏兒才兩歲，犯得著這麼凶嗎？妳和王爺帶霏兒，我著實不放心，肯定會虧待我的心肝寶貝！」

溫榮忍不住扶額。這次她與晟郎帶著兩個孩子回京，主要是因為阿娘在信裡說祖母年紀大了，精神一日不如一日。不想她巴巴兒地趕回來後，卻看見祖母精氣神十足地拉著阿娘她們摸葉子牌。

思忖間，謝氏已經顫悠悠地抱著奶娃娃起身，這舉動嚇得溫榮和歆娘立即衝上前去扶住謝氏。

溫榮正要訓斥女兒，被謝氏一個眼神嚇得將話嚥回去，半晌才乾巴巴地說道：「祖奶奶年紀大了，霏兒下來自己走可好？」

「不好！」奶娃娃一下子摟住謝氏的脖頸，不理溫榮，反而轉頭看歆娘，咧開嘴露出一個燦爛無比、可愛非常的笑來，甜甜地喚了一聲。「舅娘！」

陳歆娘被奶娃娃喜得一顆心都要化了，連應了奶娃娃幾聲，滿心歡喜地詢問奶娃娃肯不肯讓舅娘抱？

奶娃娃張開雙手撲上去後，謝氏還捨不得呢，不悅地朝陳歆娘問道：「妳阿家呢？還有，綏兒將升兒帶哪裡去了，為何不陪我的寶貝霏兒玩？」

歆娘與溫景軒成親後只得一男孩，喚作綏兒，一直希望有個女兒的歆娘這幾日對霏兒是怎麼疼都不夠，這會兒先在霏兒肉肉的臉頰上親了幾下，才回道：「老爺將古墨取出來曬，說要送王爺一塊，阿家不放心，親自過去瞧。綏兒和升兒這會兒在庭院裡鬧騰，綏兒本就不安分，現下榮娘帶升兒回來，兩人湊一塊兒真真成皮猴了。」

謝氏懶得再問，仍是哄奶娃娃。「還是霏兒聽話，肯在房裡陪祖奶奶。」

「那可不是？」陳歆娘一邊附和，一邊從身上摸出一塊羊脂白玉雕刻的長命流雲珮，掛在奶娃娃脖子上。

溫榮見狀，就要將羊脂玉珮摘下還給歆娘。

「前兒妳已經送她一枚金鎖了，這塊可不能再收，還是留給綏兒吧。」

奶娃娃噘了噘嘴，忙伸手捂住羊脂玉珮，甜甜地向陳歆娘說謝謝。

陳歆娘歡喜不盡。

「妳瞧，霏兒喜歡！不過一塊不值錢的玉珮，莫計較。」

溫榮幾不可聞地嘆了一聲，奶娃娃卻賊賊地瞇起眼睛。這玉珮肯定值錢，因為祖奶奶、外祖母、舅母她們都是有錢人，住著大大的宅院呢！哪裡像他們一家，四處顛沛流離，總是住小院落或是破屋子。

不過奶娃娃還是喜歡跟阿爺、阿娘、哥哥四處遊玩，天天關宅子裡太憋悶了。她現在之所以要多斂些值錢的物什，是為了以後偷偷給阿爺的。他們家太窮了，阿爺每次向阿娘討錢都很費力，她瞧著心疼。

不一會兒，有婢子傳丹陽長公主和駙馬到了，奶娃娃的眼睛一下子便亮了起來。有客人過來，她就又能收到禮物了！

前兒她剛進府，收玉鐲、金鎖等首飾收到手軟，昨兒宮裡下賞賜，還有嫁去謝府的姨母回來，她又得了一大箱寶貝，這會兒那個什麼長公主，聽著似乎比祖奶奶的黎國公府還要厲害呢！

溫榮滿臉欣喜地去月洞門處迎接，她知道溫府能復爵，除了阿爺、哥哥爭氣，替聖主辦了不少事，長公主府和應國公府還幫了很多忙。

奶娃娃看到阿娘左右手各牽一名孩子進內堂時，不免有些吃味。左邊的女孩年齡略長些，七、八歲模樣；右邊那個男孩比她大一些，也是奶坨坨的。

奶娃娃掙扎著要下地，她要將母親搶回來！可不待她落地，就有團火紅衝到眼前，將她抱起來又親又揉的。果不其然，她又多了一大包禮物！

溫榮嗔道：「還是孩子，丹陽怎就送那許多東西！」

奶娃娃一下子就忘記阿娘被搶走的不快了，乖巧道謝後，笑咪咪地將禮物交給汀蘭保管，毫不吝惜地「啵」了火紅火紅的丹陽長公主一下。

丹陽真真是心花怒放，可惜她還未搓揉夠奶娃娃，就被溫榮扯到一旁說話，只留三個孩子作一處玩。

奶娃娃根本不搭理另一個奶娃娃，只撲到七歲郡主懷裡撒嬌。她聽說了，男孩是世子，姊姊是郡主，郡主的名頭聽著就比世子厲害。

可惜奶娃娃還不知曉，她也是個貴不可言的小郡主。

不一會兒，郡主被喚去同溫榮問安說話。

小世子巴巴兒地瞅著奶娃娃，走上前想牽奶娃娃的手，可惜奶娃娃揹著雙手，半仰頭，一副小大人模樣，只是不理他。小世子又急又難過，抓耳撓腮，忽然想到個好主意。

小世子將腰帶上綴了青色穗子的玉珮取下來，晶瑩剔透的玉珮上雕雙麒麟紋，陽光下隱約泛五彩祥光。小世子用軟軟糯糯的聲音說道：「送妳了！」

奶娃娃一下子愣住，吸著口水，一把抓過玉珮。可她還來不及仔細欣賞玉珮，就聽見郡主驚呼——

「阿娘、王妃，妳們快看！霏兒收下皓兒的信物，往後霏兒就是我們府裡的人了！」

奶娃娃聽到她是長公主府裡的人，圓臉登時皺作一團，以為自己被賣到長公主府了，以後不能同阿爺、阿娘、哥哥在一塊兒了！

奶娃娃急吼吼地就要將玉珮塞還給世子，可小世子這會兒卻揹著雙手，半仰腦袋，打死不肯收回去。

奶娃娃猛地大哭起來，聲音格外高亢嘹亮，似能傳遍整個黎國公府。

原本在院子裡的李晟、溫世珩、溫景軒、五駙馬等等一眾人聽到哭聲，皆大驚失色，全往穆合堂跑來……

——全篇完

福星小財迷

文創風 300～303

姊穿都穿過來了，銀兩是一定要賺的，
老公嘛～～最好挑，
一不擋她財路、二不三妻四妾、三呢只愛她一個！
姊才考慮要嫁！

新鮮解悶．好玩風趣／雙子座堯堯

既來之，則安之，反正人都「穿」過來了，
何況她冷安然從來也不是個認死理的人，
握著幾千年智慧沈澱的精華，她打算好好大賺一筆銀兩，
為自己姊弟倆掙出一片天來……
否則她肯定會被冷家生吞活剝，甚至落得被爹賣了求官的倒楣下場。
不過，這時代是不是特產美男子啊，
她身邊出現了三位「絕色」，十分養她的眼，
尤其那位一臉冷冰冰又腹黑的鍾離浩，
人是傲嬌了點，對她倒是挺照顧的，可惜他似乎「名草有主」了，
不然她肯定要芳心淪陷了……

相公換人做 5 完

國家圖書館出版品預行編目資料

相公換人做 / 麥大悟著. --
初版. -- 臺北市 : 狗屋, 2015.07
冊 ; 公分. --（文創風）
ISBN 978-986-328-479-6（第5冊：平裝）. --

857.7　　104009188

著作者　麥大悟
編輯　黃淑珍
校對　黃亭蓁　馮佳美
發行所　狗屋出版社有限公司
地址　台北市104中山區龍江路71巷15號1樓
電話　02-2776-5889～0
發行字號　局版台業字845號
法律顧問　蕭雄淋律師
總經銷　知遠文化事業有限公司
電話　02-2664-8800
初版　2015年7月
國際書碼　ISBN-13　978-986-328-479-6
原著書名　《荣归》，由起點女生網（www.qdmm.com）授權出版

定價250元
狗屋劃撥帳號：19001626
網址：love.doghouse.com.tw　E-mail：love@doghouse.com.tw